I0694252

DELILAH MARVELLE

Siempre un Caballero

Editado por Harlequin Ibérica.
Una división de HarperCollins Ibérica, S.A.
Núñez de Balboa, 56
28001 Madrid

© 2013 Delilah Marvelle
© 2017 Harlequin Ibérica, una división de HarperCollins Ibérica, S.A.
Siempre un caballero, n.º 127 - 17.5.17
Título original: Forever a Lord
Publicada originalmente por HQN™ Books

I.S.B.N.: 978-84-687-9488-4
Depósito legal: M-6173-2017

Querido lector,

Todos arrastramos secretos, sean grandes o peque-
ños, y todos por razones muy distintas. Lo hacemos para
protegernos a nosotros mismos y/o a los demás. En cual-
quier caso, los secretos no pueden mantenerse para siem-
pre. Los hay destinados a ser compartidos con alguien en
quien confiamos completamente, de manera que el peso de
la vergüenza que sentimos al guardarlos pueda aligerarse
de nuestras almas.

En Siempre un caballero, *os presentamos lo que sucede*
cuando un secreto se guarda durante demasiado tiempo
y su peso lo impregna todo. Conoceréis a un boxeador a
puño limpio en proceso de descubrir lo único que puede
salvar su apesadumbrada alma: el genuino amor de una
buena mujer. Imogene es mi versión de lo que el prota-
gonista masculino jamás habría podido imaginar. Aunque
Imogene ha visto muy poco del mundo real debido a su
excesivamente protector hermano y a su enfermedad, eso
no la convierte en una mujer menos capaz. De hecho, todo
ello la capacita para ver en nuestro protagonista cosas
que muy pocos pueden ver. Nuestro protagonista, a su vez,
que nunca se ha creído capaz de amar, descubre que es ca-
paz de algo todavía mejor: encontrar el amor verdadero.

Creo que cada una de nosotras tiene un alma gemela
esperando en el más inesperado de los lugares, y que nos
corresponde a nosotras saber cuándo acoger a esa única
persona que nos acompañará en la vida con un amor in-
quebrantable. Espero que disfrutéis leyendo lo que sucede
cuando dos almas muy diferentes se conocen y descubren
que son precisamente sus diferencias lo que los salva a am-
bos.

Mucho amor,
Delilah Marvelle

AGRADECIMIENTOS

Gracias a mi marido y a mis hijos, que continúan apoyándome en mi carrera de escritora en todo momento. Os quiero a todos.

Gracias a mi maravillosa editora, Emily Ohanjanians. Tu increíble apoyo me empuja a mirar más allá de mi nariz. Y te juro que lo necesito. Gracias a Harlequin HQN por continuar creyendo en que tengo historias dignas de contarse y venderse. Gracias a mi agente Donald Maass, merecedor de una reverencia, que refrenó mi tendencia a ponerme demasiado convencional. ¡Dios no lo permita!

Y en último lugar, pero no por eso menos importante, gracias a Maire Claremont, que me ha jaleado cada frase y cada página. Te adoro. Siempre.

A Jessa Slade, mi amiga increíble y socia crítica, que con un simple «¿y si...?» no solo me dejó de piedra sino que hizo posible esta historia.

Gracias, gracias, gracias.

No habría podido sacar esto adelante sin ti.

Prólogo

Los gritos de «¡tongo! ¡tongo!» resonaron de repente.
P. Egan, *Boxiana* (1823)

27 de septiembre de 1800
En algún lugar de la ciudad de Nueva York

Una mano grande y caliente se posó sobre los párpados cerrados de Nathaniel, sacándolo de su profundo sueño. Un persistente aroma a tabaco asaltó su olfato cuando la manga de una camisa masculina de lino le acarició la mejilla.

Era él. Nathaniel no se atrevió a moverse.

La mano se retiró lentamente.

—¿Estás despierto? —susurró alguien con un fuerte acento a su lado, junto a la cama.

Nathaniel tragó saliva y abrió los ojos, con la luz de una vela ahuyentando las sombras del frío y húmedo sótano. No podía respirar. La náusea lo ahogaba.

—Quiero irme a casa —balbuceó, tirando de las cuerdas que le ataban las muñecas a la cintura. No le importaba ya que pudiera sonar patético, o asustado. A sus diez años, tenía todo el derecho del mundo a ser patético o a estar asustado, ¿no?

El dorado resplandor de la única vela reveló a un joven de cabello decolorado por el sol sentado en el estrecho catre, a su lado. Era el mismo que había estado espiando a su familia por la ventana durante tantas noches, al amparo de las sombras.

Sus ojos ambarinos se encontraron con los de Nathaniel por un sombrío instante. El hombre le tendió entonces un soldadito de madera, de uniforme pintado de rojo.

—Es para ti.

—No lo quiero.

—Si te desato las manos y te doy esto, ¿me prometes que no me atacarás? ¿Me prometes que serás bueno?

Nathaniel cerró los puños e intentó golpear aquel rostro, pero el movimiento fue atajado por el tirón de las cuerdas que le sujetaban cada brazo a la cintura.

—¿Por qué me haces esto? —le espetó.

—Eres su hijo, ¿verdad?

Las lágrimas cegaron a Nathaniel, cada vez más convencido de que aquel hombre no estaba dispuesto a soltarlo.

—Quizá mi padre lo entendió mal. Envíale otra carta. Por favor.

El hombre bajó la mirada al soldadito de madera que seguía sosteniendo.

—Lo entendió. Pero prefirió ignorarlo.

Un sollozo escapó de la garganta de Nathaniel.

—No. Él nunca haría eso. ¡Yo sé que no lo haría!

—Pensamos que conocemos a alguien… hasta que nos traiciona. ¿Cómo lo decís los ingleses? Ah, sí. «La lección».

Nathaniel sacudió la cabeza y suplicó con voz ronca:

—Envía una carta a mi hermana Augustine. Ella… ella mandará a alguien a buscarme. Sé que lo hará. O a mi madre. Pídele lo que quieras y ellas se encargarán de conseguirlo. ¡Sé que lo harán!

–No –el hombre se puso a juguetear con el soldadito de madera, evitando su mirada–. Si involucramos a alguien más allá de tu padre, acabaremos todos ahorcados.

–No lo entiendo.

–Ya lo entenderás.

Nathaniel tragó saliva.

–¿Vas a matarme?

El hombre esbozó una sonrisa sesgada.

–Puedo ser muchas cosas, pero no soy un asesino, mi pequeño amigo. En Venecia, incluso cuando nos encolerizamos, hacemos las cosas con… honor. No como vosotros, los británicos.

Nathaniel volvió a tragar saliva. ¿Qué le había hecho su padre a aquel hombre? Ni siquiera se atrevía a imaginárselo.

El hombre volvió a tenderle el soldadito de madera, acercándolo a su pecho.

–Lo compré para ti.

Nathaniel volvió a rechazar el juguete, que fue a caer en el catre, entre ellos.

–Prefiero volver a casa con mi hermana y mi madre. Puede que mi padre no me quiera, pero ellas sí. Ellas querrán que vuelva. Estoy seguro.

–Ellos ya no son tu familia. Ahora tu familia soy yo.

El hombre se le acercó tanto que Nathaniel pudo distinguir la sombra de barba en su rostro juvenil, así como el alfiler de rubí que adornaba su pañuelo de cuello, perfectamente anudado. Aquellos penetrantes ojos ambarinos parecían escrutar los rasgos de Nathaniel con un propósito oculto.

Nathaniel se pegó al catre, hundiéndose en el colchón. Aunque aquel hombre no le había tocado ni hecho daño alguno, aparte de atarlo con cuerdas cuando él se resistió a puñetazos, algo le decía que, si le provocaba, sería capaz de mucho más.

El intenso olor a coñac mezclado con tabaco volvió a asaltar el olfato de Nathaniel cuando el veneciano le dijo:

—Tengo muchos libros en inglés. ¿Qué te gustaría leer?

Nathaniel se lo quedó mirando fijamente, temblando por dentro. Era como si aquel hombre estuviera intentando hacerse amigo suyo.

—No voy a decirte nada.

El hombre golpeó suavemente a Nathaniel en la frente con un dedo y se levantó cuan largo era. Tuvo que agachar la cabeza para no golpearse con las vigas del techo.

—Te entregarán la comida por la mañana. Come.

Agachando todavía la cabeza, salió por la estrecha puerta y sus fuertes pasos resonaron con un eco fantasmal en el exiguo espacio. La puerta se cerró de golpe y el ruidoso sonido de la llave en la herrumbrosa cerradura vino a recordarle a Nathaniel que había vuelto a ser condenado a la soledad… por no haber aceptado la solicitud de amistad de aquel hombre.

Reprimió el angustioso sollozo que le quemaba la garganta. Intentó sentarse, pero no pudo. Lloró, obligado a mirar aquellas húmedas paredes en sombra que parecían habitadas por diabólicos seres a punto de clavarle las garras y estrangularlo.

No podía respirar. No podía respirar sabiendo que, en aquel pequeño sótano, ni siquiera había un ventanuco de luz por el que pudiera orientarse para saber la hora. Desvió frenéticamente la mirada hacia la vela solitaria que descansaba sobre una mesilla, contra la pared. La llama tenía un temblor amenazador, como si faltara poco para que se consumiera la cera.

—Que me duerma primero —susurró, nada deseoso de quedarse a oscuras.

De repente la llama quedó inmóvil y se redujo a una diminuta brasa antes de desaparecer en una voluta de humo, dejándolo sumido en la más absoluta oscuridad.

Cerró los ojos con fuerza, gimoteando impotente hasta que sintió como si su cuerpo estuviera a merced de las olas de un vasto mar, a punto de tragárselo. Sus propios sollozos y la oscuridad adormecieron al fin no ya su cuerpo, sino también su mente.

Nadie iba a acudir en su ayuda.

Ni su padre, ni su madre, ni su hermana.

Nadie.

Capítulo 1

A aquellos, señor... que no se ocuparían del pugilismo si el boxeo no fuera tan horrorosamente vulgar, puede que el siguiente trabajo no revista interés alguno.

P. Egan, *Boxiana* (1823)

Ciudad de Nueva York. Muelle de Gardner
13 de junio de 1830, primera hora de la tarde

Durante el curso de una vida dura llevada hasta el límite en el juego, la bebida y el boxeo, Edward Coleman había vivido en once direcciones distintas de la ciudad en un esfuerzo por evitar tres cosas: los acreedores, su esposa y su suegra, decididos todos ellos a desangrarlo.

Que hubieran pasado ya demasiados años sin saber de ellos le hacía temer que hubiera perfeccionado el arte de la fuga más aún de lo que había pretendido. Pero, una vez más, el destino parecía empeñado en perseguirlo. Ni siquiera sabía por qué se había sorprendido tanto de descubrir a su suegra abriéndose paso entre la multitud de varones que se apelotonaba al otro lado de la valla de tablas del *ring*.

La mujer había envejecido considerablemente desde la

última vez que la vio, pero la abultada cofia y la naricita respingona seguían siendo las mismas. Un grupo de jóvenes ataviados con pantalones, chaquetas y gorras de lana gris, a los que reconoció de inmediato como los hermanos de Jane, se situaron estratégicamente detrás de ella.

La señora Walsh solamente lo buscaba cuando necesitaba una de dos cosas: dinero o dinero. El gobierno de Estados Unidos podría hacer un buen uso de una mujer como ella.

—Tenemos que irnos —dijo de repente Coleman.

Su amigo, Matthew Joseph Milton, se inclinó hacia él.

—¿Irnos? —arqueó las oscuras cejas, haciendo que el gastado parche de cuero que le cubría el ojo izquierdo se moviera un poco—. ¿Y qué pasa con tu combate? Tú eres el siguiente.

—Lo sé —Coleman se recogió la melena, larga hasta los hombros, con la goma que se había sacado de la muñeca—. Pero ha surgido algo. El caso es que no puedo quedarme.

—¿Que ha surgido algo? ¿Mientras estábamos aquí?

—Sí y sí.

Matthew bajó el mentón, sombreado por la barba.

—Puede que solo tenga un ojo, pero eso no me convierte en estúpido. ¿Qué pasa? ¿Te encuentras en algún tipo de problema?

—No, yo… —de repente un chorro de sangre salió disparado del interior del *ring*, salpicando la pechera de su largo abrigo, el único que poseía. Coleman soltó un suspiro y se volvió para contemplar el combate—. Aficionados. Son incapaces de mantener la sangre dentro de los límites de la valla.

—Tú nunca lo haces —resopló Matthew. Seguía contemplando la pelea cuando se quedó estupefacto—. ¡Ese bastardo va a hacer que pierda mi dinero! —cerró un puño—. ¡Diablos!

—Ya te dije que no apostaras por él.

El musculoso joven, de rostro desfigurado por los implacables golpes que había recibido en dieciocho asaltos, se esforzaba por mantenerse en pie, con los pantalones manchados de sangre colgando precariamente de sus estrechas caderas. Otro puñetazo a mano desnuda contra su cabeza provocó que un nuevo chorro de sangre saliera disparado hacia la multitud, procedente de la boca y la nariz. El joven se derrumbó por fin en las tablas del suelo que cubrían la hierba agostada por el sol.

Varios hombres gruñeron decepcionados y golpearon con rabia la valla mientras el púgil era retirado.

Coleman volvió de nuevo la mirada, calculando el tiempo que le quedaba. La señora Walsh continuaba abriéndose paso entre la multitud y no parecía haberlo descubierto. Por el momento.

Subiéndose el cuello del abrigo para esconder mejor su rostro, le espetó a Matthew:

—Nos veremos mañana. Si Stanley viene a buscarme, dile que me he roto una mano.

—¿Que te has roto...? —Matthew lo detuvo de un brazo—. Coleman, necesitamos dinero. O lo conseguimos o volvemos a los muelles a robar cargamentos de barco durante las dos próximas semanas. Diablos, sé que nuestra pequeña tropa es conocida como los Cuarenta Ladrones, pero... ¿realmente tenemos que ser tan literales?

Coleman liberó su brazo.

—Si me quedo, perderemos lo que pueda sacar de la pelea.

—¿Qué quieres decir? ¿A manos de quién?

De repente, un periódico enrollado hizo contacto en la nuca de Coleman.

—¿Creías que podrías escaparte de mí, verdad? —gritó una mujer a su espalda.

Coleman ni siquiera se molestó en protegerse la cabeza. Se lo merecía por haberse casado con Jane.

–De ella –respondió a Matthew.

Matthew se volvió hacia la agresora y desvió un nuevo ataque del periódico enrollado.

–¿Dónde están sus modales, mujer? Un periódico es para leer, no para pegar a los demás en la cabeza. Suelte eso.

Coleman se volvió también a regañadientes y miró a los nueve jóvenes de la familia Walsh, de variadas estaturas, que se habían situado detrás de su madre. Se habían calado sus gorras de lana de todas las maneras imaginables excepto aquella para la que habían sido diseñadas.

Coleman vaciló. Cada uno lucía un brazalete negro en sus chaquetas. Miró rápidamente a su suegra, cuyo sencillo vestido presentaba también un bordado de seda negra, señal de luto.

Alguien había muerto. Y él sabía bien que la señora Walsh era viuda y carecía de parientes.

El pulso le atronó en las sienes.

–Señora Walsh. Jane... ¿no habrá...?

Las lágrimas brillaron en aquellos ojos oscuros.

–¡Ay! –apretando los labios, alzó la barbilla–. Se echó demasiado láudano en el whisky, hace apenas una semana. Ya no se despertó. Yo no estaba cuando sucedió, pero eso fue lo que dijo el forense. Estaba con un... –rehuyó su mirada–. Estaba con una amistad cuando pasó.

Se refería a un hombre. El último de varios cientos, sin duda. No era precisamente que Coleman le hubiera sido el marido más fiel. Pobre Jane. Ella había tenido a sus hombres y él a sus mujeres, razón por la cual se habían separado. Ninguno de los dos había sido monógamo.

Coleman apretó la mandíbula y desvió la vista, consciente de que debería sentir algo en aquel momento. Lo que fuera. Remordimiento. Tristeza. Amargura. Lo cierto, sin embargo, era que siempre había sabido que aquello terminaría así. Había hecho lo imposible para evitar que Jane siguiera mezclando láudano con el whisky. Pero había cosas contra las que un hombre no podía boxear.

La señora Walsh vaciló y añadió:

—Alguien me dijo que ibas a combatir hoy. No quiero representar una carga, pero necesitamos siete dólares para enterrarla. No pienso tirarla a un agujero.

Coleman se pasó una mano por la cara. No tenía los siete dólares.

Matthew se inclinó hacia él.

—Coleman, ¿qué significa esto? ¿De quién está hablando?

El pecho se le apretó de emoción. «Dios mío», exclamó para sus adentros. Había pasado años huyendo de un pasado que no quería recordar y, en aquel momento, todo el mundo estaba a punto de enterarse del asunto. Por supuesto, si había alguien en quien pudiera confiar para que lo supiera, ese era Matthew. Pero era el único.

—De mi esposa —masculló al fin—. Ha muerto.

Matthew lo agarró del abrigo.

—¿Qué? ¿Estás casado?

—Sí. Lo estoy. O más bien... lo estaba —mirando a su suegra, que se había quedado callada, suspiró—. Señora Walsh, puedo ofrecerle cinco dólares si entro a pelear. El premio son diez pero tengo otros que dependen de mí. ¿Será suficiente?

La mujer asintió a medias.

—Podremos prescindir de la corona y las flores. Y yo puedo vestirla con uno de mis viejos vestidos —juntó las manos, sobando el periódico enrollado que no había soltado—. Pero... queda todavía un asunto pendiente, en relación con Jane.

Coleman cruzó los brazos sobre el pecho para disimular su inquietud. Nunca había sabido decirle que no a una mujer. Y menos aún cuando se trataba de su maldita suegra.

–¿Cuál?

Aquel moño de cabello gris, que se estaba soltando por segundos, se bamboleó cuando procedió a desenrollar el periódico. Fue pasando página tras página hasta que encontró la que buscaba.

–Al parecer, ella contactó con esos hombres antes de morir. Yo no sé leer –dobló y volvió a doblar la página, hasta que señaló lo que parecía un anuncio–. Solo Dios sabe por qué, pero el caso es que se presentaron en mi puerta preguntando por lo que sabía ella al respecto. Yo no fui capaz de responderles. Quizá tú sí que puedas.

–Lo dudo. Jane y yo hacía años que no hablábamos – Coleman tomó el periódico y leyó.

SE BUSCA INFORMACIÓN

Un niño británico de nombre Nathaniel James Atwood que desapareció en el año 1800 en sospechosas circunstancias está siendo buscado por su familia. Toda información relativa a su desaparición, su paradero o sus restos será bien recompensada. Envíen, por favor, de momento los resultados de sus pesquisas a Su Excelencia el Duque de Wentworth o a su hijo, lord Yardley, residentes ambos en el Hotel Adelphi de Broadway, hasta nuevo aviso.

Un doloroso nudo le atenazó la garganta. Sabía que no debería haber contado una sola palabra a Jane.

Arrugó el papel y lo arrojó al suelo.

–Yo no sé nada. Quizá quisiera sacarles dinero. ¿Se lo preguntó a ella?

–Está muerta –le recordó. Un sollozo medio estrangulado escapó de la garganta de la señora Walsh. Se tapó la boca con una mano temblorosa, contraídos sus rasgos de dolor.

Coleman esbozó una mueca. No debería haber dicho nada.

Hasta el último de los muchachos Walsh lo estaba mirando fijamente en aquel momento, con sus juveniles rostros endurecidos, tanto que hasta parecían de su edad. Uno de ellos sacó una navaja y se colocó junto a su madre.

Matthew sacó entonces sus pistolas del cinturón de cuero en que las llevaba encajadas y lo encañonó.

—Niño, no me obligues a apretar el gatillo...

La señora Walsh abrió los brazos como para proteger a sus hijos, que se apresuraron a retroceder.

Coleman soltó un profundo suspiro.

—Baja las pistolas, Milton. No es más que un crío.

Matthew gruñó y volvió a guardárselas en el cinturón.

—Un crío que debería aprender buenos modales.

La multitud que los rodeaba empezó a alborotarse.

Coleman oyó a alguien gritar su nombre. Sabiendo que el combate previsto estaba a punto de empezar, flexionó los dedos y se volvió hacia la valla de tablas. Un hombre fornido, de pelo oscuro, entró en el círculo vallado y se quitó la camisa. Vincent Puño de Hierro, tal como era conocido en el barrio, levantó vítores y aplausos entre la multitud mientras el árbitro repintaba en el suelo con una tiza la línea del círculo de combate.

Había llegado la hora de derramar un poco de sangre y de ganar diez dólares.

Acercándose a su suegra, le apretó un brazo.

—Quédese aquí.

Se quitó el abrigo y se sacó por la cabeza la camisa de lino, que lanzó al único hombre en quien confiaba para que le guardara la ropa: Matthew.

—Por el amor de Dios, no dejes que vea esto —le pidió, señalando a la señora Walsh.

Matthew se apoderó de su ropa y se la colgó al hombro.

—La obligaré a darse la vuelta.

—Hazlo —agachándose bajo las tablas mal claveteadas que separaban a la multitud de la zona de combate, Coleman entró en el círculo de hierba aplastada.

Hordas de curiosos se apretaban contra la valla, haciendo temblar las tablas.

—¡Dale duro, Vincent! —aulló uno—. ¡Es un Brit!

—Brit o no Brit —gritó otro—, yo he apostado quince dólares por él. ¿Has oído, Coleman? Quince dólares. ¡Así que no me falles!

Resultaba patético escuchar que su nombre valía solamente quince dólares. Pero, aun así, eso era preferible al medio dólar que había valido años atrás.

Gritos cada vez más fuertes llenaban el húmedo aire de verano mientras se dirigía al círculo de tiza, con el sol abrasador cayendo a plomo sobre su rostro y su torso desnudo.

Vincent se dirigió entonces a su puesto, al otro lado del *ring*, y alzó sus enormes puños al tiempo que separaba las piernas, afirmándose bien en el suelo.

Separando también las piernas, Coleman cuadró los hombros y levantó los puños. Esperó la señal del árbitro, respirando lenta y profundamente.

Los gritos y silbidos seguían cortando el aire.

El árbitro levantó una mano y la bajó.

—¡Empieza el combate!

Vincent avanzó y le lanzó un puñetazo a la cabeza.

Coleman saltó a un lado para esquivarlo, decidido a expulsar de su mente hasta el último pensamiento de la pobre Jane. Apretando los dientes, lanzó un gancho a las costillas expuestas de su adversario: el impacto contra la carne fue tan fuerte que el brazo le tembló.

Sabía que el tipo se estaba aflojando.

Tambaleándose de resultas del golpe recibido, Vincent retrocedió hacia la valla y cayó al suelo, respirando con fuerza.

—¡A la línea! —el árbitro señaló el círculo de tiza—. ¡Medio minuto para volver a la línea! ¡Uno! ¡Dos! ¡Tres! ¡Cuatro! ¡Cinco! ¡Seis!

Coleman trotó de vuelta a la línea, con los puños levantados.

—¡Vamos, Vincent! —gritó mientras el árbitro continuaba contando—. Levántate. Regálame a mí y esta gente una buena pelea. Nos estás haciendo quedar en mal lugar a los dos.

Vincent apretó la mandíbula y regresó a la línea antes de que se cumpliera la cuenta.

El árbitro levantó una mano entre ellos.

—Segundo asalto, caballeros. ¡Ya!

Vincent se adelantó y lanzó un inesperado gancho lateral que impactó en la sien de Coleman, haciéndolo tambalearse. Se le nubló la vista mientras una nube de golpes sucesivos asaltaba sus deteriorados sentidos. La sangre teñía para entonces su boca y resbalaba de su nariz mientras procuraba esquivar y bloquear solo aquellos golpes que resultaban estrictamente necesarios en un esfuerzo por conservar las fuerzas.

La secuencia de puñetazos se aceleraba, impactando contra los hombros y los brazos de Coleman.

Vincent gruñía mientras intentaba dirigir bien sus golpes.

Templando su respiración, Coleman fue contando sistemáticamente los dolorosos puñetazos que iba recibiendo. Contó cada gancho hasta que encontró la pauta de golpes que estaba buscando. Cinco ganchos y pausa. Cinco ganchos y pausa. Aquel tipo era tan previsible como un reloj de pared.

Cinco brutales puñetazos volvieron a impactar en los hombros de Coleman. Al llegar la pausa, se desplazó hacia la derecha y contraatacó con un primer directo a la oreja. El dolor que le recorrió el brazo le confirmó que le había asestado el golpe perfecto.

Vincent desorbitó los ojos. Tambaleándose, alzó sus manos hinchadas y cubiertas de sangre para protegerse la cabeza.

Apretando los dientes, Coleman se abalanzó sobre él y se dedicó a golpear las partes expuestas de su cuerpo hasta que se le durmieron casi los nudillos. Soltando el rugido de rabia que había estado conteniendo, y recordando que Jane había perdido estúpidamente la vida por culpa del láudano, descargó un fuerte puñetazo en las costillas bajas de Vincent como si quisiera partírselas por la mitad.

Vincent se giró en redondo y cayó fulminado al suelo. Sin respiración, se agarraba el costado con las manos hinchadas. La roja sangre brotaba de su nariz y de su boca mientras, encogido en el suelo, se mecía rítmicamente en medio de un angustiado silencio.

—¡Atrás! —gritó el árbitro, alzando una mano y ordenando a Coleman que se retirara a la línea marcada con tiza.

Retrocediendo hacia la línea con los puños todavía levantados, Coleman esperó. Tenía dilatadas las aletas de la nariz y su pecho subía y bajaba como un fuelle. Podía sentir cómo el ojo derecho se le iba cerrando por la hinchazón mientras el sudor le resbalaba por la frente hasta la barbilla. Se lo enjugó con la mano, esparciendo la sangre por la nariz, a la espera del veredicto.

La multitud recitaba la cuenta al unísono, a gritos.

Cuando Puño de Hierro no se levantó, Coleman supo que había ganado.

El árbitro lo señaló entonces.

—¡He aquí al campeón de este tercer combate! El cuarto

y último empezará dentro de quince minutos, con nuevos oponentes, así que… ¡hagan ya sus apuestas, caballeros!

A veces Coleman se sentía como si fuera una cabeza de ganado. Nadie anunciaba siquiera su nombre cuando ganaba. Pero así era el boxeo callejero: lo importante era la sangre y el dinero. Nada más.

Envuelto en una nube de gritos y de sombreros agitados en medio del calor sofocante, Coleman bajó los brazos, escupió la sangre que le llenaba la boca y regresó tambaleante al lado de la valla donde lo esperaban los suyos. Stanley, que siempre se encargaba de concertar sus combates a cincuenta centavos cada uno, chasqueó los labios y meneó la cabeza, sacudiendo los despeinados cabellos que enmarcaban su rostro redondo.

–¿Por qué diablos te empeñas en seguir participando en estos mezquinos combates a dólar? Ya no eres tan joven como antes, y lo sabes. De hecho, la mayor parte de los púgiles de tu edad no solo están retirados: están muertos.

–Te agradezco la confianza, Stanley.

–Necesitas buscarte un patrocinador y pasar a los combates mayores que se organizan en Staten Island. Porque esto te está matando. Y me está matando a mí, que no puedo vivir ganando solamente cincuenta centavos por pelea.

–Si no te gusta el dinero que te doy, lárgate. Porque no estoy dispuesto a ponerme en manos de un patrocinador. Todos los que conozco no son más que imbéciles sedientos de dinero –Coleman podía sentir los crecientes moratones de su cuerpo extendiéndose por su piel. Intentó fijar la mirada–. Quiero mis diez. Ahora.

Stanley gruñó algo y le entregó un cubo de lata. Dentro había un saquito cerrado, lleno de monedas.

–Tus diez. Te he organizado otro combate para dentro de dos semanas. Ya me pagarás entonces.

–Bien. Te lo agradezco –Coleman extrajo el saquito de

tela. Sopesando el peso de las monedas en su mano hinchada, se dirigió trotando hacia la valla.

Agachó la cabeza para pasar por debajo de las tablas y se reunió con la multitud. Inclinándose hacia la señora Walsh, le tomó la mano y le cerró los dedos sobre el saquito de tela. «Adiós, Jane. Siento que todo terminara tan mal para ti», dijo para sus adentros.

—Quédeselo todo. Cómprele la corona, las flores y un vestido nuevo. Y quédese lo que sobre para usted y los chicos.

La mujer alzó la mirada hacia él.

—Tú la amabas, ¿verdad?

Coleman no respondió. No quería mentirle. Porque la verdad era que nunca había amado a Jane. Había aprendido a rescatar a mujeres como ella de situaciones estúpidas, y disfrutaba teniendo sexo con ellas, sí, pero… ¿amarlas? Eso era algo que nunca había conocido ni experimentado. Ni lo deseaba tampoco, por cierto. El amor era un asunto engorroso que no solamente aturullaba la cabeza a un hombre, sino que lo empujaba a hacer cosas que no debía.

La señora Walsh le agarró de un brazo, tirando de él.

—Ven al funeral.

Esbozó una mueca de dolor, por el apretón que le había dado la mujer en la piel lastimada. Soltándose, retrocedió y sacudió la cabeza.

—No quiero verla metida dentro de un ataúd.

—Lo entiendo —palmeó el saquito de monedas—. Que Dios te bendiga —asintió brevemente y se perdió entre la multitud.

Los chicos Walsh bajaron la mirada y desaparecieron detrás de su madre, uno a uno.

Coleman se los quedó mirando, consciente de que aquella sería la última vez que los vería, ahora que Jane había muerto.

Matthew se plantó delante y le tendió su camisa de lino.

—Te conozco desde hace ocho años, Coleman. Ocho. ¿Por qué diablos no me dijiste que estabas casado?

Coleman agarró la camisa y se la puso sobre su cuerpo sudoroso y manchado de sangre, esbozando una mueca de dolor a cada movimiento.

—Porque de matrimonio de verdad tuvo muy poco. Fue cosa más bien de ayudar a una muchacha a salir de un apuro y de protegerla legalmente de los demás.

Matthew le entregó el resto de su ropa.

—Lamento de todas formas haberme enterado de su muerte.

Coleman se encogió de hombros.

—Solo era cuestión de tiempo. Era muy loca y bebía whisky con láudano como si fuera agua —bajó la mirada al suelo salpicado de basuras, buscando el anuncio que había tirado antes al suelo. Recogió la bola de papel arrugado y se la guardó en el bolsillo. Para después.

Tres hombres robustos, uno de ellos un negro alto y musculoso ataviado con una vieja camisa de lino y un pantalón de lana, aparecieron de pronto ante ellos.

Coleman enarcó las cejas, advirtiendo que se trataba de Smock, Andrews y Kerner, miembros de su banda: los Cuarenta Ladrones.

—Os habéis perdido el combate —Coleman señaló la valla de tablas, sonriendo—. Todavía queda sangre de Vincent en el suelo. Podéis ir a verla.

Smock se pasó una mano por su rostro sin afeitar.

—No hemos venido aquí por el combate.

Todo el mundo se quedó en silencio.

«Oh, no», exclamó Coleman para sus adentros.

—Dios. ¿Ha muerto alguien? —se apresuró a preguntar Matthew.

Andrew se rascó su pelo grasiento con un dedo igualmente sucio.

—No, pero la noticia tampoco es buena.

El rostro barbado de Kerner permanecía absolutamente impasible.

Coleman se quedó mirando fijamente a los tres hasta que estalló:

—¿Quiere decirme alguien qué es lo que está pasando? ¿O es que vamos a quedarnos todos callados como bobos?

Kerner alzó sus pobladas cejas.

—Parece que han desaparecido dos niñas del orfanato local. En el distrito corren rumores sobre lo sucedido. Estamos hablando de prostitución. La hermana Catherine fue a buscarme esta mañana, alarmada de que los rumores pudieran ser ciertos. Esas niñas apenas tienen ocho años.

Coleman maldijo por lo bajo. La cantidad de canallas enfermos que había en el mundo deseosos de aprovecharse de niñas hacía que le entraran ganas de romper costillas todo el tiempo. Se alegraba de que él no fuera el único en enfrentarse a ellos. La única razón por la que Matthew había creado la banda de los Cuarenta Ladrones era la de limpiar los aspectos más pestilentes de las barriadas en las que vivían. El problema era que había mucho que limpiar y muy poco dinero para hacerlo.

—Yo digo que reunamos a los muchachos y decidamos quién ha de encargarse del asunto. ¿Te parece bien, Milton? ¿Cuándo y dónde?

—Anthony Street —decidió Matthew—. Dentro de tres horas. En el lugar de costumbre. Alguien tiene que saber algo. Quizá podamos comprar algunas lenguas. Aunque solo Dios sabe con qué… Kerner, Smock, Andrews: venid conmigo. Necesitamos conseguir veinte dólares. Y tú, Coleman, lávate y arréglate un poco. Tu cara y tu nariz necesitan una cura —se internó entre la multitud, seguido de cerca por los muchachos, para desaparecer en seguida.

Un viento húmedo procedente del muelle acariciaba la acalorada piel de Coleman. Regresó a la valla de tablas y se quedó allí, entre el polvo y los gritos, con la mirada perdida en el vacío.

Probablemente no debería haber entregado aquellos diez dólares a la señora Walsh. Los informantes no eran baratos y esperaban recibir al menos un dólar por cada dato que suministraban.

Cerró los ojos por un instante, consciente de lo que había que hacer. Lo único que importaba era lo correcto por aquellas dos niñas y por las incontables desgraciadas como ellas, proporcionándoles la oportunidad que él no había tenido a su edad.

Abriendo de nuevo los ojos, sacó lentamente el arrugado anuncio del bolsillo de su abrigo de lana y se quedó mirando fijamente las palabras «toda información será bien recompensada». Ignoraba quién diablos sería ese duque de Wentworth o el tal lord Yardley, ni por qué andaban buscando a Nathaniel después de casi treinta malditos años, pero sí que sabía una cosa. Utilizaría a aquellos hombres para conseguir todo el dinero que pudiera, con el fin de que los Cuarenta Ladrones dispusieran de los medios necesarios para ayudar a cualquiera que se encontrara en el mismo predicamento que aquellas dos niñas.

Todo en la vida tenía un precio. Y consciente como era de que había niñas y niños cuyas vidas dependían del dinero que Matthew y él pudieran conseguir, ese era un precio que estaba más que dispuesto a pagar.

Capítulo 2

La distinción de rango es de poca importancia cuando se recibe una ofensa y, en el impulso del momento, hasta un príncipe se olvida de su linaje real para ponerse a boxear.

P. Egan, *Boxiana* (1823)

Hotel Adelphi
Tarde avanzada

Apoyado en la pared forrada de papel de seda del vestíbulo del hotel, Coleman contemplaba los relucientes suelos de mármol mientras se frotaba las doloridas manos.

—¿Señor? —lo llamó un sirviente del hotel, estirando hacia él una mano enguantada—. ¿Le importaría por favor no apoyarse en la pared? La seda se daña con facilidad.

Coleman apretó la mandíbula y se apartó de la pared. Aunque se había lavado y afeitado a fondo, su ropa llena de parches cargaba con una mugre inmune a cualquier jabón. Estaba acostumbrado a ello, pero a veces, solo a veces, todavía le sublevaba que los demás lo trataran como si fuera un patán, o un vulgar matón. Él era un boxeador, que no un matón. Había una diferencia.

El eco de unos rápidos pasos llamó su atención.

Un elegante caballero de edad entró presuroso en el vestíbulo del hotel. De pelo engominado, lucía un traje negro de tarde con chaleco de seda blanca, camisa inmaculada del mismo color y un pañuelo de cuello perfectamente anudado.

Acompañaba al caballero un apuesto joven de no más de treinta años, de pelo negro peinado hacia atrás, también con brillantina. Un brazalete negro se distinguía en la chaqueta de su traje bien cortado.

Parecía que todo el mundo se hallaba de luto en esos días.

Resultaba deprimente.

Los dos caballeros arquearon las cejas a la vez cuando se dieron cuenta de que él era la única persona que los estaba esperando en el vestíbulo.

Coleman sabía que la mejor y única manera de enfrentar aquel asunto era hacerles creer que Nathaniel estaba muerto. Porque, en cierta manera, así era.

Recolocándose su abrigo de lana, se dirigió hacia ellos.

—Estoy aquí en nombre de Nathaniel. Disponen de dos minutos para convencerme de que son ustedes merecedores de mi confianza.

Ambos hombres se lo quedaron mirando fijamente, sopesando sus palabras. El más joven se le acercó.

—¿Dos minutos? Supongo entonces que será mejor que hablemos rápido —aquellos ojos grises, que de manera inquietante le recordaron de inmediato a alguien a quien había conocido muy bien, escrutaron su rostro—. ¿Quién es…? ¿Qué le ha pasado a su cara?

Molesto por la pregunta, Coleman separó las piernas y cuadró los hombros.

—Lo mismo que está a punto de sucederle a usted si no me dice quién diablos es y por qué está buscando a Atwood.

El hombre se echó hacia atrás.

–Me doy cuenta de que es usted un hombre extraordinariamente cordial, lo que explica bien el estado de su rostro –carraspeó, ajustándose su traje de tarde–. Mi nombre es Yardley. Lord Yardley –y señaló con su mano desnuda al otro caballero–: Este es mi padre, Su Excelencia el duque de Wentworth. Somos, señor, familiares de Nathaniel. Familiares cercanos. Si él sigue aún vivo, como usted nos está llevando a creer, nos gustaría hablar personalmente con él. Y no a través de persona interpuesta. Si no le importa.

¿Y si aquellos hombres habían sido enviados para dar caza a Nathaniel? ¿Para silenciarlo? Era posible.

–Yo nunca dije que estuviera vivo. Pero si desea alguna información, le advierto que le costará dinero.

–¿Cuánto?

–Mil.

–¿Mil?

–Dólares, que no peniques. Considérelo un trato. Tienen ustedes aspecto de poder permitírselo.

–¿De modo que usted sabe algo?

–Sí.

Lord Yardley bajó su afeitado mentón, apretándolo contra su pañuelo de seda.

–No sería usted el primero en alegar saber algo. La pregunta es: ¿es eso cierto?

Coleman no estaba dispuesto a confiar en aquellos hombres.

–Necesito esos mil dólares antes de empezar a hablar.

Lord Yardley entrecerró los ojos.

–Siga usted por este rumbo y me aseguraré personalmente de que se olvide del bendito nombre con que lo bautizaron. La información primero. El dinero después.

El duque de Wentworth se acercó entonces.

—Basta, Yardley. Tranquilízate.

Volviéndose hacia el caballero, el joven alzó las manos.

—Estos hombres son sanguijuelas. Hasta el último de ellos. Lo único que quieren es dinero. ¿Qué le ha pasado a la humanidad deseosa de ayudar a los demás por pura buena voluntad? Voy a salir a dar un paseo por Broadway. Eso es lo único que me tranquiliza.

El duque lo apuntó con un dedo.

—No. Nada de paseos. Ahora no. Te quedarás y terminaremos con este asunto como sea —sus ojos castaños, sorprendentemente inteligentes y de mirada solemne, escrutaron a Coleman por unos momentos—. Llevamos meses en Nueva York, señor, efectuando incontables investigaciones. Exhaustos como estamos, hemos vislumbrado un aliento de esperanza en la posibilidad de que usted pueda saber algo. ¿Es eso cierto?

Coleman se apartó del duque, como intentando distanciarse de la inquietante sensación que estaba experimentando: la del fantasma del pasado apareciendo por detrás para tocarle en un hombro.

—Eso depende de lo que quieran hacer con la información.

Los rasgos del duque se tensaron.

—Si Atwood sigue vivo, lo que deseo vivamente, dígale que el marido de su hermana y su hijo han venido para recogerlo. Si resulta que está muerto, aun así querremos saber sobre él. Lo único que queremos es una información que nos lleve a resolver este asunto y aclararlo.

Coleman se lo quedó mirando fijamente, consciente de que su plan de hacerse con el dinero se estaba desmoronando con cada palabra que estaba escuchando. Aquel hombre, el duque… ¿era el marido de su hermana? No podía ser. Intentando mantener un tono de voz firme, le confió:

—Permítame hablar antes con su hermana. Entonces decidiremos.

El duque se pasó una mano por la cara.

—Eso no podrá ser.

—¿Por qué no? —exigió saber, incapaz de guardar la calma.

—Murió —aquella voz, aunque bien controlada, hablaba de un dolor profundamente arraigado.

Coleman se tambaleó: por un instante, el suelo de mármol pareció moverse bajo sus pies. Por primera vez en mucho, mucho tiempo, las lágrimas inundaron sus ojos. Auggie había sido apenas seis años mayor que él. No podía haber muerto. Aquello tenía que ser una trampa.

—No le creo. Auggie no está muerta. Está mintiendo.

—¿Cómo es que conoce su nombre? —le preguntó rápidamente el duque.

Lord Yardley observó atentamente a Coleman.

—Ojos azul celeste y pelo negro. Y su acento, cualquier cosa excepto americano —empezó a acercarse a él, boquiabierto—. Es él. Es Atwood. Tiene que serlo.

Diablos. Se había traicionado de la manera más estúpida. Girándose en redondo, se dirigió hacia la salida. No estaba dispuesto a quedarse allí. Ni siquiera quería saber lo que le había sucedido a Auggie. No.

Unos pasos rápidos resonaron en seguida con fuerza en el vestíbulo, a su espalda.

—¿Nathaniel? —lo llamó el duque—. Nathaniel, quédate. ¡Por el amor de Dios, quédate! ¿Atwood? ¡Atwood!

Con el aliento contenido, Coleman se lanzó hacia la puerta que llevaba a la calle. Intentó empujar la enorme doble puerta, pero sus doloridas manos estaban demasiado desconectadas de su cerebro como para cooperar.

—¡Atwood! —el duque lo agarró de los hombros, apartándolo de la puerta.

Aunque instintivamente alzó los puños para golpearlo, comprendió en seguida que pulverizar al esposo de su hermana sería injusto para con ella.

—Atwood ya no existe —masculló.

—He contemplado tantas veces la miniatura de tu retrato de niño… —le dijo el duque—. Nadie tiene unos ojos como los tuyos. No entiendo cómo no me di cuenta antes. Las magulladuras de tu rostro me distrajeron.

Coleman no podía respirar. El duque continuó, inclinándose hacia él:

—Tu hermana se consagró en cuerpo y alma a buscarte. ¿Y es así como la recompensas? ¿Huyendo de tus familiares cuando por fin te han encontrado? ¿Es que no te importa saber lo que le sucedió? ¿O cómo murió?

Una lágrima ardiente resbaló por la mejilla de Coleman. Se la enjugó con rabia, acogiendo con agrado el dolor que le produjo el brusco roce.

El duque le sostenía la mirada.

—Murió durante el parto. Hace ya muchos años. Habría sido una niña. Nuestro tercer retoño. Ninguna de las dos sobrevivió. Perdimos también a nuestro primogénito. El tifus se lo llevó. Yardley, aquí presente, es lo único que me queda de ella.

Coleman se apartó de él, tambaleándose, para apoyarse contra la puerta. Se sentía débil. Había pasado años huyendo sin cesar hasta un punto en que casi había logrado engañarse a sí mismo. Y ahora, según parecía, el engaño había caído. Al menos había protegido el buen nombre de Auggie hasta el final.

«Dios mío», exclamó para sus adentros. Nada de aquello parecía real.

—¿Y qué le sucedió a mi madre? ¿También está muerta?

El duque sacudió la cabeza.

—No. Está viva.

–Me alegro de oírlo –soltó un suspiro tembloroso, y asintió con la cabeza–. Ella fue buena conmigo –tragó saliva, esforzándose por mantener un tono firme de voz–. ¿Y mi padre, el conde?

–Sigue vivo, también.

Coleman apretó la mandíbula y se golpeó un muslo con el puño.

–Por supuesto –se apartó de la pared, consciente de las veces que se había imaginado el rostro de su padre en los contrincantes contra los que había boxeado desde que tenía veinte años. El odio que había acumulado contra su padre era una de las numerosas razones por las que nunca se había preocupado de buscar a su familia. Porque habría terminado tiñendo con su sangre hasta la última pared de Londres–. ¿Está aquí, en Nueva York?

Yardley se le acercó.

–No. Él no sabe que te hemos estado buscando.

Con mano temblorosa, Coleman se apartó del rostro los largos mechones de su melena.

–¿Y cómo es que no lo sabe?

El duque suspiró.

–Augustine siempre pensó que él era el responsable de tu desaparición. Y yo había visto pruebas más que suficientes para darle crédito. Opté, en consecuencia, por no sumarlo a nuestras pesquisas. Incluida esta. Temíamos que pudiera impedírnoslo.

Aquellos hombres conocían bien a su padre.

–Sube arriba y toma un brandy –sugirió Yardley–. Habla con nosotros con la privacidad que todos nos merecemos.

Coleman asintió levemente y atravesó el vestíbulo en su compañía, obediente. Los siguió al piso superior por una escalera alfombrada hasta que lo invitaron a entrar en una suntuosa habitación con ventanales que daban al Bowling Green Park.

De repente era como si volviera a tener diez años y estuviera contemplando la ciudad de Nueva York por primera vez. Era una sensación espeluznante. Se sentó incómodo en la butaca de cuero que le ofrecieron.

Un vaso lleno de brandy apareció en su mano. Apenas podía sostenerlo. El líquido ambarino se agitó dentro del cristal. La última vez que había tocado un cristal de similar calidad fue cuando arrojó una licorera contra el suelo de aquel sótano en el que lo habían mantenido encerrado… cuando estuvo chillando y chillando hasta que dejó de sentir tanto su cuerpo como su alma. Se había sentido entonces como un ser ajeno, una rareza. Y la misma sensación tenía precisamente en aquel momento, con su pelo largo y su rostro amoratado, sosteniendo entre sus dedos un valioso licor destinado a ser consumido por pisaverdes vestidos de puntillas. En realidad, nunca había tenido la sensación de pertenecer a sitio alguno. Él no era ni un pisaverde ni un golfo de la calle. El mundo del boxeo era el único que tenía sentido para él. Luchar o caer.

Yardley se sentó lentamente frente a él.

—Mi madre soñó con que todavía estabas vivo. Eso la movió a elaborar un mapa de Nueva York donde figuraba con un círculo tu localización. Dijo que lo había soñado. Yo conservé ese mapa después de su muerte. Es por eso por lo que estamos aquí: gracias a ella. Su alma estaba claramente conectada con la tuya. Jamás se resignó a perderte.

Coleman soltó otro tembloroso suspiro. Él también había soñado a veces con Auggie. En una ocasión había aparecido en un combate de boxeo a su lado, sobresaltándolo y haciéndole fallar un gancho. En sus sueños, nunca decía una palabra. Solo sonreía. Y, en aquel momento, sabía ya por qué. Le había estado sonriendo desde el otro mundo.

El duque acercó su silla y se sentó.

—¿Qué te sucedió la noche en que desapareciste? —susurró, inclinándose hacia delante—. ¿Puedes hablar de ello?

Coleman se quedó mirando fijamente la copa de brandy sin verla. El muchacho que había sido antaño insistía en que dijera algo. En el nombre de su hermana.

—Pasé cinco años encerrado en un sótano después de que mi padre hubiera hecho enfadar al hombre equivocado.

Yardley dejó caer la mano sobre su rodilla.

—¿Cinco años? Por Dios, ¿qué fue lo que te pasó?

El duque se inclinó aún más hacia él.

—¿Te pegaron?

Llevándose la copa a los labios, Coleman bebió un trago del ardiente licor.

—Ojalá. El dolor físico lo soporto increíblemente bien.

Ambos hombres se quedaron callados.

Coleman percibió que querían que dijera más. Pero, en su opinión, ya había hablado suficiente.

El duque escrutó sus rasgos.

—¿Cómo escapaste?

Coleman bebió otro rápido trago.

—No escapé. Un día, mi secuestrador abrió la puerta del sótano donde me tenía encerrado, me puso un rollo de billetes en la mano y me dijo que empezara una nueva vida. Y eso fue lo que hice.

Yardley se lo quedó mirando extrañado por unos instantes.

—¿Después de tenerte secuestrado durante cinco años, ese hombre te dejó marchar? ¿Por qué?

Coleman se encogió de hombros.

—Puede que resulte difícil de creer, pero llegamos a convertirnos en grandes amigos. Él sabía que me había retenido el tiempo suficiente y no estaba interesado en llevarme consigo a Venecia. Se iba a casar y la gente de su círculo se habría puesto a hacer preguntas. Ya las estaban haciendo.

—¿Hiciste amistad con ese hombre? ¿Después que él…? ¿No acudiste a las autoridades nada más ser liberado? —inquirió el duque—. ¿Para denunciarlo?

Coleman sacudió la cabeza.

—Yo no quería que lo que sabía de mi padre llegase a oídos de mi hermana o de mi madre. Si yo hubiera aparecido de repente, eso habría destruido sus vidas.

El duque le sostuvo la mirada.

—¿Cuánta gente estuvo implicada en tu desaparición? ¿Quiénes fueron? ¿Y cuándo te sacaron a escondidas de Nueva York?

—Solamente hubo un hombre involucrado en mi desaparición. Un veneciano. Y nunca abandoné Nueva York.

—¿Tú nunca…? ¿Durante todo este tiempo, has estado…? —el duque cerró los ojos y de repente se agarró la cabeza con ambas manos—. Dios mío —y se meció durante unos instantes, encogido sobre sí mismo.

Coleman dejó la copa de brandy en la mesa que tenía al lado y se levantó, medio aturdido.

—Os agradezco a los dos que atendierais la súplica de mi hermana, aunque fuera después de su muerte. Sé que si hubiera sido Auggie la secuestrada, yo habría luchado por ella hasta el final, también. Lo único que lamento es no haber podido verla por última vez. Eso me habría gustado tanto… Ella y yo nos separamos en los mejores términos y… —tragó saliva, emocionado, intentando no dejarse vencer por la emoción. Desaparecida su hermana, ¿qué sentido tenía volver a su antigua vida? Ninguno. Su madre siempre había vivido para su esposo. ¿Quién era él para quebrar las ilusiones que siempre había puesto en el hombre al que amaba?—. Debo irme.

Yardley se levantó rápidamente.

—¿Irte? No. No puedes irte. Estamos aquí para llevarte a casa con nosotros. A Londres. Al lugar donde perteneces.

Pero Coleman se dirigió de vuelta a la puerta y se pasó una mano por su rostro machacado a golpes.

–¿Tengo pinta de que mi lugar en el mundo sea un salón de baile, caballeros? Han pasado demasiados años.

El duque se levantó también.

–Atwood. No puedes marcharte ahora que te hemos encontrado. Nos gustaría llegar a conocerte bien y, sinceramente, anhelamos ayudarte en el proceso de vuelta a nuestro círculo. Sé que eso llevará tiempo, pero…

–No –Coleman sacudió de nuevo la cabeza–. Soy conocido por mi nombre de boxeador, que no por mi título, y no quiero más vida que la que tengo ahora. Hay gente que depende de mí. Tengo otro propósito en la vida que no es el de vivir en la tristeza y la nostalgia.

El duque se volvió bruscamente hacia Yardley, frotándose la nuca.

–Yardley, habla con él. Porque yo no estoy pensando con coherencia. Y él tampoco.

El joven se acercó rápidamente a Coleman y acercó mucho su rostro al suyo, tensos sus duros rasgos.

–Llevar otro nombre que aquel con el que naciste, sabiendo todo lo que mi madre y tú sufristeis, sería una ofensa tanto para ella como para ti. Por Dios. Ha pasado mucho tiempo. Si no eres capaz de enfrentarte con esto ahora, ¿lo serás alguna vez?

Aquel joven no lo entendía. No se trataba de que fuera incapaz de enfrentarse con su pasado. Lo había enfrentado. Lo había vivido. Se trataba de enfrentarse con la furia que tenía todavía que descargar sobre la única persona a la que había querido ver muerto: su padre. No su secuestrador. Su propio padre.

Se encaró con Yardley.

–Si vuelvo a Londres, haré algo más que enfrentarme con mi padre. Lo mataré.

–No lo harás –lo apuntó Yardley con el dedo.

–Tú no me conoces –masculló Coleman entre dientes–. A fuerza de golpes, he convertido a hombres en puros charcos de sangre por mucho menos.

–Matarlo no cambiará lo que te sucedió.

–Y dejarlo vivo, tampoco.

Su sobrino le tocó un brazo.

–Dejando a un lado todo lo que pasó, seguro que entiendes que le debes a tu madre un poco de descanso, y de paz. Una paz que mi propia madre jamás disfrutó.

Coleman suspiró. Sí, le debía eso a su madre. Pero si la pobre mujer llegaba alguna vez a conocer la verdad…. Qué situación tan complicada. Resultaba evidente que no podía marcharse sin más y fingir que no quería volver.

–Necesito tiempo.

Yardley bajó su mentón afeitado.

–Llevas fuera casi treinta años. ¿Cuánto tiempo más necesitas?

–Lo que parece que no entiendes, sobrino, es que yo llevo una vida completamente ajena a mi pasado. Hay gente que depende de mí. Treinta y nueve hombres, para ser exactos. Ellos estuvieron a mi lado cuando más solo me encontraba y no pienso defraudarlos marchándome sin más. No puedo. Necesito tiempo para hacer el proceso.

Yardley vaciló.

–¿Cuánto tiempo necesitas? –le preguntó con mayor suavidad.

Coleman se encogió de hombros.

–No lo sé. Unos cuantos meses. Cargo con muchas responsabilidades. Hasta que pueda delegarlas en gente de mi completa confianza, os sugiero que regreséis a Londres y dejéis descansar el asunto.

Yardley desorbitó los ojos.

–No nos marcharemos sin ti.

–No tenéis otra elección –replicó Coleman–. Porque cuando salga de aquí, vosotros dejaréis de existir hasta que yo encuentre la manera de volver a Londres. ¿Y por qué? Porque no hay nadie en Nueva York, ni en todos los Estados Unidos, por cierto, que sepa que soy un maldito vizconde. Perderé en un segundo la credibilidad que tengo en las calles y en el distrito y no seré de utilidad para nadie. Ya es desgracia suficiente tener que pasearme por esta ciudad hablando con acento británico. Los americanos odian a los británicos, y la verdad es que no puedo culparlos de la manera en que nuestro ejército arrasó su ciudad e incendió Washington hace apenas dieciséis años. Yo estuve aquí cuando pasó eso y todos los habitantes de Nueva York pensaron que ellos serían los siguientes. Lincharon a los británicos que veían por las calles como si fueran conejos.

El duque se volvió entonces hacia ellos.

–Respeto que necesites proteger tu actual estilo de vida y también que necesites tiempo, pero no puedes dejarnos sumidos en esta preocupación. Deja al menos que mi ayudante de cámara te cure las heridas del rostro, mientras un peluquero te arregla el pelo. Te llevaremos después a un buen sastre y te proporcionaremos ropa nueva y unas buenas botas.

Coleman maldijo para sus adentros. ¿Tan patético era el aspecto que ofrecía?

–Tengo ropa. Tengo unas botas. Y me gusta mi pelo tal como lo llevo, gracias. Sé cuidar de mí mismo, caballeros. Llevo haciéndolo toda mi vida.

El duque señaló su rostro magullado.

–¿Llamas a esto cuidar de ti mismo?

Coleman suspiró de nuevo. Había olvidado lo que era tener una familia.

–Soy un púgil. Así es como me gano la vida. Y puede que no lo parezca, pero soy bueno en mi oficio. Diablos,

los políticos y los propietarios de tabernas están empeñados en llevarme a combates más ambiciosos desde que tenía veinte años. Y, al contrario que la mayoría de mis compañeros, soy tanto mejor cuanto más mayor porque sé entrenar bien. En el distrito Sexto, tengo fama de tumbar a mis adversarios en menos de diez asaltos.

Yardley arqueó las cejas.

—¿Menos de diez asaltos? —soltó un silbido de admiración—. No me gustaría pelear contigo —se le acercó—. Si boxear es lo que realmente te gusta, tío, Londres es el mejor lugar para hacerlo. El boxeo es un deporte increíblemente popular. Sobre todo entre la aristocracia. Muchos de los compañeros con los que estudié en Oxford siempre estaban apostando en los combates. A mí nunca me interesó ese deporte, pero tú, como púgil, te sentirías como un caballo de carreras en el derby.

—Yardley —el duque lo fulminó con la mirada—. Te estás yendo por las ramas.

—No —replicó el joven—. Estoy intentando conseguir que este hombre regrese a Londres. ¿Qué es lo que estás haciendo tú, en cambio? ¿Gruñir? Eso sirve de bien poco.

Aquello era como escuchar a dos carniceros discutir sobre quién hacía el mejor corte.

—Si él vuelve a Londres —continuó el duque, indignado—, será para asumir sus deberes como lord… y no para convertirse en el nuevo campeón de Inglaterra machacando las caras de los demás. ¿Quién ha oído nunca hablar de tal cosa? Los aristócratas se desmayarían —mascullando algo más, se dirigió a un aparador cercano y recogió una cartera de piel—. ¿Cuánto dinero necesitas, Atwood, hasta que volvamos a verte? ¿Sigues queriendo esos mil?

Coleman habría recibido con gusto el dinero, pero se rebelaba contra la idea de explotar a la familia de su hermana, a su propia familia, de aquella forma.

–Con veinte dólares bastará –con eso al menos conseguiría pagar a suficientes informantes para ayudar a Matthew a encontrar a las dos niñas.

–¿Veinte? No seas ridículo. El billete más barato para cruzar el océano y volver con nosotros te costará casi diez.

–Me preguntaste cuánto quería y yo te estoy respondiendo. Veinte.

El duque cedió, extrajo un billete y volvió a dejar la cartera de piel sobre el aparador, con su cabello de plata reluciendo a la luz de las velas. Acercándose luego a Coleman, se sacó una cajita de plata de un bolsillo de la chaqueta y extrajo de la misma una tarjeta de visita, que le entregó junto con el billete.

–Nos localizarás en esta dirección de Londres.

–Gracias –tras guardarse tarjeta y billete, le tendió la mano–. Me alegra saber que tengo a alguien más que se preocupa de mí, aparte de mis muchachos. Es algo que no he podido decir durante muchos años.

Su cuñado la estrechó la mano, mirándolo fijamente.

–Tengo algo más para ti. Antes de que te vayas –el duque se dirigió a la cama de dosel que se alzaba al otro lado de la habitación.

Deslizando una mano bajo la almohada, retiró un librito encuadernado en cuero y atado con un cordón de terciopelo rojo. Acariciándolo durante unos segundos, soltó un suspiro y volvió con Coleman.

–Era el diario de Augustine. La mitad te pertenece. Dejó de escribirlo cuando nos casamos. Intentó mirar hacia el futuro. Pese a su intento, nunca lo consiguió –el duque parpadeó varias veces para contener las lágrimas mientras le hacía entrega del cuaderno.

Coleman sintió de nuevo el asalto de aquellas malditas lágrimas. Contempló fijamente el librito forrado en cuero.

Aunque una parte de su ser quería rechazarlo, mantenerlo a distancia, sabía que si lo hacía, se estaría negando a sí mismo la oportunidad de despedirse de su hermana. Dudaba que se atreviera a leerlo, pero al menos sería capaz de conservarlo hasta que estuviera en condiciones de regresar a Londres.

Recogiendo el libro, acarició el fino cordón de terciopelo. Permaneció inmóvil recordando a su hermana mientras escribía en aquel cuaderno. Recordaba haber visto su oscura cabeza inclinada atentamente sobre sus páginas, escribiendo a la luz de una lámpara de pantalla, sentada ante su escritorio en Nueva York. En una ocasión había irrumpido en su dormitorio para preguntarle por qué escribía aquel estúpido diario, a lo que ella había repuesto, alzando la mirada: «Todos tenemos nuestros secretos, Nathaniel. Yo simplemente estoy escribiendo los míos».

Él nunca había escrito los suyos. Seguía guardándolos para sí mismo.

Maldijo en ese instante para sus adentros, porque no podía ya seguir fingiendo. No podía fingir que no era el vizconde Nathaniel James Atwood, el niño que había desaparecido a los diez años de edad. Había pasado la vida entera esperando una señal sobre lo que debía hacer con aquel secreto que había mantenido escondido durante casi treinta años. Y en aquel momento, allí mismo, tenía aquella señal delante.

El secreto estaba destinado a dejar de serlo.

Capítulo 3

*¿Por qué debe un hombre de sangre caliente quedarse
sentado como su abuelo esculpido en alabastro?*

P. Egan, *Boxiana* (1823)

Londres, Inglaterra, febrero de 1831
La Casa Weston

Lady Imogene Anne Norwood deslizó un dedo a lo largo del cristal de la ventana, mirando sin ver la fría y serena noche. A pesar de la oscuridad y de las sombras, una luna llena iluminaba la calle empedrada más allá de la entrada de carruajes, recortando lúgubremente los robles agitados por el viento.

Desvió la mirada hacia el reloj francés que tenía junto a su cama, débilmente iluminado por una única vela. Las dos y cuarto y seguía sin tener noticias de Henry. Dudaba que su hermano fuera consciente de lo muy preocupada que estaba por él. Fumaba como un horno lleno a rebosar y pasaba la mayor parte de su tiempo contemplando combates de boxeo como si la vista de la sangre le proporcionara una genuina satisfacción.

Antes solía hacer muchas más cosas. Pero el pobre Henry había invertido demasiado en un negocio que los había dejado a los dos en la ruina. En un esfuerzo desesperado por redimirse, y con tal de salir adelante, había vendido su título de marqués a la dama que más había estado dispuesta a pagar por él.

Imogene no podía evitar sentirse responsable de la constante necesidad de dinero que tenía su hermano, por culpa suya. Aunque tenía ya diecinueve años, incontables médicos y matasanos habían desfilado por la casa Weston desde que tenía siete. Y no eran en absoluto baratos. Como tampoco lo era el elixir curativo de sabor a barro que estaba obligada a beber diariamente, tapándose la nariz, a las cuatro de la tarde.

Estaba cansada de ser una carga para él.

Estaba cansada de ser una enferma.

Imogene se volvió hacia la ventana. Su hermano probablemente estaría evitando de nuevo a su esposa. Difícilmente podía culparlo por ello. La constante afición de Lady Mary Elizabeth Weston por hacer alarde de su riqueza encolerizaba a Henry... para no hablar de los rumores sobre sus secretos encuentros con lord Banbury.

Casi se alegraba de que sus padres hubieran fallecido hacía ya años, de manera que no pudieran asistir a la aflicción de Henry. Cada uno de sus pobres hijos había muerto en sus primeros meses de vida, y Mary no había vuelto a quedarse encinta desde entonces. Había sido por aquel tiempo cuando decidió buscar los brazos de otro hombre.

La vida había sido de todo menos amable con su pobre hermano.

La puerta de carruajes se abrió de golpe, haciendo que Imogene se irguiera junto a la ventana. Un coche negro, lacado, con el escudo de los Weston en la portezuela, rodó por el sendero empedrado hacia la casa.

Echándose la rubia trenza sobre un hombro, se recogió

los faldones de la bata y del camisón para salir apresurada del dormitorio. Nada más abrir la puerta, corrió por el pasillo iluminado por la luna, doblando esquina tras esquina, y bajó las escaleras.

Se detuvo en seco justo cuando se abrió la puerta.

Un frío viento penetró de pronto en el vestíbulo, haciendo temblar las llamas de las velas. Henry entró y se quitó el sombrero de copa, con su rubio cabello desparramándose por su frente. Nada más cerrar la puerta, sus ojos verdes se abrieron de sorpresa al verla allí.

—Gene. ¿Cómo es que estás levantada? ¿No te sientes bien? ¿Quieres que llame al doctor Filbert?

—No, estoy bien —Imogene corrió hacia él y lo abrazó con fuerza. Un fuerte olor a tabaco impregnaba su traje—. No podía dormir. ¿Dónde estabas? Apestas a cigarros.

—Lo sé. He fumado demasiados —le palmeó cariñosamente la cabeza con sus manos enguantadas—. Había velada de boxeo en Bloomsbury. Me quedé hasta el final.

—¿Otra velada de boxeo? —suspiró—. No dejo de decírtelo, pero me parece un desperdicio de tiempo y una irresponsabilidad.

—Eso depende de lo que entiendas por «desperdicio» —se inclinó hacia ella para susurrarle por lo bajo—: ¿Sabías que el último campeón de boxeo de Inglaterra ganó casi un cuarto de millón de libras para él y para su patrocinador, lord Ransford? ¡Un cuarto de millón! Si pudiera disponer de unos cuantos miles de mi propio dinero, el dinero que ojalá Dios hubiera querido que poseyera, encontraría a un boxeador capaz de ganar el título, me embolsaría la ganancia y me divorciaría de Mary alegando adulterio. Con un dinero así, ningún escándalo de alguna entidad nos salpicaría. El problema es que yo no valgo más que mi título y ella lo sabe. En mi opinión, Banbury y ella están hechos el uno para el otro. Ojalá ella tuviera la decencia de ser más discreta. Todo el mundo sabe lo suyo. Hasta la gente del mundillo del boxeo. Es humillante.

Aquella malvada... Era la primera vez que Henry se atrevía a hablar de divorcio. Lo que quería decir que estaba desesperado. Hablar de divorcio en la sociedad londinense era hablar de ruina, no solo para él, sino también para ella. Ese conocimiento hacía que Imogene deseara invertir en ese cuarto de millón de libras solo para que su hermano pudiera vivir de la manera que se merecía. Tranquilamente, en paz.

De repente se quedó paralizada. ¿Un cuarto de millón de libras? ¿Por un simple título de boxeo? Eso sería como encontrarse con Dios. No, no. Eso sería como ser Dios. Era una cantidad de dinero obscena.

—¿Cuánto te costaría invertir en un boxeador?

La miró.

—De cuatro a cinco mil libras, gastos de entrenamiento aparte. ¿Por qué?

El corazón se le aceleró. La herencia de su abuela, que sería liberada del patrimonio familiar apenas la próxima semana, en cuanto alcanzara la mayoría de edad, ascendía a diez mil.

—Yo tengo diez mil libras, que pronto serán mías. Quiero que las inviertas en mi nombre.

—¿Invertirlas? ¿En qué?

—En localizar a un boxeador que pueda convertir esas diez mil en doscientas cincuenta mil. ¿Lo harás?

A su hermano se le escapó una carcajada de asombro.

—Gene, yo no estaba en absoluto insinuándote que nosotros...

—¿Por qué no? —lo agarró del brazo y susurró—: Podríamos dividir el beneficio, de manera que ninguno de los dos volviera a depender de nadie nunca. Como tú mismo has dicho, con una cantidad así, tu divorcio no pasaría de un pequeño y corto escándalo que podríamos evitar ausentándonos de la capital. Y después de todo lo que has soportado, Henry, en su mayor parte por culpa mía, te pido que me dejes hacer esto por ti. ¿Lo harás?

La diversión desapareció de su rostro.

—No estás hablando en serio, ¿verdad?

Imogene apretó los labios y endureció su expresión para convencerlo de la seriedad de su propuesta. Estaba cansada de que estuvieran luchando constantemente por su dignidad. Había llegado la hora de invertir en eso mismo, en su dignidad.

—Encuentra al mejor boxeador del mercado y yo cubriré la inversión con diez mil libras.

Desviando la mirada hacia la escalera para asegurarse de que estaban solos, Henry susurró con voz ronca.

—Por el amor de Dios. Aparte de que mi divorcio significaría mi degüello público, tu primera Temporada empezará en abril. No puedo jugarme ni tu futuro ni tu buen nombre. Ese dinero te está destinado: a ti y al marido que decidas elegir, sea el que sea. Lo sabes.

Ella tragó saliva y negó con la cabeza.

—Ya sabes lo que pienso acerca de tomar marido. Yo solo sería una carga para él. Y no quiero ser una carga para nadie más. Mira lo que mi enfermedad ha hecho con tu vida. Te he dejado sin nada. Te he reducido a la nada.

—Gene —se inclinó hacia ella y le tomó las manos.

—Seguro que no querrás llevar la vida de una solterona… Tienes mucho que dar, tanto en cuerpo como en alma. ¿Te negarás a ti misma la posibilidad de tener hijos, la felicidad de fundar un hogar propio por culpa de mi propia estupidez? No puedes. Yo no lo consentiré. Y lo que es más, todos en nuestro círculo están esperando tu debut.

Ella liberó las manos, consciente de que su hermano no acababa de entenderla.

–Debutaré, porque eso es lo que quieres de mí, pero, por razón de mi salud, no estoy dispuesta a casarme. Yo no sería más que una pesada carga para el hombre que pidiera mi mano. Prefiero que especulemos los dos con otra perspectiva. Piensa en todo lo que podríamos hacer con ese dinero. No volveríamos a depender de nadie.

–No, Gene –sacudió la cabeza–. Después de haberlo perdido todo en un negocio en el que nunca debí haber invertido, estoy demasiado escarmentado para embarcarme en algo así. Simplemente tenemos que aceptar nuestra situación. Es lo que hay.

Las lágrimas le ardían en los ojos.

–En la vida tiene que haber algo más que yo me ahogue en medicamentos y tú en una decisión equivocada. No podemos… –se le cerró tanto la garganta que de repente no pudo respirar. Se abalanzó hacia él y le agarró las manos, haciendo que su sombrero de copa rodara por el suelo.

Sintiendo la inminencia del tartamudeo, apretó los dientes con fuerza. Ojalá hubiera nacido con otra vida. Anhelaba con desesperación poder expresar todo lo que sentía dentro de sí, pero sabía que, si lo intentaba, no saldrían de su boca más que sonidos quebrados, estúpidos, absurdos.

Así que, en lugar de ello, le sacudió incesantemente las manos como expresándole que, si no hacían un esfuerzo por cambiarlas, sus respectivas vidas seguirían siendo las mismas. Y eso no era justo. ¡No era justo!

–¡Gene! –liberando sus manos, le alzó con fuerza la barbilla para obligarla a que lo mirara–. ¿Necesitas que le envíe recado al doctor Filbert?

Esbozó una mueca y negó con la cabeza, consciente de que la visita les costaría aún más dinero. En un desesperado intento por tranquilizarse, cerró los ojos con fuerza y concentró su pensamiento en lo que siempre la ayudaba.

Se imaginó un campo, con praderas en suave pendiente. El sol se alzaba, tiñendo el cielo de tonalidades rosadas. Un viento suave le acariciaba el rostro, haciendo ondear su cabello.

Las sombras del pánico se fueron apagando a la vez que se aflojaba el nudo de su garganta. Abrió los ojos e inspiró profundo, para soltar el aire con mayor tranquilidad. Podía respirar, pese a que, extrañamente, se sentía como si estuviera flotando y la habitación se balanceaba a su alrededor.

Los rasgos de Henry reflejaban preocupación.

—Enviaré ahora mismo una nota al doctor Filbert.

Ella sacudió la cabeza.

—Él puede ayudarte. Ya lo ha hecho. Lo sabes.

—No —pronunció a duras penas. Afortunadamente, la amenaza del tartamudeo había pasado—. He… he tomado mi medicina. Estoy… estoy bien.

—El doctor Filbert está sinceramente preocupado por el estado de tu salud y de tu mente, Gene. Al igual que yo. No es normal lo que te pasa. No es normal que te quedes muda cada vez que sufres un ataque de rabia o de pánico. ¿O me estás diciendo que sí lo es?

Se tapó los oídos con las manos, nada deseosa de seguir escuchándolo. Detestaba que le recordaran lo que era. Lo que ella sabía que era.

Henry se apiadó de ella. Estrechándola en sus brazos, le acarició el cabello con gesto reconfortante.

—Lo siento. Ya sabes que no dejo de preocuparme por ti. Desde el incidente… no has vuelto a ser la misma.

Bajó las manos y, asintiendo contra su pecho, Imogene jugueteó con el chaleco bordado que sentía bajo su mejilla. A veces deseaba tener el dinero suficiente para comprarlo todo, incluida la felicidad que se merecía su hermano. Y quizá, si todavía le quedara algo de dinero, podría también comprar una nueva vida para sí misma… Una en la que ella estuviera al control de todo, y en la que todo fuera posible con una simple palabra suya.

—Déjame que haga esto por ti —le suplicó—. Por ti y por mí. Por favor. No lo sabremos hasta que no lo intentemos.

Él se apartó, frotándole los hombros, y la soltó lentamente. Pasándose las dos manos por el pelo, las dejó caer y la miró.

—¿Y si lo perdemos todo? ¿Qué pasará?

Ella se encogió por dentro.

—Entonces nuestras vidas serán siendo las mismas. Seguiremos bajo la jurisdicción de tu mujer. Y… de Banbury —sabía que era una crueldad, pero su hermano necesitaba un pequeño empujón.

Henry se removió, tenso. Después de desviar nuevamente la mirada hacia la escalera, la contempló de nuevo.

—Si hacemos esto, no podrás decirle una palabra a nadie. Especialmente a Mary. Aparte de la propia inversión, el divorcio será un asunto engorroso y horrible. ¿Entiendes?

El corazón le dio un vuelco en el pecho, consciente de que las vidas de ambos estaban a punto de cambiar con aquella decisión.

—No diré nada en absoluto.

Él se pasó una mano por la cara.

—He contemplado suficientes combates como para saber en qué hombres exactamente debería invertir. Dame tiempo. Los mejores púgiles suelen estar escondidos —vaciló—. Lo único que te pido a cambio es que debutes y comiences la Temporada. No necesariamente que te busques marido, sino que hagas la Temporada. Nunca se sabe cómo pueden evolucionar las cosas o a quién podrías conocer. ¿Me darás gusto en esto al menos? ¿Por mí? ¿Sabiendo que yo estoy a punto de aceptar tu sugerencia?

Imogene asintió levemente.

–Sí, por supuesto. Yo... –parpadeó con rapidez para sobreponerse al mareo que afectaba a su capacidad de concentrarse o de hablar. Pero los bordes de su campo de visión estaban empezando a achicarse. Oh, no, estaba sucediendo otra vez.

–¿Gene?

Se desmayó.

Al otro lado del océano

Nathaniel, como se había acostumbrado a llamarse a sí mismo de nuevo, podía ver a los muchachos despidiéndose de él a lo lejos, mientras se desdibujaban lentamente contra el horizonte de edificios. La sensación de abandonar a los Cuarenta Ladrones y la ciudad de Nueva York se le antojaba absurda. Era como abandonar a la única familia que había conocido.

Pero, al menos, Matthew seguía a su lado.

Eso haría más fácil la transición.

Y también era la mejor manera que tenía de mantener al muchacho vivo.

El vapor levantaba nubes de humo negro que eran barridas por el fuerte viento, en medio del constante bamboleo de las olas.

Recogiéndose la melena en una coleta, Nathaniel se llenó los pulmones con el frío aire del mar. El diario de su hermana, que guardaba en el bolsillo interior de su abrigo, pesaba en su ánimo. Aunque durante los últimos meses había deshecho muchas veces el cordón que lo anudaba, no había sido capaz de leer una sola palabra. Seguía sin poder resignarse al hecho de que lo único que le quedaba de ella eran unas simples páginas de papel.

Se inclinó para apoyarse sobre la barandilla de hierro

de la borda, con la mirada todavía clavada en la costa de Nueva York que se había encogido hasta quedar reducida al tamaño de una mano, desvaneciéndose en el vasto horizonte del mar.

—¿Así que me estás diciendo que eres un aristócrata cuyo padre, también aristócrata, fastidió a otro aristócrata que fue el que acabó fastidiándote a ti?

Nathaniel se quedó sorprendido. Bendito fuera su amigo por aquella capacidad que tenía de simplificarlo todo tanto.

—Más o menos.

Matthew lo miró, con su parche de cuero moviéndose ligeramente sobre el pómulo.

—¿Entonces cómo quieres que te llame? ¿Con qué nombre?

Nathaniel apretó con fuerza la baranda de hierro.

—Eso no importa. Puedo seguir siendo Coleman para ti, si quieres. En los círculos del boxeo, incluso en Londres, no me conocerán por otro nombre. Así que no tengo más remedio que conservar ese. Solo quería que supieras la verdad. Ya te la he ocultado durante demasiado tiempo.

—Todo esto me parece irreal. ¿Cómo diantres pudo tu propio padre...?

—No quiero seguir hablando de esto —Nathaniel descargó un nervioso puñetazo contra la barandilla—. Es en tu situación en la que debemos concentrarnos. Te sugiero que duermas con tus pistolas hasta que lleguemos a Londres. Solo Dios sabe quién viaja en este barco y solo se necesita un hombre para tajarte la garganta.

Matthew soltó un gruñido.

—Te agradezco tu preocupación, y saldré del apuro trasladándome a donde haga falta con tal de no terminar muerto, pero dormir con las pistolas en las manos es demasiado.

Nathaniel lo apuntó con un dedo.

—En mi opinión, eso no es suficiente. Duerme con esas malditas pistolas si no quieres que me caliente y te saque de un puñetazo esas fichas de dominó que guardas en la boca. No pienso dejar que te linche algún chico de la calle que no tenga la menor idea de lo valioso que eres, no ya para mí sino para el distrito. Los muchachos necesitan que vuelvas vivo. Sin ti ellos no serían nada, y lo sabes.

Matthew se lo quedó mirando durante largo rato.

—Pareces olvidarte de que estoy habituado a estas cosas. Si me hubieras dejado allí, me las habría arreglado perfectamente. Siempre lo hago.

—¿De veras? —se burló Nathaniel—. Diecisiete hombres se habían juramentado para matarte. Seguro que no te las habrías arreglado nada bien.

Matthew soltó otro gruñido.

—Supongo que tienes razón —suspiró—. Entonces, ¿cuánto tiempo durará esta sentencia de destierro mía?

—No puedo saberlo. El comisario Royce me dijo una vez que cuando las patrullas policiales den caza a esos canallas y eliminen la amenaza contra tu vida, nos lo notificará. Le facilitaremos una dirección de contacto cuando lleguemos a Londres.

Matthew sonrió.

—¿Sabes que eres un amigo genial?

Matthew puso los ojos en blanco.

—No te pongas sentimental. Sabes perfectamente que tú me has salvado el pellejo a mí más de una vez.

—Y volvería a hacerlo.

—Cosa que te agradezco.

Matthew se inclinó sobre la barandilla, contemplando las olas que corrían debajo.

—Entonces, ¿qué es lo que te ha hecho decidirte a volver a Londres ahora? ¿Por qué no te fuiste con tu familia en su momento, hace meses, cuando vinieron a buscarte?

Nathaniel se volvió para mirarlo.

—Yo nunca dejo colgada a la gente que me necesita. No después de todo lo que he pasado. Y los muchachos y tú me necesitabais.

Matthew estiró una mano para darle un golpe flojo en la mandíbula.

—Oye, oye, no te pongas solemne conmigo. No es propio de ti.

Nathaniel sonrió y le apartó la mano.

—Cuidado con esas manos. No me interesas.

Matthew soltó una carcajada.

—No presumas tanto, maldito señorito vizconde —le dio un codazo—. Pero… ¡hey! Si realmente eres un aristócrata, viviremos a todo lujo cuando lleguemos a Londres, ¿verdad?

Nathaniel soltó un resoplido escéptico.

—Si con vivir a todo lujo te refieres a que nos trasladembos a la casa de mi padre, lo dudo mucho. Antes le cortaría la garganta. Pienso moverme en el mundo del boxeo e intentar ganar algún dinero antes de tomar una decisión —se quedó mirando el brumoso horizonte que se balanceaba con el barco, consciente de que, una vez en Londres, asuntos mucho más importantes lo esperaban. Como por ejemplo enfrentarse a un padre que lo quería muerto por razones que nunca estaría dispuesto a compartir con nadie, excepto Matthew. ¿Y si mataba realmente a ese canalla? ¿Y si…?

Matthew le dio otro codazo.

—Entonces, ¿dónde vamos a quedarnos?

Había un millar de preguntas que responder. Nathaniel se encogió de hombros.

—No lo sé. Nos buscaremos un hotel.

—Tendrá que ser barato. Yo solo tengo seis dólares.

—Y yo cuatro.

–Estupendo. Será un ciego guiando a otro ciego... – de repente Matthew se interrumpió–. Escucha, tengo una idea. Mi «madrastra» vive en Londres. Quizá pueda localizarla. Ella nos daría algo.

–¿Qué? ¿Georgia?

–Sí, Georgia. ¿Cuántas madrastras tengo?

–No metas a esa pobre chica en nuestro embrollo...

–Ella ya no es pobre. Se buscó un marido rico –Matthew sonrió con suficiencia mientras se recolocaba su parche–. ¿Y qué me dices de esa familia tuya? El marido de tu hermana y su hijo. ¿No podemos quedarnos con ellos?

–No. Nosotros no somos precisamente su tipo de gente, Milton. Ni pienso imponer mi presencia a nadie hasta que no haya solucionado este embrollo. Un hombre no se presenta en su casa treinta años después para gritarle al mundo: «Hola, aquí estoy. Ah, por cierto... estoy pensando en matar a mi propio padre».

Matthew titubeó.

–¿Por qué tengo la sensación de que Londres va a embrollar todavía más nuestras vidas?

–Porque probablemente lo haga. Pero, en tu caso, eso será mejor que estar muerto.

–Ya –Matthew lo miró y se apartó de la barandilla–. Bajo a nuestro camarote. ¿Vienes?

Nathaniel tragó saliva, sintiendo que se le cerraba la garganta ante el pensamiento de aquellas bajas vigas de madera y de aquel pequeño cuarto sin ventanas, con un único fanal. No pensaba dormir bajo cubierta.

–No. Pienso dormir aquí arriba.

–¿En cubierta? –exclamó Matthew, alzando sus oscuras cejas–. ¿Y si ruedas hacia el lado equivocado y te caes en el mar?

Nathaniel lo fulminó con la mirada.

–Sé nadar, Milton. Pero como tú bien sabes, no soy amigo de lugares estrechos. Así que retírate al maldito camarote y déjame a mí en cubierta.

—Está bien, está bien. ¿No quieres que duerma aquí arriba contigo?

Nathaniel puso los ojos en blanco.

—Si alguna vez necesito a un hombre para que me ayude a dormir, te daré permiso para que me arrojes por la borda. Y ahora descansa un poco. Te veré por la mañana. Y duerme con tus pistolas. Solo hasta que arribemos a Londres.

—De acuerdo. Te complaceré.

Matthew asintió, hundió las manos en los bolsillos de su abrigo y recorrió la cubierta hasta llegar a la escalerilla que conducía a los camarotes.

Nathaniel soltó un suspiro y se apoyó en la barandilla, dejando que el aire frío azotara su rostro. El océano parecía extenderse hasta el infinito. Era maravilloso. Allí no había muros ni techos: solo una vasta, interminable extensión de cielo y agua.

Cuando la noche se abatió sobre el barco, se instaló con un fanal al lado, usando su abrigo como manta y un rollo de sogas como almohada.

Jugueteando con las sogas, se quedó contemplando el cielo nocturno, que había ahuyentado toda claridad para revelar el brillo de innumerables estrellas. Rara vez se sentía solo, porque siempre tenía la mente demasiado ocupada. Pero en aquel momento, con el rumor de las olas acompasándose con el silencio, nada le habría gustado más que sentir el cálido cuerpo de una mujer apretado contra el suyo, bajo todas aquellas estrellas.

Pero no. Lo que realmente quería y necesitaba era copular. Había pasado más de un mes desde la última vez, el periodo de abstinencia más largo hasta la fecha. Aparte de boxear, el sexo era la única cosa que disfrutaba de verdad.

Era una suerte que la mayoría de las mujeres lo encontraran lo suficientemente atractivo como para aceptar su promiscuidad, porque estaba seguro de que, aparte de eso, nada tenía que darle a una mujer. Dinero, ciertamente que no. Aunque quizá Londres pudiera cambiar eso.

Capítulo 4

*Después de que hubo circulado la copa, llena de vino,
el campeón se dirigió brevemente a sus patronos: «Caballeros, por el honor que me hacéis al otorgarme esta copa,
os suplico respetuosamente que aceptéis mi más cálido
agradecimiento»*

P. Egan, *Boxiana* (1823)

Muchas, muchas semanas después. Tarde
Antro pugilístico de Cardinal
Londres, Inglaterra

Tenía que haber una mejor manera de ganar dinero.

Nathaniel se alisó la vieja camisa de lino sobre su torso
empapado de sudor, más que harto de enseñar a la gente
cómo debía lanzarse un buen gancho. En toda la noche solo
había ganado trece chelines, dando clases de boxeo a un
quinceañero. Realmente necesitaba dejar de compadecerse
de la gente antes de que terminara muriéndose de hambre.

De repente se detuvo.

Sabiéndose nuevamente espiado por el dandi que se
apoyaba en el muro de tablas, detrás de la multitud, soltó un suspiro. Un petimetre desconocido, ataviado con un

elegante sombrero de copa y con un habano en la boca, que no había dejado de observarlo cada noche desde que llegó a Londres.

Dada su experiencia con hombres desconocidos de sombrero de copa y habanos, aquello no le gustaba en absoluto. Aquella noche, consciente como era de que sus planes de ganar dinero estaban marchando con mucha mayor lentitud de lo que había esperado, no estaba de humor para nada. Apartando de mala manera a varios parroquianos que se habían congregado a su alrededor, con la intención también de solicitar una clase de boxeo por trece chelines, Nathaniel se dirigió a grandes zancadas hacia el hombre.

Más que dispuesto a darle un escarmiento, Nathaniel le gritó:

—No me gusta que me sigan y me espíen. ¿Piensa dejar de hacerlo? ¿O necesita que lo obligue yo?

Las rubias cejas del dandi se alzaron al mismo tiempo que el cigarro desaparecía de sus labios. El caballero se apartó de la pared, fuera de la zona de sombras que los fanales no alcanzaban a iluminar. De unos treinta años, tenía un rostro de rasgos duros y penetrantes ojos verdes que miraron a Nathaniel bajo la forrada ala de satén de su chistera.

El dandi se dirigió hacia él y lo apuntó con su cigarro.

—Sin duda es usted, señor, el mejor púgil que he tenido el honor de contemplar. Esperaba poder convencerlo de que se embarcara conmigo en un provechoso negocio.

Nathaniel puso los ojos en blanco. Debería haberlo previsto. Los tipos ricos como aquel no frecuentaban los antros de boxeo a no ser que olisquearan alguna posible inversión.

—A no ser que tenga cinco mil libras que ofrecerme, no merece la pena que se moleste. Yo necesito dinero de verdad, que no charla.

El hombre se inclinó hacia él.

—Puedo ofrecerle cinco mil a la firma del contrato y la oportunidad de aspirar al título. ¿Está interesado?

Nathaniel examinó el traje del hombre, su chaleco bordado y sus botas relucientes. Parecía que podía permitirse todo lo que le estaba ofreciendo. La cantidad de dinero que Matthew y él necesitaban con tanta desesperación. Habían estado viviendo escatimando cada chelín. Nathaniel incluso se había puesto a jugar a naipes con lo poco que les quedaba, con la esperanza de hacer algo de dinero rápido.

Los naipes no eran su fuerte. Había perdido todas las manos. Pero sí que se le daba muy bien apostar a los combates. El problema era que necesitaba al menos diez libras para poder ganar algo. Unas libras que no tenía.

Resultaba interesante, sin embargo, que aquel aristócrata le estuviera ofreciendo algo más que dinero. Algo que ninguno de los otros inversores le había ofrecido hasta el momento. Una oportunidad de aspirar al título.

—¿Me está ofreciendo la posibilidad de aspirar al título de campeón de Inglaterra? —murmuró—. ¿En serio?

—Sí. Creo que puede usted ganarlo, a juzgar por lo que he visto hasta ahora. Y al contrario que otros inversores, yo poseo no solamente un título nobiliario, sino también los medios de conseguirle el entrenador adecuado y los combates necesarios para que eso sea una realidad. Todo depende de que usted quiera conseguirlo o no —sujetando el cigarro entre los dientes, le tendió la mano enguantada—. Soy lord Weston. Pero preferiría que me llamara simplemente Weston. Usted responde al nombre de Coleman, ¿verdad?

Nathaniel miró su mano, pero no se la estrechó. No era tan estúpido.

—¿Qué es lo que quiere realmente de mí, Weston?

—Quiero su talento para el boxeo en el *ring*. Porque estoy francamente impresionado –exhaló una nube de humo en dirección al rostro de Nathaniel y señaló con el cigarro la estrecha puerta del local, iluminada por un fanal–. ¿Qué tal si seguimos hablando de esto en una taberna?

Las aletas de la nariz de Nathaniel se dilataron por culpa del acre hedor del humo. Odiaba los cigarros. Le recordaban los días que había pasado encerrado en aquel sótano.

–Tire primero ese cigarro. Me pone nervioso.

El caballero, sorprendido, le apuntó con un dedo.

–No se propase conmigo, amigo. Fumaré si me apetece hacerlo. Soy yo quien está haciendo la oferta aquí, que no usted.

–¿De veras? –Nathaniel arrancó el habano de su mano enguantada y lo aplastó en su puño. Aunque fugaz, acogió con agrado el dolor de la quemadura–. Esto es lo que hago con su oferta –lanzó los restos del cigarro contra su chaleco–. Yo no hago negocios con pendejos.

Girándose de golpe y maldiciendo por lo bajo la grosería de determinados individuos, se dirigió hacia el cajón donde dejaba su abrigo cada vez que iba a aquel antro a entrenar y boxear.

Pero Weston fue en su busca, alzando las manos.

–No volveré a fumar en su presencia. Concédame simplemente la oportunidad de presentarle una oferta. Llevo varios días deseando hacerlo.

Nathaniel cuadró los hombros. Solo había una manera de saber si un hombre estaba hablando en serio o no. Señaló el otro extremo de la sala forrada de madera, donde varios tipos hacían la cola para entrenar.

–Vaya allí y boxee para que yo lo vea. Después hablaremos.

Weston enarcó las cejas.

–¿Qué?

–¿Tiene alguna idea de aquello en lo que está pensando en invertir? Quiero que me demuestre si sabe boxear. Vamos.

Una suave carcajada escapó de la garganta del hombre.

–Conozco bien el negocio. Llevo viendo combates de boxeo desde los veinte años. Pregunte por ahí. La gente sabe quién soy. No hay necesidad de que usted me...

–No me importa que la gente le conozca. Lo único que me importa es saber si está dispuesto a boxear con tal de convencerme.

Weston se lo quedó mirando fijamente.

–Soy bastante más que lo que usted llamaría un espectador, pero solamente he boxeado en Jackson's, con otros aristócratas. Nunca aquí –y señaló tenso al grupo de tipos sucios, medio desnudos y sin afeitar que se apiñaban a la espera de la oportunidad de otra pelea.

Nathaniel se plantó frente a él, decidido a dejarle las cosas claras.

–Yo no le estoy pidiendo que gane, Weston, sino que me demuestre que está dispuesto a encajar los mismos golpes que yo. Un hombre que ni siquiera está dispuesto a subir al *ring* no es alguien en quien yo pueda confiar lo suficiente para meterme en un negocio con él, o para poner en sus manos mi carrera de boxeador. Usted decide qué es lo que más le importa: si su nariz o la oferta que quiere hacerme.

Aquel era el momento en que los inversores se echaban hacia atrás, lo único que le gustaba a Nathaniel de ellos. Tipos ricos que no tenían ningún escrúpulo en aprovecharse de los púgiles.

Weston desvió la mirada hacia los toscos y musculosos hombres que hacían cola para boxear.

–Parece que el diablo tiene sentido del humor –quitándose con parsimonia el sombrero de copa, se lo tendió a Nathaniel–. Tome. Guárdeme esto.

Nathaniel lo aceptó tras una ligera vacilación. Aquello era nuevo para él. Los tipos ricos no eran muy amigos de salpicarse de sangre sus camisas. Al menos no los americanos acaudalados con los que estaba acostumbrado a tratar en Nueva York. No pudo evitar sentir un renovado respeto por la aristocracia inglesa. No había sido consciente de que se tomaba tan en serio sus inversiones.

Weston se quitó los guantes y el pañuelo de cuello, que dejó dentro del sombrero que Nathaniel seguía sosteniendo. Cuando terminó de despojarse de la chaqueta, el chaleco y la camisa de lino, reveló un torso musculoso que hablaba de largas horas de ejercicio.

Tras colgar la ropa del brazo de Nathaniel, lo apuntó con el dedo.

—Pero no vaya a largarse con mi ropa. Conozco el hotel donde se aloja, el Limmer's, y sé con quién se mueve, incluido su amigo Matthew Joseph Milton, el tuerto aficionado a llevar pistolas.

Los dedos de Nathaniel se tensaron con fuerza sobre la chistera y la ropa de Weston.

—La curiosidad no es una cualidad que yo valore en un inversor.

Weston se inclinó hacia él con un brillo en sus penetrantes ojos verdes.

—Pues es la única que debería valorar. Eso demuestra que soy capaz de proteger no ya mis inversiones sino las suyas, informándome concienzudamente de todo antes de embarcarme en algo. Ya me han estafado antes, así que siempre me aseguro de controlar hasta el último detalle. Lo único que me preocupa de usted, Coleman, es que tiene la reputación de dejar que los inversores lo inviten a comer para luego no seguirles la corriente. Pero, al contrario que esa gente, no yo estoy aquí para eso. Estoy aquí para sacar dinero. Estamos hablando de un cuarto de millón de libras, caso de que llegue a ganar el título. Y lo único que le estoy pidiendo, a cambio de mi inversión, es la mitad de la ganancia.

Nathaniel se lo quedó mirando fijamente. Era la primera vez que alguien lo consideraba capaz de ganar el título. Ganar combates por apuestas era una cosa. Luchar por el campeonato era otra completamente diferente. Solo la mitad de aquella ganancia, la que supondría conquistar el título, podría hacer algo más que cambiarle la vida. Con aquella cantidad, los demás tendrían que lamerle las botas. Después de haberse pasado tanto tiempo arrodillado ante el mundo, había llegado la hora de levantarse.

—Estoy verdaderamente intrigado —señaló el *ring* con el pulgar—. Termine de impresionarme y seguiremos hablando de su oferta.

Weston se subió el pantalón, tensos los rasgos.

—Es mi primer combate a puño desnudo, pero, en mi opinión, usted justifica este sacrificio —mirándolo fijamente por última vez, se mezcló con la multitud que aguardaba turno para el siguiente combate.

Nathaniel esbozó una mueca, consciente de que el dandi era un novato en aquella clase de peleas. Una parte de su ser deseaba detenerlo, pero el inveterado cínico que habitaba en su interior, el que había sido apuñalado por la espalda por tanta gente, tenía que saber si aquel hombre era merecedor de su confianza.

Capítulo 5

Y ahora, señor editor, suplico vuestra atención para que me permitáis pronunciar unas cuantas palabras más, con las que espero poder saciar la sed de… (?)
                                    P. Egan, *Boxiana* (1823)

Cinco y siete minutos de la madrugada
Casa Weston

Imogene permanecía apostada ante el cristal de su ventana, mirando sin pestañear la entrada de carruajes difuminada por la lluvia y la oscuridad. Desvió rápidamente la vista al reloj francés. Según su doncella, que se había despertado hacía apenas unos minutos, el ayuda de cámara estaba hecho un manojo de nervios. Henry no había vuelto del antro de boxeo. Aunque el ayuda de cámara también había despertado a su cuñada, Imogene dudaba de que la mujer hubiera dado una sola vuelta en la cama de preocupación.

Madre de Dios. Llevándose una mano temblorosa a la boca, se preguntó si debería avisar a Scotland Yard.

La verja de entrada se abrió entonces de golpe, sobresaltándola. Un carruaje negro, lacado, rodó por el sendero de grava. ¡Henry!

Recogiéndose los faldones de la bata y el camisón, salió disparada del dormitorio. Abrió la puerta y corrió por el pasillo a oscuras, doblando esquina tras esquina, para bajar las escaleras a toda velocidad.

Respirando profundamente en un intento por tranquilizar los latidos de su corazón, abrió la puerta de la calle y esperó.

El carruaje se detuvo. Cuando se abrió la portezuela y fue desplegada la escalerilla, pero no bajó nadie, Imogene entró en pánico. Intuyendo que su hermano la necesitaba, echó a correr bajo la lluvia. Heladas cortinas de agua le azotaron el rostro y empaparon su bata y camisón mientras se dirigía apresurada al carruaje detenido, débilmente iluminado por los fanales que colgaban del asiento del cochero.

Apartando al criado que se inclinaba sobre la portezuela abierta, se asomó al interior del carruaje.

—¿Henry?

Su hermano, que se estaba levantando del asiento, se echó rápidamente la chaqueta por la cabeza, escondiéndose antes de que ella pudiera verlo.

—¡Dios mío, Gene! ¿Qué…? ¡Vuelve dentro ahora mismo! ¡Ni siquiera estás convenientemente vestida! —rugió.

—Siéntese, Weston —gruñó una voz procedente del otro asiento, envuelto en sombras—. Y deje de gritarle. ¿Qué sentido tiene?

Henry se inclinó hacia el dueño de aquella voz, cubierta todavía la cabeza con la chaqueta.

—¡No puedo permitir que me vea la cara!

—Lo entiendo —repuso la voz—. Pero deje de gritar y permítame que sea yo quien la ayude a entrar en casa, ¿de acuerdo?

Imogene retrocedió, con un nudo en la garganta. ¿Quién estaba allí, con su hermano? ¿Y qué estaba sucediendo? Se pasó una mano por el rostro mojado por la lluvia en un intento por distinguir algo.

Un hombre de poderosa figura y cabello negro salpicado de gris, que caía en húmedas ondas sobre un rostro que parecía tallado a golpes a hacha, apareció de pronto. Aquellos anchos hombros casi le impidieron salir por el marco de la puerta hasta que se detuvo con un pie en un peldaño de la escalerilla y otro en el suelo del carruaje, mirándola desde arriba.

Imogene desorbitó los ojos, advirtiendo que su desgastado abrigo se había abierto en la curva de un musculoso hombro. Santo Dios. ¿Qué clase de compañías estaba frecuentando su hermano en aquellos tiempos? Vestía también una amarillenta camisa de lino, abierta de manera indecente para exhibir un cuello desnudo de pañuelo alguno y sin chaleco, metida de mala forma debajo de unos bastos pantalones de lana.

Desde aquella altura, unos impresionantes ojos azul pálido que recordaban el cielo limpio de una mañana invernal la contemplaron por un estremecedor instante. La temblorosa luz de los fanales proyectaba sombras sobre su rostro tosco, acentuando unos altos pómulos y una fina nariz algo ganchuda. El hombre se detuvo en la puerta del carruaje como si quisiera asegurarse de que fuera bien consciente de su presencia.

Que era precisamente el caso.

Aquellos dominadores ojos de color azul hielo consiguieron borrar momentáneamente todo lo demás, incluyendo hasta la última gota de fría lluvia. Imogene parpadeó varias veces, dándose cuenta de que la lluvia, efectivamente, había cesado. Era como si aquel hombre hubiera despejado los cielos con su aparición.

El desconocido se inclinó hacia ella, aferrando el marco de la puerta con una mano enorme, surcada de cicatrices.

—Weston ha experimentado esta noche su primer combate de boxeo de verdad y ha perdido. Y de manera lamentable: tanto que no querrá usted verlo. Sepa solamente que él y yo somos ahora buenos amigos por causa de ello. De hecho, hemos pasado la mayor parte de la noche hablando mientras lo curaba. O lo intentaba, al menos —su voz era suave y profunda, con un acento sorprendentemente sofisticado dada la rudeza de su aspecto—. Le repito que no querrá usted verlo en su actual estado. Le sugiero que se retire, ricura.

¿Ricura? Imogene entreabrió los labios de asombro. Sinceramente no sabía qué era lo que más la horrorizaba: si el conocimiento de que su hermano se había dejado aporrear llevado por su propia estupidez o que un vagabundo la hubiera llamado «ricura» mientras ella permanecía ante él en bata y camisón, empapados por lo demás.

—¿Puede apartarse? —le preguntó él—. Me gustaría bajar. No soy muy aficionado a los carruajes.

Ella así lo hizo, intentando no resbalar en la húmeda grava. Había sido por eso por lo que se había quedado tanto tiempo en la puerta. No por ella, sino porque ella le había estado bloqueando el paso.

Evidentemente era una «ricura».

El hombre bajó de un salto, con las faldas de su abrigo flotando en torno a su enorme y musculoso cuerpo.

—¿Va a entrar en casa? ¿O tengo que cargarla en brazos?

El corazón le dio un vuelco en el pecho. Aquel hombre tenía algo capaz de alterar por completo su mundo. Y no sabía si eso era bueno o malo.

—Me está regalando un buen espectáculo —recorriendo sus senos con la mirada, se limpió las comisuras de los labios con un dedo—. No es que me importe, ya que son increíblemente hermosos… pero puede que quiera entrar dentro.

Imogene abrió mucho los ojos mientras se cubría rápidamente el frente de su bata. No llevaba corsé. Al cruzarse los brazos sobre sus senos, sintió cómo los endurecidos pezones se tensaban contra la húmeda tela. Bajo el viento frío, tenía el rostro acalorado.

El hombre bajó su mentón sombreado por la barba como si quisiera escrutar mejor su rostro y señaló la puerta de la casa con su mano desnuda y cubierta de cicatrices.

—¿Va a entrar o no? —subrayó cada palabra como si ella fuera mentalmente incapaz de toda comprensión—. Porque todavía puedo verlo todo. Por mucho que se tape con las manos.

Sin aliento, completamente mortificada, se giró en redondo y volvió a entrar en la casa a toda prisa, resbalando en el suelo de mármol con sus zapatillas. Una vez fuera de su vista, se refugió en el rincón más oscuro del vestíbulo, contra la pared más alejada, allí donde nadie pudiera verla.

Aturdida, se desplomó contra la pared, respirando aceleradamente. Aquel hombre lo había visto todo.

Alzó la mirada hacia la escalera de caoba que llevaba al amplio rellano. Después de haber pasado una horrible semana soportando las adulaciones de tantos aristócratas sobre la manera en que caminaba, bailaba y respiraba, aquello era simplemente demasiado.

Un rumor de voces masculinas y pasos pesados llegó hasta el vestíbulo. Se quedó paralizada, conteniendo la respiración.

—Recuérdeme que nunca más le vuelva a traer a casa —dijo Henry con tono enfadado—. ¿Realmente tenía que hacer ese comentario sobre sus senos? En mi círculo social no se habla a las mujeres de esa manera.

—La hice entrar en la casa, ¿no? —replicó la otra voz—. Considere un cumplido que juzgara los senos de su esposa lo suficientemente atractivos como para merecer un comentario por mi parte.

Imogene casi sufrió un ataque.

—¡No es mi esposa! —Henry se dirigió tambaleante hacia la escalera, tapándose todavía la cabeza con la chaqueta—. Esa era mi hermana, Coleman. ¡Mi maldita hermana!

—Considérelo un cumplido aún mayor.

—¿Weston? —una voz femenina tronó de pronto en el vestíbulo, fuerte como un bocinazo—. ¿Quién…? ¿Qué…? ¿Por qué te estás escondiendo bajo una chaqueta?

«Ya venía siendo hora de que notaras algo raro», pensó Imogene. Alzó la mirada hasta la figura de su cuñada de pie en el rellano de la escalera, apenas visible desde su oscuro escondite.

Envuelta hasta los pies en una bata de seda dorada cuya cola se derramaba sobre los peldaños de la escalera, Lady Mary Elizabeth Weston le recordó a Imogene a una princesa romana recibiendo en su palacio. Solo le faltaban las uvas. Uvas amargas, preferiblemente.

—Esta es mi esposa —gruñó Weston de forma casi inaudible desde debajo de la chaqueta—. Y aunque no estamos en el mejor de los términos, le agradecería que no hiciera ningún comentario alguno sobre sus senos… Sobre los suyos, tampoco.

—No se preocupe —repuso su interlocutor en un susurro—. No son tan bonitos.

Imogene se tapó la boca con una mano para ahogar una carcajada incrédula. Aquello sí que era divertido.

Las anchas espaldas que pertenecían al tal «Coleman» aparecieron de pronto ante su vista, al pie de la escalera.

—Permítame que le ayude —tomando el brazo de Henry y apoyándolo sobre su cintura, lo guio escaleras arriba—. Despacio.

Imogene casi podía escuchar los gestos de dolor de su hermano mientras subía cada peldaño.

Mary bajó a su vez apresuradamente las escaleras para agarrar a Henry del otro brazo.

—No volveré a dejarte salir a ver otro combate de boxeo. ¡Mira cómo te han dejado la cara! Un verdadero caballero nunca ve esas obscenidades, y mucho menos participa en ellas.

Henry liberó su brazo de un tirón.

—Claro, tú lo sabes todo sobre los verdaderos caballeros, ¿verdad, Mary?

La mujer se puso a farfullar, siguiendo a su marido escaleras arriba.

—¿Cómo puedes tratarme así? —le preguntó, y señaló a Coleman—. ¡Traer a un vagabundo de la calle para que me vea en bata!

—No es un vagabundo. Y al contrario que Banbury, no ha venido a verte a ti —le informó fríamente—. Me ha ayudado a volver a casa, teniendo en cuenta mi estado.

Cuando llegaron al rellano, Henry agarró a Coleman de un hombro, con la chaqueta todavía colgando sobre su cabeza.

—Mi cochero le llevará donde diga.

—Ah… no. Con un trayecto en coche ya he tenido bastante. Iré caminando. Y ahora, descanse un poco. Y llame a un médico, ¿quiere? Puede que le hayan tajado un ojo.

Imogene entreabrió los labios. «¿Tajado un ojo?».

Henry señaló a Coleman con un dedo.

—Mi oferta sigue en pie. Piense en ello hasta que volvamos a vernos la semana que viene en Cardinal's.

—Tendrá noticias mías a finales de esta misma semana.

—Bien. Hasta entonces, pues.

¿Cardinal's? Se trataba de uno de los antros pugilísticos que solía frecuentar Henry con la esperanza de encontrar a… De repente abrió mucho los ojos. Su hermano había encontrado a un boxeador. ¡Aquel hombre era su boxeador! El hombre que iba a cambiar sus vidas.

Una vez que dejó de oírse la chillona y frenética voz de su cuñada y se hizo el silencio, Imogene observó atentamente a Coleman mientras bajaba trotando las escaleras.

Sus pasos rápidos resonaban con fuerza en el vestíbulo. Pero, para su asombro, descubrió que no se dirigía hacia el vestíbulo… sino hacia ella.

La bata empapada seguía pegada a cada centímetro de su piel, haciéndola sentirse como si fuera la foca de una casa de fieras a punto de recibir a su primer visitante.

Se encogió aún más en el oscuro rincón donde se había refugiado.

Aquel hombre debía de haber escuchado su respiración.

—No podía marcharme sin despedirme —se detuvo a unos pasos de ella, en medio de la penumbra. Olía a aire fresco mezclado con un aroma a cuero. Su largo y húmedo cabello enmarcaba su rostro en sombras—. ¿Cómo se encuentra?

A Imogene se le secó la garganta. Nunca había oído una voz masculina como aquella, con aquella cadencia que la hacía estremecerse por dentro. Como si quisiera algo de ella.

—¿Se puede saber por qué se ha escondido aquí? —le preguntó él—. ¿Acaso me estaba esperando?

Parecía como si esperara que así fuera.

Imogene alzó la mirada en la dirección de aquella profunda voz e intentó decidir si la intimidaba o no. Aquella voz era increíblemente cortés y no casaba en absoluto con el tosco aspecto de su propietario.

Él vaciló de pronto.

—Apenas puedo oírla respirar. ¿De verdad que se encuentra bien?

Imogene temblaba a esas alturas de frío y comprendió que había llegado la hora de retirarse antes de ponerse aún más en ridículo. Rodeó rápidamente al hombre, cuidándose bien de no tocarlo, y esperando que no la siguiera hasta su dormitorio.

Pero él dio un paso a un lado, bloqueándole el paso.

—Espere —se quitó el largo abrigo, revelando la deshilachada camisa que llevaba debajo—. Venga aquí.

Imogene se quedó sin aliento y retrocedió hasta quedar acorralada contra la pared.

—¿Qué…?

—Está empapada y tiene frío. Venga aquí.

Se quedó paralizada.

—Ya está —le echó su abrigo por los hombros. Unos dedos largos de tacto calloso le rozaron el cuello mientras la envolvía en la prenda—. Así entrará en calor.

El reconfortante calor de su abrigo, bien calentado por su cuerpo, pareció infiltrarse en su aterida piel. La basta lana olía a cuero viejo y a humo de fogata, mezclados con un leve aroma a carbón y a mar. No tuvo la menor duda de que olía a todos aquellos lugares en los que había estado.

Aquellas manazas se detuvieron entonces en el cuello del abrigo que le había echado por encima. Inclinándose levemente hacia ella, le dijo:

—Huele usted bien.

El pulso se le aceleró bajo sus dedos, que seguían sobre el cuello de la prenda. Sí, probablemente olería bien. Estúpidamente, se había echado perfume sobre la bata, aquella misma noche.

—¿Tiene usted nombre? —le preguntó él con tono paciente—. Weston la llamó Gene. ¿Es así como se llama?

Respiraba aceleradamente. ¿Cómo era posible que todo en aquel hombre la hiciera entrar en pánico y derretirse al mismo tiempo? No era justo.

Él dejó caer las manos.

–¿Cómo se supone que un hombre puede llegar a algo con una mujer que no habla? ¿Acaso le doy miedo?

Ella bajó la mirada a sus manos.

–No. Aunque yo... lo que me dijo antes ahí fuera me desconcertó bastante. Fue una impertinencia.

Él se quedó sorprendido y, de manera inesperada, suavizó su tono:

–Me temo que soy algo basto por lo que se refiere a las mujeres. No estoy acostumbrado a las cortesías. Y si alguna vez cedo a la lujuria, no me ando con tonterías: ato a las mujeres.

Sorprendida, alzó los ojos y se encontró con su mirada envuelta en las sombras. Era como si estuviera habituado a decir todo lo que se le pasaba por la cabeza. Nunca antes había conocido a un hombre así.

–¿Usted... ata a las mujeres? –murmuró incrédula–. ¿Qué ha querido decir con eso?

Él retrocedió entonces un paso, tenso.

–Evidentemente he hablado demasiado –parecía algo nervioso–. Debo irme.

Probablemente pensaba que lo estaba juzgando. Y ella no podía hacer eso. No cuando aquel hombre estaba a punto de cambiar su vida y la de Henry.

Imogene le agarró entonces de un brazo, impidiendo su marcha.

–No. Quédese. Probablemente deberíamos llegar a conocernos mejor.

Él se quedó inmóvil, tensos sus músculos bajo sus dedos, a través de la ropa.

–¿Conocernos mejor? –su pecho se alzaba y bajaba

mientras le sostenía intensamente la mirada, en la penumbra–. ¿Quiere decir que desea que la lleve a su dormitorio, a la cama? Lo que le he dicho acerca de que ato a las mujeres, ¿le ha intrigado hasta ese punto?

Retiró rápidamente la mano, consciente de su pulsante calor, y se lo quedó mirando boquiabierta.

–Er, no… no era eso lo que yo… Yo simplemente estaba… –esbozó una mueca e intentó no entrar en pánico, desesperada por no ceder al tartamudeo. Ciertamente estaba sorprendida de que no hubiera sufrido ya el ataque, tan cerca como estaba de un hombre tan sobrecogedor–. ¿Es usted boxeador?

–Sí. Lo soy –pareció asombrado por la pregunta–. ¿Por qué quiere saberlo?

Era como encontrarse con uno de aquellos hombres sin camisa que había visto dibujados en el libro del señor P. Egan, el mismo que Henry guardaba en su despacho. El libro sobre boxeo que ella había estado leyendo desde que su hermano había empezado a buscar un púgil para que ambos pudieran invertir en él. El corazón se le aceleró cuando tomó conciencia de que aquel oscuro mundo de golpes y puñetazos, hecho por hombres y para hombres, estaba allí mismo, delante de ella.

–¿Es usted bueno en eso?

Él se sonrió.

–Yo no soy quien para alardear de nada.

Ella se cerró el cuello del abrigo.

–¿No quiere responderme?

–Ya le he dicho que yo no voy por ahí alardeando. Así que no insista.

Imogene reprimió una sonrisa. Eso le gustaba.

–¿Sigue conservando todos los dientes?

–Sí –se le escapó una carcajada de asombro–. Aunque he estado cerca de perderlos muchas veces.

—Ah —intentó pensar en otra pregunta. Boxeo. Algo que ver con el boxeo—. ¿Y usted… boxea a menudo? —al parecer, el cerebro se le estaba convirtiendo en gelatina.

—No tanto como me gustaría. Doy clases en Cardinal's y he participado en algunos combates desde que llegué a Londres, pero ninguno que mereciera la pena. Se pagan muy mal. Necesito un patrocinador para eso y, aunque su hermano se ha postulado para ello, no me apasiona la idea de convertirme en la propiedad de otro hombre.

—¿La propiedad de…? Oh, no, no. Henry no es así. Él nunca…

—No hace falta que lo defienda. Así es como funcionan las inversiones en el boxeo.

—Oh —los detalles de la inversión eran algo que no había llegado a tratar con detalle con Henry—. Entonces… ¿cómo habría que invertir si… bueno, si mi hermano se dedicara a ello? —no quería ahuyentarlo diciéndole que ella también sería la inversora.

Él pareció vacilar.

—Parece usted sorprendentemente interesada en el boxeo. Para ser una mujer.

—Así es. Pero que sea una mujer no tiene nada que ver —sabía que eso sonaba estúpido—. Yo solo quiero saber. ¿Qué ha querido decir con eso de convertirse en la propiedad de otro hombre?

Él la miró.

—Su hermano de usted controlaría básicamente cada aspecto de mi vida dentro y fuera del *ring* hasta el campeonato. Desde la gente con la que me relacione hasta aquella con la que tuviera que combatir, pasando por lo que coma y cómo deba entrenar.

Parpadeó asombrada. ¿Tendría ella que controlar a un hombre como aquel? ¿Completamente? Era algo absolutamente fascinante. Henry no le había contado nada de eso.

–No sabía que fuera algo tan comprometido.

–Todo lo que implique el título del campeón de Inglaterra lo es. Aparte del prestigio, estamos hablando de millones de libras en apuestas de juego. Cantidad de la que yo, por supuesto, solo vería una fracción. Pero una fracción de millones no deja de ser impresionante.

–Desde luego que lo es –cerró los puños, clavándose las uñas en las palmas de las manos. Sintiéndose todavía incómoda, consciente de que estaba hablando con el hombre que iba a cambiarlo todo, le espetó de pronto–. Tiene usted un acento poco habitual. Británico, pero no del todo. ¿Nació en Londres?

–No. Nací y me crié en Surrey.

–Surrey. ¿Entonces es usted de allí?

–No. De Nueva York.

–¿América? Qué interesante. ¿Es bonito aquello?

–Cuando uno cierra los ojos, sí.

–No parece que le guste a usted mucho.

–Es un lugar donde vivir. Nada más.

–Entiendo. ¿Y piensa volver?

–¿Le parece a usted que piense volver?

Imogene frunció el ceño. Aquel hombre no era ciertamente muy elocuente. Ella preguntaba y él respondía. Eso era todo. Era como si fuera un muro que tolerara una mínima conversación. Se le notaba aburrido, y la verdad era que no podía culparlo por ello. Todo en su vida era tan insustancial como vigilar su medicación diaria. Su plan de invertir con Henry era la única cosa excitante que le había sucedido nunca. Lo cual resultaba patético.

Se despojó del abrigo y se lo tendió.

–No quiero hacerle perder más tiempo.

–No se preocupe –tomó el abrigo y se lo puso–. Yo siempre tengo tiempo para una mujer hermosa.

Saber que la consideraba una mujer hermosa le produjo

una extraña sensación de vértigo. ¿Ella hermosa? Se apretó los muslos con los dedos, nerviosa, jugueteando con la tela húmeda de la bata. Quizá debería decir algo más.

—Afortunadamente, ha dejado de llover. Así que su caminata de vuelta a casa no será desagradable.

—¿Es esa su manera de despacharme?

—No. Yo… yo solo intentaba hacer conversación.

—¿De veras? —la diversión teñía su voz—. Le adelanto que a mí no se me dan bien esas cosas.

Ella se encogió, retrocediendo hasta la pared. Pero él se le acercó, inquietándola con la cercanía de su cuerpo.

—¿Qué edad tiene usted?

Se apretó aún más contra la pared, hasta que sintió el contacto del yeso bajo el papel de seda.

—La suficiente. ¿Por qué?

Una mano y luego otra se apoyaron en el muro a cada lado de su cabeza, acorralándola.

—¿La suficiente para qué?

—Para lo que sea.

Otra sonrisa asomó a sus labios.

—Si ahora mismo le atara las manos a la espalda o por encima de la cabeza, ¿le agradaría eso? ¿Se mostraría dispuesta?

Un extraño nudo se apoderó de su estómago mientras él la contemplaba de cerca, en medio de un intimidante silencio.

—¿Se supone que tengo que responder?

Ladeó la cabeza, todavía observándola.

—Deje que le dé un consejo a partir de lo que estoy viendo aquí. No permita nunca que un hombre vuelva a acercarse a usted de esta manera. En el mundo hay un montón de pendejos capaces de aprovecharse de una mujer como usted. Considérese afortunada de que yo no sea uno de ellos.

¿Pendejos? Parpadeó asombrada.

—¿Ha entrado ya en calor? —su voz se tornó ronca—. Puedo volver a quitarme el abrigo. De hecho, me quitaría todo lo que usted quisiera que me quitara… Lo único que tiene que hacer es decírmelo.

Imogene sintió de repente que la habitación se tambaleaba y tuvo que juntar las rodillas para no terminar resbalando por la pared, hasta el suelo. Había algo en la manera en que había pronunciado aquella frase que le hacía desear lanzarse a sus brazos.

Su mano derecha dejó entonces la pared para posarse sobre un hombro y rozarle el cuello, robándole el aliento. Unos dedos de tacto calloso la obligaron a alzar el rostro.

—Es usted preciosa. ¿Es consciente de ello?

¿Por qué tenía la sensación de que aquel hombre iba a cambiar mucho más que sus finanzas? Tragó saliva cuando sintió aquellos labios tan cerca de los suyos. ¿Debería dejar que la besara? ¿No sería eso un pecado?

El calor de su aliento le hacía cosquillas en la boca.

Se sentía débil. Muy, pero que muy débil.

Hasta que, de repente, él la soltó y se apartó de la pared.

—Tengo que irme —se giró y empezó a caminar hacia la puerta, a grandes zancadas. Sus botas parecían resonar en el mármol con la determinación no ya de marcharse, sino de no volver a verla nunca más.

Un largo suspiro escapó de sus labios. ¿Se marchaba? ¿Después de lo que le había dicho de que se quitaría todo lo que ella quisiera, o de su extraña pregunta acerca de atarle las manos? ¿Qué había pasado? ¿De repente había dejado de ser «preciosa»?

Apartándose tambaleante de la pared, alzó la mirada hacia la escalera, afortunadamente vacía, y salió apresurada tras él.

—¿Señor Coleman? —susurró para que nadie más pudiera escucharla.

Se detuvo en seco, sosteniendo todavía la puerta abierta, de espaldas a ella.

—Coleman es mi nombre de boxeador. No es mi verdadero nombre.

—Oh, le suplico me perdone. ¿Cuál es entonces?

—Llámeme simplemente Nathaniel. Y ahora, ¿qué es lo que quiere?

Imogene juntó las manos en un esfuerzo por permanecer tranquila. Al contrario que todos aquellos borrosos rostros aristocráticos que había tenido que ver durante la última semana en incontables bailes que la habían puesto en aquel estado de pánico, con aquellos ataques de tartamudeo, aquel hombre la había hecho darse cuenta de lo que había echado de menos durante toda su vida: la fortaleza necesaria para sobreponerse a su enfermedad.

—No se ha despedido usted.

La miró por encima del hombro, con aquellos impresionantes ojos azul claro, cautivándola a la luz del vestíbulo.

—¿Me está pidiendo que la bese?

Se lo quedó mirando boquiabierta.

—Yo… No. ¡No! ¿Por qué habría yo de…? Lo único que le estaba recordando, y con mucho respeto, era que se había retirado usted sin despedirse de manera formal…

Él cerró la puerta y se volvió lentamente para mirarla.

—Tenía mis razones para hacerlo.

Imogene frunció el ceño, confusa.

—Espero no haberlo ofendido de alguna manera.

Apretando la mandíbula, Nathaniel se dirigió de vuelta hacia ella, a paso enérgico. El vuelo de su abrigo le daba un aspecto amenazador, como el de un gran pájaro a punto de elevarse en el aire para caer sobre su cuerpo.

Aunque su primer impulso fue alzar las manos y correr escaleras arriba en busca de Henry, sabía que eso solo la haría quedar como la muchacha estúpida que era.

Él se detuvo a la distancia de medio brazo, bloqueándole la vista del vestíbulo. Aquel fuerte olor a cuero, madera y carbón llegó nuevamente hasta ella.

—No me ha ofendido.

Todo en aquel hombre resultaba demasiado excitante. Casi ni podía pensar.

—¿Seguro?

—Seguro —le sostuvo la mirada—. Mi mente simplemente no está donde debería estar y yo no soy hombre que se aproveche de una mujer que es, evidentemente, virgen.

Imogene abrió mucho los ojos.

—¿Qué quiere decir con eso?

—Oh, vaya, no puede ser tan ingenua. ¿Qué cree que es lo que pasa entre un hombre y una mujer cuando nadie los está mirando? Desde luego, no se sientan a jugar a cartas.

Imogene cerró las temblorosas manos, que de frías se habían vuelto ardientes, dándose exacta cuenta de lo que quería decir aquel hombre. Sabía lo de los besos. Sabía también que cuando las puertas de los dormitorios de matrimonio se cerraban por la noche, algo sucedía dentro que resultaba en hijos. Entonces… ¿significaba eso que él quería ambas cosas?

—¿Me está pidiendo mi mano?

Él se sonrió.

—No de la manera que usted piensa —respondió, burlón—. Aquí es cuando probablemente debería usted echar a correr, ricura. Antes de que toda esta autocontención que estoy exhibiendo… estalle. Porque la contención no es precisamente mi fuerte por lo que se refiere a las mujeres.

Imogene tragó saliva. Se estaba riendo de ella.

—Si usted dudara realmente de su autocontención, no me lo habría dicho.

—No siempre soy tan bueno con las mujeres.

—Si me sintiera de alguna manera amenazada por usted

o por esta situación –le confió–, a estas alturas ya me habría puesto a gritar. Porque puedo gritar. Intento no hacerlo, dado que el doctor Filbert, me insiste en que no fuerce nunca la garganta, pero puedo hacerlo. No soy tan frágil como todo el mundo cree que soy.

Él pareció vacilar.

–¿Un médico? ¿Le pasa a usted algo?

Ella se encogió de hombros.

–Padezco de desmayos y de problemas de garganta. Sufrí un incidente de niña. Apenas podía tragar sin que me doliera y perdí casi un cuarto del peso de mi cuerpo a la edad de siete años.

Él se la había quedado mirando fijamente, oscurecida su expresión.

–Lo lamento.

–En realidad tuve bastante suerte –volvió a encogerse de hombros–. Pude haber muerto. Todo el mundo se sorprendió de que no lo hiciera.

Él no dijo nada.

–Me llamo Imogene, por cierto. Lady Imogene. Pero usted puede llamarme Gene.

Seguía mirándola con una fijeza que recordaba a una pantera estudiando a su presa. De repente, retrocedió.

–Tengo que irme.

Intentó no entrar en pánico. ¿Y si él no aceptaba su oferta? ¿Y si ella lo había asustado con toda su estúpida charla de médicos y muerte?

–Deberíamos tomar el té en alguna ocasión. Aquí, en casa. ¿La semana que viene, alguna tarde? ¿Aceptará?

Él continuaba mirándola fijamente.

–No busco que me domestiquen.

–Oh, yo… Bueno… el té es muy informal. Siempre y cuando yo tenga una carabina, todo será muy respetable. Así podremos conocernos mejor y hacernos amigos.

–¿Amigos? – Nathaniel bajó la mirada a sus labios y de vuelta a sus ojos–. Usted es una mujer.

Se le encendieron las mejillas.

–Los hombres y las mujeres pueden ser amigos.

–Los hombres y las mujeres nunca pueden ser amigos. Créame. Buenas noches… Imogene –se volvió para dirigirse nuevamente hacia la puerta y la abrió. Después de lanzarle una última mirada, desapareció en la oscuridad y cerró a su espalda.

Imogene corrió hacia la puerta cerrada y se quedó allí, lamentando su marcha. Todo en aquel hombre era tan intenso y tan real… No había sido consciente de que un hombre podía afectar de aquel modo a una mujer.

Era algo divino. Él era divino.

Apoyando ambas manos en la puerta, se imaginó por un instante que estaba acariciando su piel. Le atronó el pulso contra la madera tallada mientras deslizaba las yemas de los dedos por su superficie. Sonrió con expresión soñadora. Juntos, se harían con aquel cuarto de millón de libras y se enseñorearían del mundo…

Se detuvo de repente. Un momento. Acababa de dejar escapar a aquel boxeador sin recibir garantía alguna por su parte. Abriendo apresuradamente la puerta, salió a la noche en busca del hombre que, estaba segura de ello, iba a cambiar su vida.

Capítulo 6

Cuando griegos se encuentran con griegos, estalla la guerra.

P. Egan, *Boxiana* (1823)

Fortaleza interior era lo que necesitaba Nathaniel. Jamás había conocido a mujer alguna que le hubiese hecho desear algo más que arrancarle la ropa. La atracción hacia una mujer era una cosa. Había estado con muchas desde que tenía dieciséis años. Pero aquella feroz necesidad de posesión era algo completamente distinto.

Pasándose una mano con gesto incrédulo por el pelo empapado por la lluvia, enfiló el sendero de grava. Cómo se las había arreglado para escapar de ella y de aquella casa sin ceder a lo que realmente había querido hacer era algo que escapaba a su comprensión.

El rumor de unos leves y apresurados pasos siguiéndolo en la oscuridad le hicieron volverse. Contuvo la respiración cuando descubrió la curvilínea figura de Imogene envuelta en la misma prenda húmeda de antes, dirigiéndose apresurada hacia él.

Pese a la oscuridad, la fila de fanales que colgaban de

la baranda de hierro proyectaba la luz suficiente como para que resultara visible el seductor balanceo de aquellos perfectos senos mientras corría a su encuentro.

Se tensó… de pies a cabeza. Aquella mujer no era en absoluto consciente de lo mucho que él podía ver de aquel cuerpo tan hermoso.

Ella se detuvo ante él, echándose con gesto recatado su larga trenza rubia sobre un hombro. Las ruborizadas mejillas y aquellos impresionantes ojos de color avellana que tenía destacaban en su delicioso rostro ovalado.

—No puedo dejar que se marche todavía. No hasta que haya aceptado la propuesta de mi hermano.

Cerró ambos puños, luchando contra las dos voces contradictorias que resonaban en su cerebro. Una le decía que se marchara, mientras que la otra le ordenaba deslizar las manos por cada centímetro de su bata húmeda antes de quitársela. No sabía a cuál de las voces debía escuchar, y lo cierto era que había estado discutiendo interminablemente con ambas desde la primera vez que la vio.

—No quiero decepcionarla, ricura, pero voy a necesitar unos cuantos días para pensar sobre la propuesta de su hermano. Antes tengo que hablarlo con gente —«principalmente, Matthew». Últimamente le había estado contando muy poco al pobre diablo.

Vio que temblaban sus rubias cejas mientras le preguntaba con tono preocupado:

—¿Necesita una oferta mejor? —se acercó a él, trayendo consigo aquel seductor y penetrante aroma a lirios—. El dinero, ¿no le parece suficiente?

Nathaniel inspiró profundo, deseando que Imogene no se hubiera acercado tanto. Porque en aquel momento solo podía pensar en lo único en que había estado pensando cuando la acorraló contra la pared del vestíbulo de aquella casa. En lo mucho que anhelaba inmovilizarle las muñecas, subírselas por encima de la cabeza y atárselas con sus propias medias de seda. De esa manera habría podido disponer de aquel sensual cuerpo para hacer con él lo que se le antojara.

—La clase de oferta en la que estoy pensando, Imogene, probablemente no la convenga ni a usted ni a su hermano —era lo más sincero que podía ser.

Ella escrutó su rostro entre las sombras.

—Yo le convenceré. ¿En qué está pensando?

Una ronca carcajada escapó de su garganta. Si hubiera sido más ingenua, no habría tenido más remedio que pellizcarle aquel adorable trasero.

—En realidad no querrá saberlo, se lo aseguro.

—Claro que quiero saberlo. Sinceramente deseo asegurarle que... —de repente parpadeó varias veces, pálida.

Él vaciló, percibiendo que algo andaba mal.

—¿Qué le ocurre?

Se tambaleó y, para su absoluto asombro, cayó desvanecida.

Saltando hacia ella, se apoderó de su menudo cuerpo antes de que llegara a tocar el suelo, con la húmeda tela de su bata y de su camisón colgando de sus manos desnudas.

—¡Dios!

¿Qué había sucedido?

Con un rápido movimiento la levantó en brazos, apretándola contra su pecho, y la miró.

Tenía la cabeza echada hacia atrás, revelando su largo cuello y sus carnosos labios entreabiertos a la débil luz de los fanales.

Acercó en seguida la oreja a su boca. Y suspiró de alivio al descubrir que todavía respiraba.

«Llévala con Weston», se dijo, y corrió con ella en brazos de vuelta a la casa, cuya puerta había quedado abierta.

De repente sintió sus pequeñas manos subiendo por las solapas de su abrigo, para apretarlas con fuerza.

Se detuvo y la miró a la débil luz del vestíbulo, con el pulso rugiendo en sus oídos.

—¿Qué ha pasado? ¿Se encuentra usted bien?

Alzó la mirada hacia él, desenfocados sus ojos de color dorado. Los cerró por un momento antes de volver a abrirlos y asintió levemente.

—Sí. Me… me he desmayado, ¿verdad?

—Sí.

—Suelo hacer esas cosas —esbozó una mueca.

—¿Quiere que avise a su hermano?

—No. Él… él llamaría al médico.

—¿No quiere usted que llame al médico?

Negó lentamente con la cabeza.

—No. El doctor Filbert siempre me prescribe reposo en cama. Y luego no me permite hacer nada durante días. Ni siquiera leer. Lo odio —aferrándose a las solapas de su abrigo, alzó la mirada hacia él—. ¿Podría usted subirme directamente a mi habitación, sin alertar a nadie? ¿Por favor?

Era la más dulce y delicada de las súplicas que había tenido el placer de escuchar. Lo cual hizo que se le cerrase la garganta de emoción. Contempló aquel precioso rostro, húmedo por la lluvia.

—¿Es eso lo que quiere?

Ella asintió levemente, acercando su rubia cabeza a la suya como si confiara completamente en él, algo que resultaba obvio, ya que le estaba pidiendo que la llevara en brazos hasta su dormitorio.

—Una vez en el primer piso, gire a derecha. Doble dos esquinas —su voz sonaba débil, apagada—. La octava puerta. Y, por favor, no le diga nada a Henry. Se pone como loco cada vez que me desmayo. Prométame que no se lo dirá.

No pudo evitar acercarla instintivamente contra su pecho, en respuesta a su ruego.

—Se lo prometo.

Subió las escaleras. Una vez en el rellano, cargándola en brazos, giró en el sentido que ella le había indicado y dobló dos esquinas. Aquel hogar tan suntuoso le producía una sensación inquietante. Durante treinta años había vivido en el destartalado cuarto que había alquilado a un quincallero, allá en Nueva York. Aquello era muy diferente. Por fin encontró la octava puerta del larguísimo corredor.

—¿Es aquí? —le preguntó en un susurro, para que nadie más pudiera oírlo.

—Sí —musitó ella a su vez.

La puerta estaba abierta de par en par, con un resplandor de velas procedente del interior. Entró en un dormitorio de aspecto muy femenino, con paredes color rosa pálido. A la derecha había una mesa de tocador cubierta con un tapete blanco de encaje, encima del cual distinguió varios frascos de perfume, cuencos de color rosado y joyeros. Al otro lado, contra la pared opuesta, se alzaba una gran cama de dosel con finas sábanas blancas y blandos cojines.

La habitación parecía una personificación de su dueña, tan serena como delicada.

La depositó suavemente sobre las sábanas y retiró las manos de debajo de su cuerpo, intentando no detenerse demasiado en la sensación de aquellas curvas.

Recostada ya sobre los cojines y sosteniéndole la mirada, sonrió débilmente.

—Gracias.

La manera en que lo estaba mirando, con una expresión tan confiada, lo impulsó a inclinarse sobre ella para darle un tierno beso en la frente.

—De nada —murmuró contra su piel. Algo en aquel sereno rostro ovalado y en aquellos impresionantes ojos de color dorado, que tan poco habían visto del mundo, hizo que le entraran ganas de comérsela de golpe, de engullirla… Y le recordó aquel despreocupado tiempo de la infancia en que lo único que le había importado era jugar, hacer ranas lanzando piedras al agua y divertirse sin más.

Nunca antes había besado a una mujer en la frente. Había lamido, mordisqueado la piel de una mujer… pero nunca la había besado por el solo placer de hacerlo.

Y fue peor aún… porque no se detuvo allí. Tampoco podía. Le besó tiernamente una sien, para luego deslizar los labios por su suave mejilla y besarla allí. Olía a lluvia fresca y lirios. La sensación le recordó los campos bañados de rocío de las afueras de Nueva York, donde había pasado horas tumbado en la hierba cada vez que deseaba escapar del ajetreo de la ciudad.

Aunque ella inspiró profundo, de manera que sus senos se alzaron visiblemente bajo su mirada, no se movió.

Nathaniel tuvo que hacer lo imposible para no enterrarse en ella y en aquel aroma. El pecho se le apretaba con la conciencia de que estaba traspasando los límites, dada su inocencia. Se irguió de pronto, apartándose de la cama.

Ella se lo quedó mirando con las mejillas encendidas. Con las manos pegadas todavía a las sábanas, le preguntó en un susurro:

—¿Por qué ha hecho eso?

Él apretó la mandíbula, sintiéndose como si hubiera destruido de pronto aquella placidez suya. La paz y la serenidad que había estado intentando absorber.

—No importa —retrocedió de nuevo—. Le sugiero que se quite esa ropa empapada —y añadió, tras un silencio—: Después de que yo me haya marchado.

Se volvió y abandonó la habitación, cerrando la puerta a su espalda para evitar mirarla por última vez. El pulso se le aceleró mientras se esforzaba por no pensar en lo que acababa de hacer, lo cual resultaba bastante sorprendente teniendo en cuenta su naturaleza y su comportamiento habitual con las mujeres.

Se sintió infinitivamente aliviado cuando finalmente salió a la calle, y cerró la verja de la entrada.

Capítulo 7

Pude haberlo hecho mucho mejor, señor, pero tuve miedo de golpearlo con demasiada fuerza, de manera que usted se habría sentido ofendido.

P. Egan, *Boxiana* (1823)

Nathaniel alzó la mirada al cielo que empezaba a aclararse donde más oscuro había estado. Podía escuchar el canto de los pájaros en el vibrante silencio.

Aquello era como el amanecer de una nueva vida.

Se sentía tan extrañamente lleno de fuerza después de haber besado a Imogene… Como si pudiera enfrentarse con todo, ser capaz de todo.

Apretó la mandíbula. Se había acabado la espera.

Ahora que tenía la oportunidad de tocar el cielo, aquel era un momento tan bueno como cualquier otro de tocar por fin el infierno. Tal y como Matthew no dejaba de recordarle, no sería capaz de pasar página ni en su cabeza ni en su vida hasta que no lo hiciera.

Bajó trotando las anchas escaleras y siguió por el sendero de grava, atravesando la verja. Luego caminó, caminó y caminó, sumido en un tenso silencio, hasta que…

Reconociendo la plaza que se encontró delante, cerrada por anchas calles y altos edificios de piedra, aflojó el paso. Se encontraba justamente en el lugar donde, según Weston, estaba la residencia de los Sumner.

Nathaniel caminó por la calle empedrada, pisando los charcos que reflejaban el cielo rosado y dorado del amanecer.

La Casa Sumner.

El pulso rugía en sus oídos. La aldaba con forma de león de bronce seguía allí. La misma que solía hacer sonar de niño, antes de entrar por aquella puerta. Y lo mismo la verja de barrotes de hierro con el escudo de los Sumner que cerraba la calle empedrada, los mismos barrotes que su padre tenía la costumbre de golpear con el bastón mientras caminaba. Los treinta años transcurridos no habían cambiado nada, excepto el tamaño de los árboles.

Se detuvo en el sendero de entrada, mirando todavía fijamente la puerta. Los recuerdos anegaban su alma, con la fantasmal figura de su hermana ataviada con un bonete de seda y un vestido rosa pálido inclinándose sobre otra figura igualmente fantasmal, la de él mismo de niño. Los criados sacaban los baúles de la Casa Sumner para cargarlos en el amplio coche que los llevaría a Liverpool, donde se embarcarían para Nueva York. Su padre planeaba invertir en tierras para alquilarlas y conseguir beneficios, dado que sus ingresos menguaban. Su madre había insistido en que el viaje uniría a la familia. Auggie le había prometido que así sería.

Cuán equivocada había estado.

Subió lentamente los escalones que llevaban a la vasta plataforma de entrada. Aunque vaciló, se obligó a estirar una mano y a tirar de la campanilla de hierro que colgaba a un lado de la puerta.

Ya estaba hecho. No había vuelta atrás.

Transcurrieron unos segundos, con el ocasional traqueteo de las ruedas de un coche recorriendo la calle empedrada que tenía a la espalda. Inclinándose hacia atrás, contempló las altas ventanas, advirtiendo que todas las cortinas estaban corridas. Se le encogió el estómago mientras se preguntaba si no debería marcharse. Antes de que cometiera alguna estupidez. Antes de que...

Justo en ese momento oyó un chasquido y la puerta se abrió. Un hombre enjuto y de pelo gris, ataviado con una librea azul, asomó la cabeza.

Nathaniel sintió que se le cerraba la garganta. Por Dios. Era Wilkinson. Se había convertido en un anciano.

Wilkinson frunció el ceño.

—¿Qué asunto le trae por aquí tan temprano?

El hombre seguía siendo tan cortante como siempre. El hecho de verlo de nuevo parecía envolverlo en una sensación de absurdo.

—Wilkinson. ¿Es usted?

—¿Le conozco, señor?

—Er... sí, nos conocimos. Hace mucho tiempo.

Wilkinson entrecerró los ojos.

—¿De veras?

Nathaniel intentó permanecer tranquilo, aunque por dentro se sentía abrumado, desbordado. Aquello era ver cómo treinta años desaparecían de golpe.

—Yo... en realidad he venido aquí para hablar con lord Sumner —se repitió que podía hacer aquello. Podía enfrentarse con su padre, ¿no?

—¿A esta hora, señor? Se nota que el tiempo no significa nada para usted. Su señoría todavía está durmiendo.

¿Cómo podía ser capaz su padre de cerrar los ojos, después de todo lo que había hecho?

—Pues su sueño se ha terminado. Exijo que lo despierte. Dígale que tiene una visita.

El mayordomo alzó la barbilla, que le temblaba.

—Dudo mucho, señor, que necesite usted tratar un asunto de tanta importancia que requiera…

—Informe a su señoría de que su hijo ha venido a verlo. Seguro que eso le hará levantarse de la cama.

—¿Su…? —Wilkinson desorbitó entonces los ojos—. Dios mío. Me resultaba extrañamente familiar, pero… ¿amo Atwood? ¿Sois vos de verdad? ¿Sois vos, volviendo por fin a casa?

Sabiéndose por fin reconocido, un tembloroso suspiro escapó de los labios de Nathaniel.

—Sí. Aunque no parezco ya el que era, ¿verdad?

El mayordomo lo miró fijamente, hundidos sus delgados hombros. Su mirada viajó del cabello de Nathaniel hasta sus botas, para detenerse finalmente en su rostro. Retrocedió un paso.

—Admito que los ojos son idénticos a los suyos. Pero… ¿cómo es posible, después de tantos años como han pasado?

Consciente de que el hombre necesitaba mayores seguridades, Nathaniel le dijo al fin:

—Por lo que yo recuerdo, usted cortaba una rosa del jardín de mi madre todos los viernes por la tarde, en verano, para entregársela a una joven del mercado. La señorita… Folding? No. Señorita Golding creo que se llamaba. ¿Verdad? ¿Qué pasó con ella?

Los ojos de Wilkinson se humedecieron de repente.

—Se casó con otro —sonaba dolido—. Entonces sois realmente vos —se llevó una mano temblorosa a la boca.

Nathaniel se inclinó hacia él para decirle en voz baja:

—Así es. Y, por desgracia, conservo recuerdos que demuestran quién soy. Ahora que ya nos hemos reencontrado, le pido que me conceda audiencia con mi padre. He esperado treinta años para esto.

El anciano parpadeó rápidamente, bajando la mano. Desviando la mirada hacia la calle, abrió del todo la puerta.

–Sí. Por supuesto. Entrad, yo,… Entrad, entrad.

–Gracias –Nathaniel penetró en el amplio vestíbulo.

La puerta se cerró, con lo que la estancia volvió a quedar en penumbra. Varias velas iluminaban las paredes forradas de seda color miel. Recordaba aquel vestíbulo. Ni siquiera el papel de seda había cambiado.

Para su asombro, Wilkinson lo atrajo de pronto hacia sí y lo abrazó.

–Esta casa no ha sido la misma sin vos, milord –le confesó, emocionado–. Una perpetua tristeza nos ha perseguido.

Nathaniel se tensó ante aquel inesperado abrazo, pero se resignó a palmear cariñosamente la espalda del anciano. Del hombre que solía escamotear de la cocina bollos de fresa para él.

–Le agradezco la cálida bienvenida, Wilkinson. Sinceramente no esperaba que me reconociera.

–Vos fuisteis el hijo que nunca tuve, milord. ¿Cómo podría olvidar un hombre al hijo que siempre quiso tener? –Wilkinson se retiró sorbiéndose la nariz y señaló una habitación cuyas cortinas todavía tenía que descorrer–. Me aseguraré de que su señoría os reciba de inmediato. No puedo imaginar lo que él… Estoy abrumado. Absolutamente abrumado –lo miró por última vez antes de subir las escaleras todo lo rápido que le permitía su edad.

Entrando lentamente en el recibidor sumido en la penumbra, repleto de muebles, grandes retratos y espejos, se acercó a un escritorio de estilo francés. El mismo ante el que solía sentarse su madre para aceptar o declinar invitaciones o escribir cartas. En aquellos días él solía acercarse a aquel escritorio para hacerle incontables preguntas sobre todo lo que hacía antes de que el ama de llaves lo sacara de la habitación. De manera inquietante, incluso el tintero reposaba en el lugar de costumbre. Su madre se había destacado por llevar una rutina perfecta.

La vista de la única invitación que descansaba sobre la pila de papeles lo impulsó a inclinarse para leerla. Reconociendo el nombre del anfitrión, la recogió.

Increíble. Su cuñado, el duque de Wentworth, se disponía a celebrar un evento. Volvió a dejar la invitación sobre el escritorio, exactamente donde estaba.

Como no encontró allí nada más de interés, se dirigió al centro de la habitación y soltó un tembloroso suspiro, de cara a la puerta abierta. Juntando las manos detrás de la espalda, se clavó las uñas en la piel de la muñeca.

Podía escuchar el reloj del mantel de la chimenea, a su espalda. Treinta años habían pasado desde que agarró la pistola de su padre, la cargó y utilizó un corredor oculto detrás de un panel secreto en aquella misma habitación para escabullirse de la casa, a la luz de la luna, y enfrentarse con el hombre del cigarro que había estado amenazando a su familia. El hombre que compartía con su padre unos vínculos que jamás había imaginado. Lo que no había sabido entonces era que el martillo de aquella pistola estaba roto, con lo que no pudo hacer fuego cuando más lo necesitó.

Había pasado treinta años lamentando aquello. Era en parte por ello por lo que se había dedicado al boxeo, para asegurarse de que nunca más volviera a quedar inerme ante nadie.

Unos pasos firmes resonaron en el pasillo, haciéndole cerrar los puños. Apretó la mandíbula.

Un hombre corpulento y de pelo blanco, vestido con una bata turca y zapatillas apareció de pronto para quedarse inmóvil en el umbral. Sus inquisitivos ojos grises lo recorrieron de pies a cabeza. Nada en aquel rostro redondo recordaba los duros y elegantes rasgos del conde Sumner.

¿Aquel hombre era su padre?

«Dios mío», exclamó para sus adentros. La sensación era decepcionante.

No era más que un viejo al que podría aplastar fácilmente entre sus dedos hasta convertirlo en polvo. Que era precisamente lo que deseaba hacer.

—Has envejecido, padre. Y no muy bien, todo hay que decirlo.

Aquellos labios se entreabrieron. El conde entró en la estancia con movimientos lentos e inseguros, como si la edad hubiera debilitado sus miembros.

—¿Quién es usted?

Que se las hubiera arreglado para seguir respirando sabiendo que estaba justo delante del canalla de su padre era algo que escapaba a su comprensión.

—Creo que sabes muy bien quién soy.

—¿Quién eres? —exigió el conde con una voz que parecía haber recuperado las fuerzas.

Nathaniel se esforzó por mantener un tono tranquilo de voz sin enfurecerse demasiado.

—Tu hijo. Tu heredero. Sangre de tu sangre. ¿Necesitas que te dé mi nombre completo y mi lugar de nacimiento?

Los ojos grises de su padre se desorbitaron mientras lo contemplaba.

—Tú no te pareces en nada a él.

Nathaniel apretó la mandíbula.

—¿Qué esperabas después de haber pasado la mayor parte de mi vida en las calles de Nueva York, donde me abandonaste?

El conde se quedó callado.

—¿Necesitas alguna prueba? —insistió Nathaniel—. Puedo responder a cualquier pregunta que me hagas. Sobre ti. Sobre madre. Sobre la pobre Auggie, que ya no está con nosotros. Podemos incluso sacar retratos míos de cuando era niño para que te los ponga delante de la cara. Los ojos no cambian.

—No queda aquí ningún retrato… suyo. Los tiré cuando él… no podía soportar mirarlo.

—No me extraña —Nathaniel rezó para conseguir la necesaria fuerza de voluntad que le impidiera machacar el cráneo de su padre de un puñetazo. Si alzaba la voz, terminaría perdiendo el control. Estaba seguro—. ¿Qué tal marcha tu reputación actual? ¿Sigue siendo la misma que tenías en Nueva York?

El conde le señaló la puerta con una mano temblorosa, surcada de venas.

—Márchate. Márchate antes de que yo…

—¿Antes de que tú qué? Yo me lo pensaría dos veces antes de amenazar a nadie. Lo único que necesito son estas dos manos —las alzó en el aire— para romperte el cuello en un segundo. Ni siquiera tendrías tiempo de gritar.

El conde se lo quedó mirando fijamente, pálido como la cera.

Más que dispuesto a entregarle el mensaje de aquel niño que vio su vida destrozada entre cuatro frías paredes y una puerta con cerrojo, Nathaniel bajó las manos y su voz adquirió un tono letal.

—Bien habría podido olvidarme de lo que me hizo Casacalenda. Después de todo, fui yo quien abandonó estúpidamente esta casa y le apunté a la cabeza con una pistola para exigirle que no volviera a amenazarnos más. ¿Cómo iba a saber yo que la historia era mucho más complicada? Mi asombro no tuvo límites cuando me trató tan bien, sobre todo después de lo que tú le hiciste a él y a su familia. Nunca me maltrató. Me dio todo lo que yo quería, excepto mi libertad, durante años. Incluso cenaba conmigo cada noche en el sótano cuando no estaba de viaje, y me enseñó a dibujar y a pintar. Era un buen hombre. Un hombre roto, pero bueno al fin. Hace mucho tiempo que lo perdoné. Tuve que hacerlo, a la luz de sus desgracias. Pero... ¿cómo podría perdonarte a ti? ¿Cómo perdonar lo que le hiciste no ya a él, sino a mí?

El conde sacudió muy lentamente la cabeza de lado a lado mientras susurraba:

—Hablas de cosas de las que nada sabes.

Nathaniel entrecerró los ojos.

—Puedes mentir al mundo y a Dios que te está mirando a la espera de juzgarte cuando llegue tu hora, pero a mí no. Casacalenda me lo contó todo. Y cuando digo todo, quiero decir todo. Hasta el último de tus secretos y hasta la última de tus mentiras. No hay una sola cosa que no sepa. Y la única razón por la que nunca volví fue para evitar que el buen nombre de madre y de Auggie se pudriera a los ojos de toda la sociedad.

El conde parpadeó varias veces, apretando los labios.

—Me niego a quedarme aquí para soportar un acto tan vil de intimidación —se giró hacia la puerta—. ¡Carter! ¡Dixon! ¡Venid aquí ahora mismo! ¡Inmediatamente!

—Vas a necesitar algo más que dos hombres para sacarme de esta casa —separó las piernas y cuadró los hombros, esforzándose por proyectar una calma que estaba muy lejos de sentir.

—Quiero ver a mi madre. Ahora.

El rostro del conde había enrojecido hasta la raíz de su cabello blanco, con todo el cuerpo temblando como si fuera a estallar.

—¿Qué pretendes hacer? Los médicos dicen que cualquier disgusto puede acabar con lo poco que le queda de vida. ¿Es eso lo que quieres? ¿Matarla? La pobre mujer ya ha sufrido suficiente. Déjala en paz. Déjanos a los dos en paz, seas quien diablos seas.

Nathaniel se lo quedó mirando fijamente, percibiendo

que estaba hablando en serio. ¿Realmente estaba su madre tan enferma?

—¿Qué es lo que le pasa?

Dos fornidos criados entraron apresuradamente en la habitación.

—¿Milord?

El conde lo señaló con un dedo.

—Echad a este canalla de aquí. ¡Echadlo ya! Y no le dejéis volver nunca, no sea que el debilitado corazón de lady Sumner deje de funcionar. ¿Entendido?

—¡Sí, milord!

Los dos criados se lanzaron hacia Nathaniel y lo agarraron de cada brazo, para empezar a tirar de él en dirección al vestíbulo.

Nathaniel se ahogaba de indignación, consciente de que su padre lo había traicionado… otra vez. En medio de una nube de ira, lanzó un puñetazo al rostro que tenía más cerca, rompiéndole los dientes con los nudillos. Un grito resonó en la habitación: era el del criado, que chorreaba sangre. Nathaniel lo empujó con fuerza y, acto seguido, lanzó un golpe igual de contundente al otro, que casi le dio vuelta a la cabeza.

Ambos hombres se desmoronaron como columnas de piedra: el primero sobre una mesa de madera de castaño que hizo añicos un florero, mientras el segundo caía inerte sobre una silla que volcó con él.

El conde contemplaba la escena con ojos desorbitados.

Agarrando entonces aquel cuello que tantas ganas tenía de romper, Nathaniel masculló entre dientes:

—Esperaré a ver a mi madre hasta que esté presentable de aspecto… y de vida, porque no quiero que vea aquello en lo que tú me has convertido. Y no le diré la verdad que me ha acompañado durante estos treinta años, porque tampoco quiero que pase los últimos momentos de su vida sumida en una tristeza llena de odio. Ella se merece tranquilidad. ¿Pero tú? Oh, no. Si piensas que pretendo perdonarte por lo que me hiciste a mí y a mi vida en un esfuerzo por proteger tu maldito nombre y tu maldita reputación, estás muy equivocado. Te daré caza hasta que me supliques perdón de rodillas o encuentres la muerte.

El conde alzó una mano sarmentosa, intentando tocarle el rostro.

—Nadie necesita saber nada… —susurró con voz ronca, admitiendo la verdad en su aterrada mirada—. Deja que muera primero. Solo entonces podrá saberlo el mundo.

Al parecer, el hombre quería morir. Soltándolo con un empujón, antes de que terminara cometiendo una locura, Nathaniel se giró y abandonó a toda prisa el salón y la casa.

Incapaz de volver a respirar normalmente, vagó por interminables calles de Londres que no conocía, esforzándose por asimilar lo que acababa de suceder.

Cuando por fin encontró el camino de vuelta al hotel, el Limmer's, se abrió paso entre la multitud que atestaba el vestíbulo, empujando a quien no se apartaba. La gente se lo quedaba mirando como si estuviera loco. Y, en aquel momento, lo estaba.

Abandonó el vestíbulo con el suelo regado de basura y subió por la empinada escalera de madera. Necesitaba hablar con Matthew y aclarar sus pensamientos. Antes de que cometiera alguna estupidez.

Intentó abrir la puerta del cuarto de Matthew, pero la encontró cerrada. La aporreó.

—¿Milton? Milton, necesito hablar contigo. ¿Estás ahí?

No se oía nada.

Nathaniel se llevó las manos temblorosas a las sienes, intentando mantener la calma. Hacía unas semanas, Matthew había conocido a una viuda de la aristocracia en el paseo de Hyde Park y, desde entonces, era como si el hombre no tuviera intención alguna de volver a su vida real. Aunque el desafío que le habían lanzado en Nueva York había acabado con la detención de sus enemigos y los muchachos estaban esperando ya su regreso. Dios. Si Matthew no volvía a Nueva York, eso significaría el final de los Cuarenta Ladrones. Y el final también de la poca virtud que todavía quedara en los Five Points.

De todo ello, él era el único culpable. Había arrastrado a Matthew hasta Nueva York para convertir en un desastre no ya su vida, sino la suya propia. ¿Y para qué? ¿Para enfrentarse con un padre que solo estaba esperando a morir? ¿Para enfrentarse con su madre y con el hijo y el marido de su hermana, que no sacarían otra cosa que sufrimiento cuando se enteraran de la verdadera razón de su desaparición? Lo único que quería era que su padre reconociera su culpa. Nada más. El pasado, al fin y al cabo, era el pasado. Acabado. Superado. ¿Pero cómo podía él superar un pasado que se negaba a salir a la luz?

Nathaniel entró en su propio cuarto y cerró de un portazo. Despojándose del abrigo y de la camisa, se tiró al suelo y, apoyando las manos bien separadas, se puso a hacer flexiones. Se esforzó al máximo, apretando los dientes, en un intento por aliviar la tensión de sus músculos.

Perdió la cuenta de las flexiones cuando pasó del centenar. El pecho, los hombros y los brazos cubiertos de sudor le ardían. Cuando ya no pudo más, se incorporó y soltó un profundo suspiro.

Recogió la camisa y enterró en ella su rostro empapado. Se la echó luego al hombro y se dirigió hacia una esquina del cuarto. Poniéndose en cuclillas, deslizó los dedos entre dos tablas sueltas; levantó una, metió la mano en el hueco y extrajo cuidadosamente el diario de su hermana. Se había acostumbrado a tocar y acariciar aquel cuaderno cada vez que necesitaba desesperadamente recordarse que alguien, alguna vez, lo había juzgado merecedor de vivir, de seguir existiendo.

Deslizando los dedos por las tapas de cuero y el cordón de seda, se fue al otro extremo del cuarto para dejarse caer en el jergón de paja.

Apretando con fuerza el diario, y pidiendo a Dios que le concediera la fuerza necesaria para leerlo, lo dejó a su lado. Todavía podía ver la mano sarmentosa de su padre alzándose en un intento por tocar su rostro. Todavía podía escuchar sus rotas y roncas palabras: «nadie necesita saber nada… Solo entonces podrá saberlo el mundo».

Permaneció tendido con la mirada clavada en el techo, incapaz de sobreponerse al hecho de que su padre había consentido deliberadamente en que se pudriera en aquel sótano.

Finalmente se dejó vencer por un profundo sueño que no había conocido en años. Al despertarse, se descubrió mirando una ventana desportillada y sucia de barro. La luz del día que por allí se filtraba se estaba apagando y la amenaza de una inminente oscuridad se cernía sobre el lóbrego cuarto.

El sótano.

Nathaniel se quedó sin respiración, la opresión que sentía en el pecho le impedía tomar aire, el sudor le bañaba la frente y el labio superior. Casi gritó en una especie de frenética incredulidad hasta que se dio cuenta de que había una ventana. No solo muros y una puerta. Había una ventana.

Inspiró profundo, intentando tranquilizar su mente y su cuerpo. Tendido de espaldas, permaneció mirando el techo sin verlo en realidad, consciente de que su padre y todo Londres asistirían al evento que había convocado el duque.

Nada podría hacerle olvidar los días y años pasados en aquel sótano. No mientras viviera. Y no mientras viviera su padre.

Una gran cucaracha reptó por el suelo de tablas. La miró con envidia, como si el insecto lo tentara a incorporarse a las especies más inferiores del mundo natural. Recogiendo el diario de Auggie, Nathaniel se levantó para acercarse al cajón de madera donde guardaba su cinturón de cuero con su pistola y su daga. Sabía lo que tenía que hacer.

Capítulo 8

Lo que el diablo pudo haber provocado al exhibir su catálogo de honor, virtud y benevolencia de tan pública manera, eso es algo que soy absolutamente incapaz de adivinar.

P. Egan, *Boxiana* (1823)

A la noche siguiente

Como si les hubiesen dado entrada, ocho fornidos criados con blancas pelucas empolvadas formaron de inmediato un sólido muro de carne, hombro contra hombro, para evitar el paso de Nathaniel en el vasto salón de baile que se abría tras el vestíbulo.

Contempló por un momento aquel resplandeciente mundo majestuosamente adornado con arañas de cristal y enormes espejos de marco dorado que reflejaban filas y filas de candelabros, sedas y colores. La refinada música de violines y flautas se mezclaba con el resonante alborozo de las incontables voces civilizadas que llegaban hasta él a través del corredor.

Y pensar que aquella era la vida para la que había nacido.

Antaño, érase una maldita vez.

Su mano enguantada se cerró con fuerza sobre el pomo de la daga que llevaba enfundada en el cinturón, consciente de que la única manera que tenía de entrar allí era anunciando su presencia.

–Informad a Su Excelencia que el vizconde Atwood, que hace tiempo que se encuentra de regreso en Londres, desea verlo.

Uno de los criados frunció el ceño, sospechando claramente de sus intenciones no ya solo por su daga, sino por su aspecto.

Debería haberse peinado.

–Su Excelencia me está esperando.

El criado vaciló.

–El duque se desposó con mi hermana –añadió Nathaniel con firme autoridad–. Eso me convierte en su cuñado. Y ahora coge esa ridícula peluca que llevas y ve a buscarlo antes de que te haga tragarte el hígado.

–Quédese aquí –ordenó el hombre antes de trotar por el pasillo en dirección al salón.

El muro de criados se mantuvo en su lugar, pero rehuyendo su mirada.

Él se lo agradeció haciendo lo mismo.

Finalmente, el rumor de unos pasos apresurados le hizo volverse en la dirección del salón. El duque de Wentworth se destacó entre la multitud, seguido del criado.

Vestido con un atuendo formal que le daba un aspecto tan gallardo como imponente, el duque hizo retroceder a los sirvientes con un gesto.

–Apartaos. Todos –se acercó a él y le apretó el brazo, con un brillo en sus ojos oscuros–. Por Dios. Atwood. Nos haces un gran honor.

–Ojalá hubiera venido de mejor humor –Nathaniel cuadró los hombros y rechazó el contacto del duque, esforzándose por no perder la concentración–. ¿Está mi madre aquí? –quería asegurarse de que no era así.

–No. Se retiró hace poco. No se sentía bien.

Nathaniel se pasó una mano por la cara.

–¿Está muy enferma? ¿Es grave?

–Los médicos no están seguros sobre lo que le sucedió, pero parece que se le quedó paralizado un lado de la cara. La pobre mujer no puede sonreír y padece fuertes dolores de cabeza.

La sorpresa de Nathaniel dio a paso a la furia.

–Santo Dios. ¿Y dejas que asista a esta clase de eventos?

El duque alzó una mano.

–Ella insiste en hacerlo y, físicamente, es perfectamente capaz de ello. Eso la anima. Aparte de mezclarse con los invitados, recorre la casa y curiosea las pertenencias de Augustine. No pienso impedirle que nos visite y recuerde así a su propia hija.

Nathaniel alzó la mirada hasta el techo para no sucumbir a la emoción.

–¿Y mi padre? –inquirió, tenso–. ¿Sigue aquí todavía?

–Sí –el duque dudó–. No vayas a pensar mal de mí, Atwood. Tu madre insiste en que lo incluya en todo lo que hago. Tu padre y ella han estrechado mucho su relación desde el fallecimiento de Augustine.

Una punzada de furia lo atravesó. No, su padre no iba a seguir viviendo aquella mentira. Ya no.

–Ordena a tus criados que me dejen pasar.

El duque arqueó las cejas.

–¿Pasar? ¿Para hacer qué? –lo señaló–. No vas a mezclarte con mis invitados luciendo este aspecto.

–¿Por qué no? Me he bañado y afeitado.

–Atwood –el duque lo agarró del brazo–. No puedes esperar que tu padre o la alta sociedad en general te acepte en una sola noche y vestido como vas. Tenemos que volver a introducirte lentamente en nuestro círculo mientras hacemos correr la voz de tu regreso. Y ahora, acompáñame. Y repara en que no es una sugerencia.

–Dado que insistes... –Nathaniel siguió al duque por el pasillo hacia otra sección de la impresionante casa para terminar en lo que parecía un despacho.

–Siéntate –señaló un sillón de cuero.

El duque se removió, aparentemente nervioso.

–¿Puedo al menos preguntarte dónde te alojas?

–En Limmer's.

–Oh, no –se puso pálido–. No, no y no. No mandaría ni a mi peor enemigo a pasar una noche allí. Ningún familiar mío vivirá nunca como un vagabundo. Tengo aquí muchas habitaciones. Mandaré a un criado a que recoja tus permanencias.

Nathaniel se inclinó entonces hacia él.

–Que nos una a los dos el recuerdo de mi hermana no significa que estemos condenados a vivir en la misma maldita casa. No insistas en algo que no va a suceder, si no quieres que empecemos a llevarnos mal. Yo me pago mi propio alojamiento. ¿Entendido?

El duque se lo quedó mirando y, finalmente, sacudió la cabeza.

–El orgullo parece ser el rasgo principal de esta familia. Tú y yo volveremos a hablar de esto en otra ocasión. ¿De acuerdo?

–Como quieras. Pero eso no cambiará nada. Y ahora, ¿qué mierda quieres?

–Cuida tu lengua –le recriminó el duque–. Muestra el debido respeto a tu familia. ¿Te atreverías a hablar así con tu hermana?

Nathaniel apretó la mandíbula, consciente de que su cuñado tenía razón.

–No. Disculpa.

El duque se pasó ambas manos por el pelo.

–¿Sigues conservando su diario?

–Por supuesto que sí. Vaya pregunta.

–¿Lo has leído?

–No.

El duque bajó las manos y volvió a quedárselo mirando fijamente.

–Ha pasado casi un año desde que nos entrevistamos en Nueva York y desde entonces no hemos vuelto a recibir una palabra tuya avisando siquiera de que pretendías venir... ¿y ahora me vienes con esto? Son las palabras de tu hermana, maldita sea. Sus palabras, y la mitad de ellas te estaban dedicadas. Si no puedes encontrar la fuerza necesaria para leerlas, entonces no eres digno de hacerlo y te exijo que me devuelvas el diario. Ignoro lo que ella significaba para ti, pero sí que sé lo que ella significó para mí.

Nathaniel tragó saliva. Su hermana había encontrado en aquel hombre algo que él nunca había creído posible: el amor verdadero.

–Todavía no estoy preparado para leerlo. Me está costando mucho hacerlo, consciente como soy de que perdí toda oportunidad de verla. Tú dispusiste de años para hacerte a la idea de su muerte, mientras que yo apenas he tenido uno. Así que deja que conserve su diario.

«Al menos hasta que no tenga necesidad de él», añadió para sus adentros.

El duque soltó un suspiro exasperado y volvió a señalar el sillón de cuero.

–Siéntate. Y, hagas lo que hagas, no vayas por ahí vestido de esta forma. No he invitado a toda esta gente para presentarles a un desaliñado fantasma al que todo el mundo cree muerto. Hay maneras de abordar esto. Y ahora, quédate aquí. Necesito ir a buscar a Yardley.

–No estoy de humor para un encuentro familiar.

–Es importante que él te vea –el duque lo agarró de un brazo–. Sufrió un accidente muy grave en Nueva York, poco después de la noche en que fuiste a vernos al hotel. Lo atropelló un ómnibus y la mente se le quedó completamente en blanco. Aunque ha recuperado buena parte de su memoria, no ha vuelto a ser el mismo desde entonces.

¿Se le había quedado la mente en blanco? Nathaniel frunció el ceño, recordando lo que Matthew le había contado acerca del hombre que Georgia se había llevado a su alojamiento en Orange Street. Un hombre que había perdido completamente la memoria. Un hombre al que Georgia había seguido a Londres. Georgia. Londres. Y su sobrino estaba en... Londres. «Santo Dios», exclamó para sus adentros. No podía ser.

–¿No respondería allí al nombre de Robinsón, por casualidad?

El duque desorbitó los ojos. Le soltó el brazo.

–Sí. ¿Cómo lo sabes?

Nathaniel se frotó la barbilla con el dorso de la mano, incrédulo. Matthew no iba a dar crédito a aquello, pero aparentemente Georgia, aquella pecosa ratilla callejera que solamente les había dado problemas, iba a casarse con su sobrino.

–Escuché aquella historia en Nueva York. ¿Se encuentra bien?

–Hace mucho que ha recuperado bastante la memoria, pero, por alguna razón, la mayor parte de sus recuerdos sobre su viaje a Nueva York, todo lo que le sucedió antes del accidente, no existen. No recuerda haberte conocido.

–Cristo –parecía que nadie andaba muy cuerdo en aquellos días. Consciente de que debía concentrarse en el asunto que tenía entre manos, masculló–: Probablemente debería confesarte que llevo ya en Londres algún tiempo.

—¿Qué quieres decir? ¿Por qué no...?

—Porque necesitaba tiempo para resolver solo el desastre de mi vida mientras ganaba también algo de dinero. Al principio, mi intención era abandonar Londres y dirigirme directamente a Venecia para localizar al hombre que me mantuvo cautivo, con la idea de demostrar mi alegato. Me decidí en contra de ello, sin embargo, porque eso habría significado una nueva serie de indeseadas complicaciones para ti, para Yardley y para mi madre. Así que resolví aproximarme a mi padre solo y tomar una decisión a partir de allí. Y lo hice. Ayer mismo. Tal y como esperaba, la cosa no fue bien. Él lo niega todo, y si él niega mi existencia y no existe retrato alguno mío de aquella época que se haya conservado, entonces no puedo demostrar al mundo que soy realmente un Atwood, ¿no te parece?

El duque se llevó un puño a la boca. Solo al cabo de un largo rato dejó caer la mano de nuevo.

—Yo puedo demostrar que lo eres. Y lo haré. Pero primero necesito encontrar a Yardley. Vosotros dos podréis hablar mientras yo corro a atender a los invitados antes de que comiencen a hacerse preguntas. Quédate aquí.

El duque abandonó la estancia, cerrando las puertas correderas a su espalda.

Nathaniel suspiró y se dedicó a examinar el estudio, forrado hasta el techo con estantes de antiguos volúmenes forrados en cuero. Cuando su mirada fue a detenerse en la única pintura que decoraba la habitación, se quedó paralizado. Hacia allí se dirigió y se detuvo aturdido ante el cuadro, completamente sumido en la perplejidad.

Contempló con detenimiento el retrato de una bella mujer de cabello oscuro, cuya mano enguantada se apoyaba en el tronco de un árbol, detrás de una rosaleda. Lucía un vaporoso vestido de color rosado, bajo cuya larga falda asomaban apenas las puntas de sus blancos zapatos.

Aunque la mujer no sonreía, aquellos grandes ojos grises lo miraban con una firme, resplandeciente entereza que inmediatamente le hizo pensar en la persona a la que más había querido en la vida. Su hermana. Porque por entonces su madre había estado demasiado ocupada en intentar convencer a su padre de que era merecedora de su amor.

Recordaba a una muchacha de unos dieciséis años, pero no a aquella mujer. Cerró los puños. Tantos años borrados, que nunca recuperaría... En aquel momento, lo único que le quedaba de Auggie era una cripta. Una cripta que todavía tenía que visitar, dado que ni siquiera había estado dispuesto a leer su diario.

Su padre se lo había arrebatado todo. Todo.

Y, por ello, moriría. Aquella misma noche.

Las puertas del estudio se descorrieron en aquel momento, anunciando la entrada de alguien. Volvieron a cerrarse y crujieron las tablas del suelo.

Nathaniel percibió una presencia a su espalda.

—Ningún retrato le hizo justicia —pronunció con tono humilde una voz masculina.

El amarillento resplandor de las velas iluminó un rostro enjuto y afeitado, de ojos grises.

Nathaniel cerró los dedos sobe el pomo de la daga que llevaba encajada en el cinturón. Ojalá hubiera formado parte de la familia que Auggie había creado para ella.

—Soy tu sobrino —miró la daga—. Yardley.

—Sé quién eres. Nos conocimos. Allá en Nueva York.

Yardley le espetó entonces, tras una ligera vacilación:

—Perdóname por no ser capaz de recordarlo. Sufrí un accidente y...

—Lo sé. No necesitas preocuparte. Además, no soy un personaje tan memorable —«y dentro de poco estaré muerto, dado lo que planeo hacer», añadió para sus adentros—. Permíteme que vaya directamente al grano de mi visita de esta noche, algo que todavía tengo pendiente de tratar con tu padre. Después de la poco constructiva entrevista que mantuve con mi padre ayer por la mañana, durante la cual se negó a que mi madre me recibiera, he decidido matarlo. Esta misma noche, de hecho. En cuanto abandone esta casa y se dirija a su carruaje. Y tengo intención de que lo vea todo Londres. ¿Por qué te estoy contando todo esto? Porque cuando te convoquen a declarar ante el tribunal, no quiero que haya duda alguna sobre la naturaleza de mis motivos. Les dirás que no se trató tanto de venganza como de una necesidad salvaje de alcanzar la paz.

Yardley se lo quedó mirando fijamente, tensos sus rasgos.

—No lo hagas. Matándolo, solamente conseguirás que te cuelguen.

—Exactamente. La paz.

Yardley se le acercó.

—Matarlo y hacer que te cuelguen no cambiará nada.

Nathaniel flexionó los dedos de sus manos enguantadas.

—Lo sé.

—Tío, si haces esto, no solo te destruirás a ti mismo sino que arruinarás a mi padre, y a mí también. Y arruinarás también a la mujer con la que espero desposarme y a los hijos que espero tener con ella. Porque seremos nosotros los que tendremos que limpiar la sangre que tú habrás derramado.

Despertarse cada mañana pensando que seguía todavía en aquel sótano era la maldición con la que Nathaniel tenía que vivir hasta el final de sus días. Se llevó un dedo a la sien.

—No voy a vivir con esto dentro de la cabeza ni un día más.

—Nadie te comprende mejor que yo, créeme. Vivir con

una cabeza de la que preferirías salir es una maldición de la peor especie, pero hay maneras de aliviar esa desgracia. Las encontrarás por medio del cariño y del apoyo de tu familia.

Como si su padre supiera algo de cariño, o de apoyo...

—Los Sumner no son mi familia.

—En eso tienes razón. Pero nosotros sí que lo somos. Yo lo soy. Mi padre también. Mi padre te quiere, dado todo lo que tú representas para él. Te quiere lo suficiente como para exhumar los restos de su propia esposa, algo que sé que lo matará, teniendo en cuenta lo mucho que ella significó para él. Y, pese a eso, ¿pretendes apuñalarlo por la espalda? ¿Pretendes apuñalar por la espalda a la única persona que permanece firmemente a tu lado con tal de satisfacer un mórbido deseo de venganza?

El corazón de Nathaniel dio un vuelco, incrédulo.

—¿Pretende abrir la tumba de mi hermana? No lo consentiré.

—Es el único medio de que disponemos para demostrar tu legitimidad. Mi padre me contó que tu padre te la ha negado, pero de esta forma la demostraríamos. El único retrato que te hicieron nunca, con una etiqueta con tu nombre, está enterrado con mi madre.

Nathaniel cerró los ojos, sintiendo que el mundo se tambaleaba a su alrededor.

—¿Ella se hizo enterrar con mi retrato?

—En efecto. Te llevó siempre en sus labios y en su corazón, hasta que exhaló su último aliento, y pasó la vida entera anhelando encontrarte. Si no estás dispuesto a honrar a los vivos, tío, yo te pido que honres al menos a los muertos. Mi madre se lo merecía.

Nathaniel cerró los ojos con fuerza y se volvió. Pobre Auggie. Pobre, pobre Auggie, que había sufrido tanto como él. Una especie de desgarradora clarividencia descendió de repente sobre él, haciéndole casi tambalearse. De una manera u otra, estaba condenado. Tanto si su padre vivía como si moría, la verdad tendría que permanecer oculta o los arruinaría a todos.

Tenía que ser fuerte. No podía ceder a la venganza y destrozar así lo poco que quedaba de la familia de su hermana. Tenía que protegerlos y, en consecuencia, tendría que encontrar alguna otra forma de acabar con su padre. Solamente se le ocurría una. Arrebatarle su título delante de todo Londres.

Al cabo de un largo silencio, se volvió de nuevo y se desabrochó el cinturón de cuero en el que portaba su cuchillo.

—Toma —se lo tendió a su sobrino—. Coge esto antes de que me entren ganas de usarlo.

Yardley recogió el cinturón con la daga y sacudió la cabeza.

—Necesitas encontrar la paz.

—Tengo entendido que ella murió durmiendo —cuadró los hombros—. Esa sí que fue una muerte en paz.

Yardley suspiró.

—Recupera la vida que te arrebataron de manera tan perversa y constrúyete otra aún mejor. Rodéate de la gente que te quiere y apoya mientras vuelves a ocupar el lugar que te pertenece en la sociedad. Así es como encontrarás la paz que buscas. Date a ti mismo una oportunidad de conocerla. Plantéate fundar una familia y empezar de nuevo.

Una ronca carcajada escapó de su garganta.

—Tomar por mujer a una aristócrata, que nunca comprendería el caos que habita en mi alma, solo serviría para engendrar niños cuyos cuentos para dormir estarían impregnados de mis pesadillas. No lo creo.

Pero Yardley insistió aún, con tono compasivo:

—Subestimas el valor de una mujer y su capacidad para

redimir a un hombre. Una mujer que pueda aportar esperanza a un mundo que no tiene ninguna. Que pueda luchar por ti cuando tú hayas dejado de luchar por ti mismo y por todo aquello en lo que crees.

Nathaniel lo miró con expresión intrigada.

—Estás enamorado, ¿verdad?

—Locamente. Tú deberías tener esa misma suerte.

Nathaniel sonrió, escéptico. Y pensar que el pobre hombre iba a casarse con Georgia... Se negaba a creerlo.

—¿Cuál es su nombre, por cierto? —le preguntó, porque todavía le costaba aceptarlo.

—¿El verdadero? ¿O aquel bajo el cual es conocida? Porque tengo que confesar que estoy a punto de casarme con dos mujeres por el precio de una. Para mí, es como una intervención divina. Nunca he conocido a un ser tan maravilloso.

Georgia, Georgia, Georgia. Aquella mujer iba a convertir en un infierno la vida de su sobrino. Y algo tendría que hacer él al respecto.

—Yo podría necesitar un poco de esa intervención divina —se acercó decidido con la intención de intimidar a aquel joven que nada sabía sobre él y que tampoco sospechaba que conocía a Georgia—. ¿Estarías dispuesto a compartirla con tu tío de cuando en cuando? ¿Cuando me sienta especialmente solo? ¿O acaso eres de naturaleza posesiva?

Yardley arrojó a un lado el cinturón de cuero con la daga, que cayó al suelo con un fuerte estrépito, y se lo quedó mirando fijamente.

—¿Te parezco divertido?

Nathaniel le dio una palmadita en la mejilla.

—Tranquilo, tranquilo. Los aristócratas sois muy susceptibles. Solo estaba bromeando.

—¿De veras? —Yardley alzó una mano y le agarró un hombro con fuerza, enterrando los dedos en su carne, a través de la tela–. No te enfrentes con el único familiar que te queda, Atwood. Ni siquiera de broma.

A Nathaniel le gustaba aquel muchacho. Era una persona firme, leal y sincera. Pocos hombres lo eran.

–No necesitas preocuparte, sobrino. Yo solo me enfrento a los que se enfrentan a mí. Y tú no te has enfrentado a mí... todavía.

Nathaniel le apartó la mano y se dirigió a la salida del estudio, consciente de que tenía un nombre y un título que recuperar. E iba a hacerlo sin dejar saber a nadie quién era en realidad, conquistando el título de campeón para disponer así de una fortuna que respaldara su nueva identidad: la de boxeador aristócrata.

–Creo que me va a gustar Londres. Son muchas las personas civilizadas que se arrastran a mis pies suplicándome que les deje lamer mis botas –«como Weston», añadió para sus adentros–. Y ahora, si me disculpas... Pretendo conseguirme una pareja de baile y dar el susto de su vida a toda esa gente.

Al duque le iba a encantar aquello.

Volviéndose, Nathaniel abrió las puertas correderas con un solo movimiento de su brazo y salió al corredor, rumbo al salón de baile. La mejor venganza que podría ejecutar sin derramar una gota de sangre sería la de recuperar su nombre.

Y pensaba empezar ya.

Capítulo 9

¡La mujer, la fuente de toda humana fragilidad!

¿Qué tremendos males no han sido causados por las mujeres?

¿Quién traicionó al Capitolio? Una mujer.

¿Quién hizo perder a Marco Antonio el mundo? Una mujer.

¿Quién fue la causa de la guerra que duró diez largos años, para convertir en cenizas a la antigua Troya? ¡Una mujer!

P. Egan, Boxiana (1823)

Recogiéndose la melena con la goma que siempre llevaba en la muñeca, Nathaniel se ajustó su largo abrigo y entró en el vasto salón de baile. Las paredes de color marfil y dorado, los altísimos techos ribeteados de molduras se cernían sobre él con un esplendor desconocido.

Recorrió con la mirada las figuras envueltas en satén, seda y encajes que parecían zigzaguear a su alrededor y se acercó a un grupo de caballeros de edad, con elegantes copas de cristal en sus manos enguantadas. Sus pobladas cejas grises se alzaron a la vez que bajaban sus copas de champán, mientras examinaban con atención su apariencia.

Aunque le entraron ganas de golpear aquellas redondas caras de una en una, como jarras de cerveza que barriera de un manotazo en la barra de una taberna, Nathaniel optó por una cortés y serena inclinación de cabeza. Tenía un título que recuperar y desfigurar a golpes a la antigua aristocracia no era la mejor manera de hacerlo.

—Procederé a presentarme, caballeros. Atwood. Lord Atwood. Se os saluda.

Se lo quedaron mirando boquiabiertos.

—Lord Atwood? —inquirió uno de ellos con tono sobresaltado—. ¡Qué blasfemia! El hijo de lord Sumner murió.

Nathaniel se inclinó hacia el caballero de edad y su tono adquirió de pronto la dureza del acero.

—¿Y vos cómo lo sabéis? ¿Asististeis a mi funeral? ¿Acaso hubo alguno?

Los cuatro caballeros continuaban mirándolo de hito en hito.

Sosteniéndoles todavía la mirada, Nathaniel añadió:

—Corre el rumor de que sigo vivo y coleando —y, dicho eso, siguió su camino para integrarse entre la multitud, dejando que sacaran sus propias conclusiones.

Incontables parejas se movían por la pista de baile que se distinguía al fondo, luciendo extravagantes peinados y suntuosos trajes bordados con esmeraldas, diamantes y rubíes.

Allá en Nueva York, los muchachos habrían recurrido a toda clase de tácticas para desnudar de joyas tantos cuellos femeninos.

Juntando detrás de la espalda sus manos enguantadas, y manchadas de barro, desvió la mirada hacia la pared más cercana. Varias jóvenes muy emperifolladas, acompañadas de sus carabinas de gesto severo, lo miraban estupefactas al tiempo que agitaban sus abanicos de plumas de avestruz sobre sus pechos y barbillas.

Aquellas caras tan pintarrajeadas le recordaron de inmediato las máscaras de carnaval que Casacalenda solía ponerse para entretenerlo en el sótano, representando parodias del teatro italiano cada vez que lo veía aburrido.

El mundo estaba lleno de locos.

Fue en aquel momento cuando descubrió a su padre a unos pocos pasos de distancia, y se detuvo en seco.

El conde se sobresaltó al reconocerlo.

Flexionando los dedos, Nathaniel intentó provocarlo acercándose muy lentamente, sin dejar de mirarlo. Sabía que uno de los dos acabaría por romperse. Y ese no iba a ser él.

Uno de los hombres que había estado conversando con su padre se lo quedó mirando sorprendido y se aproximó rápidamente.

—¿Señor? —el caballero dudó, alzó la mirada hacia él y carraspeó incómodo, como consciente de que era por lo menos una cabeza más bajo. Señaló luego con un gesto de su mano enguantada la entrada del salón, justo detrás de ellos—. Hágame el favor...

Qué imbécil. ¿Quién habría imaginado que la grosería más palmaria pudiera ser compatible con tan delicado refinamiento?

—¿Me está pidiendo que me marche?

—Sí, señor. Así es.

—Bueno, pues no lo haré. Soy un invitado.

—¿Un invitado? —repitió el hombre—. Señor, usted claramente...

—Yo soy claramente lord Atwood. Y nuestro anfitrión no es otro que mi cuñado. Así que váyase al diablo.

El hombre parpadeó asombrado.

Otro caballero se apresuró a acercarse.

Y luego otro.

Tres aristócratas lo estaban mirando en aquel momento, ceñudos.

Daba igual el sitio donde se encontrara, la parte del mundo en la que estuviera: la gente siempre estaba deseando pelearse con él.

—Entiendo que a todos os gusta sufrir, para cerrarme el paso de esta manera.

De repente, unas faldas color amarillo pálido se acercaron a él. Y reconoció un delicado y familiar aroma a lirios justo en el instante en que un precioso rostro femenino alzaba la mirada hasta sus ojos, inquisitiva, con un ligero balanceo de sus gruesos rizos rubios.

Se volvió bruscamente hacia la mujer que lo estaba observando y se quedó paralizado, absolutamente incrédulo.

Bajo unas cejas finamente arqueadas, los enormes ojos de color avellana que tanto lo habían hipnotizado una noche antes lo estaban mirando fijamente con un asombro que era un puro reflejo del suyo.

Era Imogene. Y, por Dios, estaba maravillosa.

Un collar de esmeraldas adornaba su pálido cuello. Y el escote de finísimo encaje de su vestido de seda era lo suficientemente bajo como para que pudiera distinguir el sensual y provocativo valle que se abría entre sus empolvados senos. Los recordaba bien. De cuando los vio húmedos por la lluvia, bajo la bata y el camisón empapados. Maldijo para sus adentros. Aquella mujer había hecho enloquecer su imaginación con vívidas imaginaciones en las que la poseía. En el suelo. Contra una pared. En el campo. Dentro de un lago. No importaba, siempre y cuando estuviera sometida y a su merced.

Su fino cutis tenía un ligero rubor rosado. Bajó la voz como si temiera que los demás pudieran escucharla.

—Sabía que era usted. ¿Qué está haciendo aquí?

Nathaniel se quitó los guantes manchados de barro, súbitamente consciente de que estaban demasiado sucios para llevarlos en presencia de una mujer tan bella.

–Socializando con estos amigos –dijo con tono práctico–. ¿Y usted?

Ella alzó la barbilla y miró a los cuatro caballeros. Volvió a bajar la voz.

–Ellos no parecen muy contentos de verlo.

–Pues bienvenida a mi vida. Nadie parece alegrarse de verme. Ya estoy acostumbrado –guardándose los guantes en un bolsillo del abrigo, deslizó la mirada por su vestido y por los sensuales pliegues que creaba en torno a su figura–. Está usted increíble –le confesó–. Hace que me entren ganas de volver a quedarme a solas con usted. Solo que, esta vez, me ocuparía personalmente de que sucediera algo...

Ella abrió mucho los ojos. Retrocediendo, desvió la vista hacia un grupo de damas que se había reunido cerca, cuchicheando entre ellas.

Se había olvidado de los códigos de aquellos aristócratas. Se suponía que los hombres no podían ser sinceros en público.

–¡Señor! –la misma gruñona morena que había conocido brevemente en casa de Weston se interpuso entre Imogene y él, blandiendo su abanico de faisán delante de su rostro como si fuera un estilete–. No va usted apropiadamente vestido para dirigirse a esta dama. Y ahora, márchese antes de que todos los caballeros de este salón lo saquen a patadas y lo devuelvan al cubo de basura al que pertenece.

Sabiendo que aquella severa y emperifollada dama era la esposa de Weston, Nathaniel se mordió la lengua para no soltarle algo de lo que pudiera arrepentirse después. Habitualmente no podía importarle menos lo que los demás pensaran o dijeran de él, pero el hecho de saber que

Imogene lo estaba observando en silencio y juzgando la situación hacía que le entraran ganas de liarse a puñetazos con las paredes. Probablemente en aquel momento ella estaba viendo lo que veían los demás: a un don nadie.

Decidió alejarse, abriéndose paso entre el grupo de rostros borrosos que lo había rodeado. Si conquistaba el campeonato y el dinero, dejaría de ser un don nadie. Volvería a ser dueño de su propia persona. Sería...

–¡Nathaniel! –una voz femenina lo llamó de pronto, seguida de un rumor de faldas.

Se giró rápidamente, estupefacto. Imogene se acordaba de su nombre.

Sorprendidos murmullos de «¿quién es él?» corrieron por el salón, mezclándose con la música que seguía sonando.

Imogene se dirigía apresuradamente hacia él, con las amplias faldas de su vestido amarillo pálido balanceándose de lado a lado. Plantándose delante, recogió el carnet y el lápiz que pendían del cordón de terciopelo que llevaba atado a la muñeca y anunció, casi sin aliento:

–El vals está a punto de empezar –alzó la mirada hacia él, encendidas las mejillas, con un brillo de ilusión en sus ojos color avellana–. ¿Puedo apuntar su nombre?

No pudo evitar sentirse locamente complacido, consciente de que veía en él algo más que un abrigo remendado y un pelo despeinado. Lo veía como lo que era: un hombre.

–Entiendo que ha salido usted a disfrutar de esta elegante velada...

–¿Y usted? ¿Viniendo aquí vestido de esta guisa? –mirando a su alrededor, le dijo con tono persuasivo, como si estuviera negociando–: Yo puedo instruirlo sobre qué ropa debería y llevar y cómo conducirse en público. Porque, evidentemente, necesita usted consejo. Tome el té conmigo. Como mi querida madre solía decir, cualquiera que pueda aprender a sostener apropiadamente una taza de té puede aprender a hacer apropiadamente lo que sea.

Nathaniel resopló con gesto escéptico.

–Yo no pretendo ser tan popular –replicó. Aunque estaba ciertamente impresionado por su atrevimiento al relacionarse con él delante de todo Londres, sabía que tenía que salvarla de su propia estupidez–. He aquí el consejo que yo le doy: soy la clase de hombre capaz de arruinarle no ya su reputación, sino su vida.

Ella se quedó callada por un momento.

–Yo nunca iría tan lejos como para pedirle que me arruinara la vida.

Algo le pasaba a aquella mujer. Le entraron ganas de darle unos golpecitos en la frente para hacerla entrar en razón.

–Estoy intentando salvar a su precioso trasero de recibir unos buenos azotes.

–No debería usar esa clase de palabras –frunció el ceño–. Si no quiere que retire mi invitación a tomar el té.

Nathaniel puso los ojos en blanco.

–A no ser que ese té la incluya a usted completamente desnuda y con las manos atadas a la espalda, tengo que decirle que no estoy interesado.

Ella se quedó sin aliento.

–Pues también se ha quedado sin vals.

–Mejor. Tampoco sabría bailarlo. Y ahora, ¿hemos terminado ya con las lecciones de etiqueta? ¿O piensa enseñarme también a tocar el arpa?

Sacudiendo la cabeza, Imogene empezó a retroceder.

–No es usted el mismo hombre que conocí hace dos noches. Aquel hombre me respetaba. Cosa que usted claramente no está haciendo.

Nathaniel sintió que se le cerraba la garganta al leer la traición en sus ojos. ¿Por qué se estaba defendiendo con tanto ahínco de aquella mujer? ¿Y qué era lo que tenía que le hacía desear arrodillarse ante ella cada vez que la veía?

—Nadie nos estaba mirando aquella noche. Aquí, en cambio, contamos con una gran audiencia. Estoy intentando disuadirla de que la vean conmigo. Y ahora, márchese —retrocedió un paso y se volvió, procurando evitar a una pareja que se los había quedado mirando.

Pero Imogene saltó hacia él y lo agarró de un brazo de la misma manera que había hecho aquella noche. Lo cual lo sobresaltó al recordarle lo mucho que deseaba que lo tocara...

Deteniéndose, la miró.

—¿Qué está haciendo?

Haciéndole volverse del todo hacia ella, sostuvo el lápiz contra el espacio en blanco de su carnet de baile.

—He malinterpretado sus intenciones, por lo que me disculpo con usted. Estoy sinceramente conmovida por su intento de proteger mi reputación. Pero yo no necesito protección alguna, dado que no tengo ningún interés en tomar marido. Dicho esto, yo estaría más que contenta de guiarlo a usted, dado que no sabe bailar. ¿Puedo entonces apuntar su nombre?

Nathaniel sentía cada músculo de su cuerpo en llamas, plenamente consciente no ya solo de ella, sino de la mirada de todo el mundo.

—¿Por qué está haciendo esto?

Ella jugueteó con su carnet de baile, rehuyendo su mirada.

—Porque algo me dice que usted haría lo mismo por mí si esta gente empezara ahora mismo a avasallarme con la intención de echarme de aquí —alzó la vista—. ¿O no es verdad?

Dios. Cómo quería acunar aquel hermoso rostro entre

sus manos y besarla hasta dejarla sin aliento por lo que acababa de decir.

—Por usted, lo haría. Sí.

Ella sonrió levemente.

—Yo ya le dije que hombres y mujeres podían ser amigos —se inclinó hacia él—. Vamos. Practique el juego al que recurro yo cuando me veo rodeada de demasiada gente y me entra el pánico. Me imagino que no son más que pájaros en los árboles, cuyos gorjeos no importan más que al viento.

Aquella mujer no podía ser real. Porque su manera de pensar ciertamente no lo era.

—¿Tenemos que evitar también sus cagadas, entonces?

Ella sonrió. Unos deliciosos hoyuelos se formaron en sus mejillas.

—Yo lo hago todo el tiempo.

Nathaniel suspiró, con la sensación de que negarle algo a aquella mujer sería como decir que no a la luna y a las estrellas.

—Usted ya se ha condenado a sí misma, así que bien podemos terminar con esto. Adelante. Apúnteme para ese vals. Con un poco de suerte, su hermano no me abofeteará y no me desafiará a duelo por aceptar su oferta.

—Mi hermano es demasiado caballeroso para eso. Aunque gritar sí que le gusta —volvió a alzar su carnet de baile, disponiéndose a apuntar—. No me ha dado su nombre completo. Dígame cuál es.

—Atwood. A-t-w-o-o-d —deletreó—, con el «lord» delante.

Ella alzó la mirada y soltó una carcajada que se apresuró a ahogar llevándose una mano a la boca.

Resultaba obvio que se estaba riendo de él.

—¿Qué pasa?

Ella bajó la voz.

–Qué ocurrencia tan graciosa la suya.

–No ha sido una ocurrencia. Acabo de darle mi nombre. ¿Qué es lo que le hace tanta gracia?

–Su nombre. ¿Quiere decir que es usted un par de la aristocracia?

–Sí. De hecho, lo soy.

–Pero yo pensaba... –se interrumpió de golpe para desviar la mirada hacia lady Weston, que acababa de detenerse con gesto rígido a su lado.

–Lady Imogene –pronunció la dama con tono letal, estirado a más no poder–. Lejos de entretener con su compañía a lord Seton, a lord Danford o a cualquier otro respetable caballero de este salón que nos ha honrado con su presencia esta noche, ha elegido usted en cambio a este... este –se interrumpió, esforzándose por encontrar una palabra–. Nos vamos a casa. Y usted tendrá que dar cuenta de su aberrante comportamiento ante su hermano. ¿Entendido?

Imogene se mordió el labio, pero luego bajó la mirada al carnet y escribió el nombre de su próxima pareja de baile con un gesto ceremonioso, como si estuviera firmando la constitución de los Estados Unidos.

–Os apunto para el vals, lord Atwood –lo trató formalmente, como correspondía a un lord–. Aunque me temo que ello entrañará algo de contacto físico. Espero que no os importe.

Una ronca carcajada escapó de la garganta de Nathaniel. Sabía que aquello podía llegar a gustarle. Mucho.

–No tengo nada en contra del contacto físico. Soy boxeador.

Lady Weston entrecerró los ojos y agarró a Imogene del brazo, decidida a sacarla de allí.

Por la mueca de dolor de Imogene, Nathaniel pudo ver que la mujer le había hecho daño. Plantándose delante de la esposa de Weston, le bloqueó el paso con su corpachón.

—Suéltela.

Los sobresaltados ojos de la mujer viajaron de su torso hasta su rostro, toda ruborizada.

Tomando suavemente a Imogene del brazo, la atrajo hacia sí.

—No vuelva a tocarla de esta forma. Y ahora váyase al infierno.

La mujer se alejó espantada.

—¡Atwood! —el duque de Wentworth apareció de repente a su lado—. Te dije que te mantuvieras al margen. ¡Y esto no es mantenerse al margen!

—No era mi intención molestaros, Excelencia —explicó Nathaniel con tono formal—. Pero es que le debo un baile a esta dama. Disculpadnos.

Y, tomando la cálida mano enguantada de Imogene en la suya, la guio con gesto protector hacia el atestado salón de baile.

—Antes me dijo que guiaría usted. No tengo por costumbre cederle el control a nadie, pero, en este caso, transigiré. Porque no tengo ni idea del lío en que me estoy metiendo.

Imogene alzó la mirada hacia él.

—Creo que mi cuñada y Su Excelencia se han quedado tan boquiabiertos como yo.

—No me haga quedar como un estúpido. ¿Qué se supone que tengo que hacer?

—Oh... bueno... primero, coloquémonos en posición. Aquí mismo.

Se detuvo.

—¿Aquí?

—Sí. Vuélvase hacia mí. Hombros erguidos.

Así lo hizo. Hombros erguidos.

En el instante en que se volvió hacia ella, aquel delicado aroma a lirios volvió a tentar sensualmente su olfato. Respiró profundo. Todo en aquella mujer le hacía respirar profundo. Llenarse los pulmones de su perfume.

Cuando bajó la mirada hasta sus ojos, se sintió henchido de orgullo: el orgullo de saber que aquella mujer quería bailar con él. Delante de todo Londres y mientras su padre los observaba. Era como recibir un honor envuelto en sedas.

Otras parejas pasaron apresuradas por delante de ellos, abandonando la pista de baile y mirándolos nerviosos.

Era divertido. Toda aquella situación era divertida, de hecho.

Imogene le tomó suavemente las manos, colocando una mano sobre su encorsetada cintura y agarrándole la otra, que alzó en el aire.

Nathaniel apretó aquella mano tan delicada.

Apoyando su mano libre sobre su hombro, acercó prudentemente su cuerpo al suyo.

—Ya está. Esperemos ahora a que comience la música.

Plenamente consciente del roce de sus faldas contra sus botas y su pantalón, así como de la cercanía de aquellos senos, deslizó los dedos por la fina seda de su vestido. Aquello era como el sexo. Solo que con ropa. Suspiró.

—¿Se supone que tenemos que estar tan cerca?

Sin mirarlo a los ojos, respondió tímidamente:

—¿Por qué cree si no que le apunté para el vals? Si voy a tener que soportar un escándalo, será mejor que nos esmeremos un poco.

Él volvió a apretarle la mano y se refrenó para no inclinarse sobre ella y lamer aquella boca con la punta de la lengua.

—Tenga cuidado. Estoy empezando a pensar que le gusto.

Un rubor encendió sus finas mejillas.

Nathaniel sonrió lentamente.

–Se ruboriza usted con tanta facilidad...

–No me estoy ruborizando.

–Por supuesto que sí.

La música comenzó en aquel momento.

–A la izquierda –anunció ella con tono apresurado, guiándolo por el suelo encerado. Alzando la barbilla, asumió una rígida postura–. Siga mis pasos, dé una vuelta y siga haciéndolo. ¿Podrá?

–Míreme –aunque perdió algunos pasos e incluso se tambaleó, de alguna manera se las arregló para seguirla sin pisarle la falda del vestido. Era, al fin y al cabo, un boxeador con un buen juego de pies. Uno que no solo tenía que moverse rápido, sino aprender rápido también–. Estamos a punto de hacer que este baile quede hasta bonito. Se da cuenta de ello, ¿verdad?

Mientras se deslizaban por la pista de baile, ella le preguntó, mirándolo:

–¿No está disfrutando?

–Me está dejando que la toque. ¿No es eso disfrutar?

Entre pasos y giros, ella le apretó suavemente el hombro y el contacto le hizo ser aún más consciente de lo mucho que anhelaba desgarrarle la ropa. Había pasado mucho tiempo desde la última vez que se había permitido jugar aquel juego. Demasiado.

Después de un par de giros, ella volvió a preguntarle:

–¿Es usted de verdad un par de la aristocracia?

–Sí.

–¿Y cómo es que nunca he oído hablar de usted antes, y boxea además bajo el nombre de Coleman?

Él evitó su mirada para concentrarse en los pasos.

–Es demasiado largo de explicar.

–¿Pero es usted realmente un boxeador?

–Sí.

–¿Un boxeador increíblemente bueno?

–Me gusta pensar que sí.

–¿Uno capaz de conquistar el título de campeón, llegada la oportunidad?

–Si le respondo a eso, es posible que peque de presumido.

Ella le apretó el hombro y la mano.

–Henry me comentó que tiene usted fama de rehuir a patronos e inversores del mundo del boxeo. ¿Es cierto?

–No me gustan los compromisos. Sean cuales sean.

–Ese parece ser el dilema –su rostro reflejó una súbita seriedad mientras reflexionaba sobre algo–. Pero usted y yo resolveremos ese asunto.

Él no pudo evitar sonreírse.

–Yo prefiero mantener las cosas sin resolver.

Imogene perdió entonces varios pasos y se tambaleó.

–Debo... debo abandonar la pista de baile –se apoyó pesadamente en él, obligándolo a detenerse–. Antes de que me desmaye.

¿Desmayarse? Oh, Dios no. Otra vez no. Agarrándola con fuerza de la cintura, e ignorando los borrosos rostros que los rodeaban, la sacó rápidamente de la pista de baile.

Miró a su alrededor. No había sillas. Nada más que paredes y toda una multitud contemplándolos. Maldijo para sus adentros.

–Apóyese contra la pared. Hasta que se le pase –la acercó a la pared más cercana y la apoyó suavemente en ella. Acto seguido le arrebató el abanico de la muñeca e intentó abrirlo–. Le daré aire. Respire –por alguna razón, aquella maldita cosa no se abría. Tiró con fuerza.

De repente ella estiró una mano, interrumpiendo sus esfuerzos.

Nathaniel alzó la mirada.

–Así no –murmuró Imogene, bajando la mirada al abanico. Sus dedos enguantados desengancharon fácilmente el broche que lo cerraba–. Ya está.

Resultaba obvio que no estaba habituado a lidiar con las damas de la aristocracia, provistas de sus pequeños abanicos. Se apresuró a agitarlo frente a su rostro y su cuello acalorados, intentando ignorar el hecho de que medio Londres lo estaba viendo hacer de criado.

–Haga lo que haga, ricura, no se desmaye en mis brazos. Porque ya estoy haciendo bastante el ridículo abanicándola.

Ella echó la cabeza hacia atrás, cerrando momentáneamente los ojos, y sonrió.

–Dudo que a usted le preocupe hacer el ridículo –murmuró. Interrumpiéndose, añadió–: Me siento mejor. Ya ha pasado.

«Gracias a Dios», exclamó Nathaniel para sus adentros.

–Me alegro de oírlo –la abanicó con menor energía conforme contemplaba fijamente su increíblemente seductora pose, apoyada como estaba contra la pared. Tenía la cabeza echada hacia atrás, con el cuello desnudo y aquellos rizos rubios rozando sus encendidas mejillas. Era como si estuviera esperando que la desnudara.

Se quedó sorprendido, consciente de que había dejado de abanicarla.

–¿Necesita que siga abanicándola?

Ella sacudió la cabeza y volvió a abrir los ojos.

–No. Gracias –inclinándose hacia él, recuperó el abanico–. Le agradezco que me haya atendido –miró de reojo a unos cuantos invitados que se estaban esforzando por escuchar alguna palabra de la conversación–. ¿Tomará el té conmigo este jueves? A las cuatro. ¿Para que podamos hablar con la privacidad que nos merecemos?

Nathaniel se la quedó mirando fijamente.

–¿De qué quiere usted hablar?

–De un asunto personal que requeriría un compromiso por ambas partes.

¿Un compromiso? ¿Estaba intentando casarse con él? ¿Ya? Maldijo en silencio. Eso era lo que sucedía cuando un hombre se ponía a abanicar en público a una mujer.

–Er... Solo para que lo sepa, no estoy interesado en volver a casarme otra vez.

Lo miró sobresaltada.

–¿Otra vez?

–Es una larga historia. Ella murió. Y no tengo ganas de volver a jugar ese papel de nuevo.

Apartándose de la pared, Imogene se irguió y juntó las manos.

–Lástima. Lamento mucho escucharlo –vaciló, con aquellos enormes ojos de color avellana escrutando su rostro–. Esa mujer fue increíblemente afortunada de tenerlo como marido. Es usted un hombre conmovedoramente protector y atento para con las necesidades de una mujer.

«Jesucristo», exclamó Nathaniel para sus adentros. Aquello... aquella mujer... estaba empezando a constituir un problema. Ella parecía pensar que era un hombre bueno. Oh, tenía detalles de hombre bueno.... pero no los suficientes, ni de lejos, como para hacer justicia a una mujer como ella. Se aclaró la garganta.

–Er... ¿Cómo se siente?

–Mejor –sonrió–. Gracias.

–Bien. Me alegro –desviando la mirada hacia la mujer de Weston, que lo observaba todo a poca distancia, se volvió y levantó un dedo–. Usted, lady Gruñona. Venga aquí. Dado que ella ha estado a punto de desmayarse, quiero que la saque de esta atmósfera asfixiante. Llévesela a casa.

Lady Weston quedó momentáneamente paralizada pero en seguida se puso a su disposición. Dando un rodeo para esquivarlo, se acercó a Imogene y la tomó de un brazo.

–¿Me visitará? –le preguntó Imogene–. ¿Para que podamos hablar?

Mientras retrocedía, Nathaniel le sostuvo la mirada. Aquel era el problema. Pero sabía lo que tenía que responder. De manera instintiva, suavizó su tono. Ignoraba por qué. El solo hecho de mirarla lo impulsó a hacerlo.

–Es usted una muchacha demasiado buena para tomar el té conmigo. Recuerde eso cuando no reciba mi visita. Que pase una buena noche –girándose, se encaminó resuelto en la dirección que sabía era la de la puerta principal.

Pudo sentirla observándolo durante todo el tiempo.

El solo hecho de saberlo hacía que se le apretara el pecho de emoción.

Continuó por el silencioso pasillo que se había vaciado ya de criados, obligándose a no volver la mirada para comprobar si seguía mirándolo. Porque, si lo hacía, sabía que la levantaría en brazos para llevársela a Limmer's y enseñarle allí todo lo que necesitaba saber sobre él como hombre. Desde las cicatrices de sus manos, pasando por las que surcaban sus brazos, sus hombros y su pecho, hasta la manera en que prefería siempre poseer a una mujer: bien atada.

El inesperado rumor de unas faldas le hizo alzar la mirada a la escalera. Desorbitó los ojos cuando descubrió, nada más ni menos, que a Georgia Emily Milton, la lavandera irlandesa de los Five Points. La joven flotaba más que bajaba por la vasta escalera, con sus rizos de color fresa, recogidos en lo alto de la cabeza, rebotando como el resto de su cuerpo.

¿Qué diablos...?

Ni rastro había de las faldas de calicó ni del delantal. Habían sido sustituidos por un elegante vestido de noche que le dejaba los hombros al descubierto y por los diamantes en forma de gotas que adornaban sensualmente sus orejas y su cuello, resplandecientes a la luz de la enorme araña.

La había visto en el Rotten Row de Hyde Park, el mismo día en que Matthew había conocido a la dama de sus sueños, pero seguía sin poder creérselo. La mujer que se consideraba mejor que él y que todo el distrito Sexto de la ciudad de Nueva York, y tenía una lengua del tamaño de Manhattan, se las había arreglado para colarse en un mundo al que no pertenecía en absoluto.

Y, además, hasta parecía medio decente.

Georgia se detuvo bruscamente en el último escalón cuando lo vio.

—¿Coleman? —miró frenéticamente a su alrededor, para asegurarse de que estaban solos—. ¿Qué diablos estás haciendo aquí? ¿Atracar a los invitados?

Nathaniel soltó un resoplido de indignación. Era lo que pensaba de él, por supuesto. La animosidad que profesaba a Matthew, a él y al resto de los Cuarenta Ladrones no era ningún secreto.

—Yo también me alegro de verte, pecosilla.

—¿Cómo sabías que estaba aquí? —bajó la voz—. Matthew y tú... ¿acaso nos seguisteis a mí y a lady Burton cuando abandonamos el parque, después de nuestro encuentro accidental?

—No te des tantos aires.

Ella volvió a mirar a su alrededor.

—¿Dónde está Matthew, por cierto?

—Que me aspen si lo sé. Pero si tuviera que adivinarlo, apostaría a que está con tu amiga la dama. No hace más que hablar de esa mujer —se interrumpió para contemplar el brillo de sus diamantes y soltó un silbido de admiración. Señaló el collar que adornaba su cuello, preguntándose cuánto valdría: probablemente unas cien libras, si no más—. Eso que llevas parece muy caro.

—Lo es.

Matthew necesitaba desesperadamente dinero. Y él también. Pero no por ello estaba dispuesto a pedirle algo a aquella mujer... Se aclaró la garganta.

—Me alegro de verte. Por así decirlo.

Ella seguía mirándolo con fijeza.

—¿Matthew y tú necesitáis dinero? Sé sincero.

Aunque le entraron ganas de responder que sí, era demasiado orgulloso para humillarse.

—Tengo que irme —se volvió, pero Georgia lo agarró por la cola del abrigo.

—Coleman —endureció el tono de voz.

—¿Qué? —se volvió a regañadientes.

Lo soltó.

—Dejé a Matthew una considerable cantidad de dinero cuando emprendí mi viaje de conversión en una respetable dama. ¿Qué es lo que hizo con él?

Nathaniel intentó disimular su incomodidad.

—Lo que hace siempre que tiene dinero. Regalarlo. El orfanato del distrito Sexto se quedó la mayor parte.

Georgia suspiró. No una, sino dos veces.

—Matthew y su instinto caritativo —alzando los brazos, se soltó el collar y se lo entregó, de mala gana—. Toma. Empéñalo. Y dile a Matthew que no robe más caballos. Esto no es Nueva York.

Nathaniel sacudió la cabeza.

—No. No puedo aceptarlo.

Ella puso los ojos en blanco.

—Olvida tu orgullo y piensa en Matthew. No quiero que se meta en más problemas.

Seguro que Matthew necesitaba aquel dinero. Y serviría para mantenerlo alejado de problemas. Nathaniel asintió ligeramente y recogió el collar, que se guardó en un bolsillo del abrigo.

—Te lo devolveré cuando pueda.

—No te molestes. Tengo muchos más —lo miró fijamente—. ¿Puedo preguntarte otra vez por qué estás aquí?

Se encogió de hombros.

—De visita.

—¿De visita? ¿A quién?

—A mi presunto padre, al duque de Yardley.

Ella se lo quedó mirando fijamente.

—¿Tu padre?

—Es complicado —consciente de que le iba a encantar su respuesta, sonrió irónico—. Me parece que tú y yo vamos a ser familia, pecosilla.

—¿Qué?

—¿No lo sabías? Yardley es mi sobrino.

Georgia retrocedió un paso, estupefacta.

—Procura no desmayarte en mis brazos. Yo no tengo problema alguno con eso, siempre y cuando no lo tengas tú. Dile al duque que me voy para invertir en mi carrera pugilística, pero que seguiremos en contacto. ¿De acuerdo?

Ella desvió la mirada hacia el corredor una vez más, para asegurarse de que estaban solos, y se apresuró a contestar:

—Me aseguraré de comunicárselo.

—Te lo agradezco.

—¿Seguro que estás bien? —parecía preocupada.

Nathaniel se encogió de hombros.

—Nada es como debería ser. Pero estoy acostumbrado —se palmeó el bolsillo del abrigo—. Gracias por los diamantes. Matthew necesita dinero para volver a Nueva York —y se marchó, extrañamente conmovido por la preocupación que había demostrado Georgia no solo por Matthew, sino por él también. Tal parecía que el nuevo papel de dama le estaba sentando bien. La había... dulcificado. ¡Quién lo habría imaginado!

Capítulo 10

Finalmente, desesperado, rompió varios cristales de la ventana y, pasando la cabeza por el orificio, acalló toda crítica con la siguiente ocurrencia: «Caballeros, he roto varios cristales con tal de ganar mi admisión. Os ruego pues que me dejéis entrar, pues ahora puedo ver a través de mi error».

P. Egan, *Boxiana* (1823)

Más tarde, aquella noche
La Casa Weston

–¿En qué diablos estabas pensando? –rugió su hermano a través de la toalla que todavía colgaba sobre su cabeza, ocultándole no ya el rostro sino los hombros cubiertos por la bata. Descargó un puñetazo en el colchón de la cama en la que estaba confinado–. Dejando a un lado tu mala salud, ¿es que no albergas el menor maldito respeto por tu condición?

Plantada con actitud incómoda al pie de la cama, Imogene replicó:

–Me resulta muy difícil tomarte en serio cuando lo único que veo es una toalla. Sugiero que te la quites.

—No voy a permitir que me veas la cara. Y no cambies de tema. Una dama respetable no se relaciona con un don nadie, y mucho menos con un boxeador. ¡Tanto si piensas invertir dinero en él como si no!

Imogene se sentó en el borde de la cama, fingiendo estar más ocupada alisando su vestido que escuchándolo.

—Si esto sirve para te sientas mejor, no es un don nadie. Tiene nombre: Atwood. Lord Atwood.

—¿Qué? Gene. No es un par de la aristocracia.

—Oh, claro que lo es. No solo me lo dijo él, sino que...

—Olvida las mentiras con las que ese hombre te ha llenado la cabeza. ¿Lo has visto? Su pelo recuerda el de un personaje del siglo pasado y su ropa parece datar también de esa fecha. No tiene dinero alguno y se aloja en Limmer's con un tuerto que porta siempre dos pistolas y un cuchillo. ¿Dónde ves tú nobleza o civilidad en todo esto? ¿Dónde?

Imogene lo fulminó con la mirada.

—No hay necesidad de insultarlo ni a él ni a sus amigos.

—Me niego a creer que lo estés defendiendo. ¡A un hombre así! ¿Te ha tendido alguna trampa? ¿Te ha amenazado para que digas estas cosas? Gene. Habla conmigo. Acuérdate de lo que pasó cuando dejaste que la señora Fink te convenciera de que quemaría la casa si le contabas a alguien cómo te estaba tratando. Estuviste a punto de morir. ¿Es que no aprendiste nada de aquello?

Imogene miró la toalla con los ojos entrecerrados.

—No te atrevas a compararlo con la señora Fink. Aquella mujer era un monstruo, mientras que ese hombre no lo es en absoluto. Me gusta.

—¿Que te gusta? —repitió—. ¿Qué hay que pueda gustarte de él aparte de dos puños? En los antros pugilísticos hay hombres que hasta tienen miedo de pedirle que les enseñe a boxear, y vas tú tranquilamente y...

Ella no pudo evitar sonreírse.

—Pese a su hosca naturaleza, se ha mostrado increíblemente protector conmigo. Deberías haber visto la paliza verbal que le soltó esta noche a tu mujer delante de todo Londres. Te habría encantado.

—No soy tan vengativo —gruñó a través de la toalla—. Gracias a ti, sin embargo, Mary ha empezado a hacer todo tipo de preguntas.

—¿Sobre qué?

—Sobre él. Sobre ti. Sobre nuestros comunes intereses. ¿Qué se supone que voy a decirle? ¿Que estoy usando tu herencia para invertir en un boxeador en busca de la oportunidad de divorciarme de ella?

Imogene esbozó una mueca.

—Lo siento. Yo solo estaba intentando...

—Dejando eso a un lado, a mí no solo me preocupa tu reputación, sino también tú misma. ¿Hasta qué punto te has comprometido con ese hombre, dado que le has concedido un baile? Sé sincera.

Imogene soltó un suspiro exasperado.

—No tanto como me habría gustado.

—¿Qué quiere decir eso?

—Lo invité a tomar el té para discutir de ciertas ideas que tengo a la hora de invertir en él... y se negó.

—¿A tomar el té? —resopló—. Los hombres como él no son muñecas de porcelana que puedas sentar en una silla para charlar del tiempo. Los hombres como él necesitan una jaula.

Ella le dio un golpecito en una rodilla.

—Si me hubieras permitido relacionarme con más hombres durante todos estos años, quizá no habría sido tan ingenua. Porque, evidentemente, los hombres de verdad no son como tú.

—Yo no voy a rebajarme a... Gene. Escúchame. Al margen de que invirtamos en él o no, no puedes defenderlo públicamente ni... bailar con él. No puedes.

Ella juntó las manos.

—Concederle ese baile fue un acto de justicia. Le devolví la dignidad que todo el mundo en aquel salón pretendía negarle. Deberías haber visto cómo lo trataron. Y cómo lo trató tu esposa. Fue algo imperdonable. ¿Piensas que ella te trata a ti de manera abominable? Pues ella hizo lo mismo con él.

Henry se quedó callado.

Imogene deslizó un dedo por la falda de su vestido, todavía hipnotizada por la imagen de aquellos ojos azul hielo y aquel rostro de rasgos duros que tanto había visto del mundo. Al contrario que ella. Si existía algún futuro, ella podía verlo en aquellos inolvidables ojos que anhelaban conquistar el mundo tanto como ella.

No podía explicarlo, pero una parte de su ser sabía que aquel hombre poseía el fuego necesario para convertirse en campeón de boxeo. Por supuesto... si era conocido por rechazar a los inversores, cosa que había admitido él mismo, solo había una manera de asegurar aquel negocio. Se había dado cuenta mientras bailaban juntos. Ahora simplemente tenía que convencerlo de ello. Y convencer a Henry, también.

Suspiró.

—Creo que la mejor manera de asegurarnos de que la inversión no se nos escape es que yo me case con él. A mí no me importa. Y una vez que gane el campeonato, ambos podremos anular el matrimonio y separarnos.

Henry se sentó en la cama, tenso, con la toalla resbalando por su cabeza.

—¡Dios santo! ¿Has perdido lo poco que te queda de juicio? ¡Si apenas lo conoces!

Ella le puso una mano en la rodilla, intentando tranquilizarlo.

—A no ser que me case, Henry, no se me permitirá asociarme con él. ¿Y cómo voy a invertir diez mil libras en un hombre con el que, como mujer que soy, ni siquiera se me permite asociarme? Y especialmente con un hombre famoso por rechazar a inversores. Si vamos a hacer el papel de patrones, tenemos que hacerlo bien. Ese hombre necesita algo más que nuestro dinero si queremos asegurarnos su éxito. Necesita que lo guiemos en el camino lleno de baches de una sociedad que tú y yo conocemos demasiado bien.

—¿Pretendes casarte con él por el bien de nuestra inversión?

Imogene puso los ojos en blanco.

—La gente se casa constantemente por el bien de sus inversiones. ¿Qué tendría esto de distinto? —le dio unos golpecitos en la rodilla—. Estos son los términos. Le daremos siete mil libras para que se las embolse él solo. Yo cubro todos los costes de entrenamiento y gastos de manutención con el resto del dinero que me quede y, a cambio, él tendrá que casarse conmigo con la condición de que yo controlaré su carrera pugilística, como haría cualquier patrón... y que cuando conquiste el campeonato, dividiremos los beneficios por la mitad y cada uno seguirá su camino. Eso nos garantizará que no se nos pueda escapar hasta que consigamos nuestro dinero.

—Gene —rezongó, inclinándose hacia ella con la toalla colgando todavía de la cabeza—. Por el amor de Dios. No puedo imaginarte entregándote a un hombre así. No puedo. Ni siquiera por un segundo, para no hablar de cuatro meses....

—No tienes otra elección —suspiró—. Yo necesito una garantía y tú me debes un boxeador.

—Yo no te debo... Jesucristo. ¡Estás empezando a hablar como una alienada!

—Deja de gritarme.

—¡Tengo todo el derecho a gritarte, dado que parece que la estupidez ha ahuyentado todo pensamiento racional de tu cerebro!

Imogene entrecerró los ojos.

—Te estoy pidiendo que dejes de comportarte como un... como un... un pendejo.

Henry se quedó paralizado de sorpresa.

—¿Dónde diantres has oído tú esa palabra?

Probablemente no debería confesarle que la había oído de labios de Nathaniel, y que después había tenido que preguntarle a uno de los criados por lo que quería decir.

—No importa. Soy lo bastante mayor como para usarla. Ya no soy una niña, Henry. Tengo derecho a tomar mis decisiones, y no solo sobre las palabras que uso, sino sobre cómo invertir mi dinero.

Henry se inclinó hacia ella, todavía con la toalla echada sobre la cabeza. Y tan cerca que ella podía sentir el calor de su piel debajo.

—¿Pretendes realmente casarte con ese hombre y someterte a sus avances? ¿Avances que él tendría todo el derecho del mundo a hacer si fuera legalmente tu esposo? ¿Y todo a cambio de qué? ¿De un mísero cuarto de millón de libras?

—Avances aparte —Imogene arqueó una ceja—, ¿desde cuándo un cuarto de millón de libras es una cantidad mísera?

Él se echó hacia atrás, anonadado.

—Me estoy poniendo enfermo.

—Henry. Entiendo tu preocupación. Pero puedo asegurarte que este hombre es muchas más cosas de las que aparenta.

—¿Qué quieres decir?

Suspiró.

–Según los rumores que corrieron esta noche, y te aseguro que corrieron muchos después de que él se hubo marchado, nuestro púgil se presentó en el salón afirmando ser el hijo de lord Sumner. Incluso se presentó a mí como tal. Yo no conocía ese título, pero a juzgar por lo que tu esposa gruñó sin cesar durante el trayecto de vuelta, él nunca podría ser quien dice que es. Según los rumores que corren por Londres, el único heredero de lord Sumner desapareció siendo niño durante una estancia de los Sumner en Nueva York... aparentemente secuestrado por patriotas estadounidenses, por cierto... y el niño ya no volvió a aparecer. Eso ocurrió allá por el 1800. Lo cual me intriga mucho porque, dado que el cuerpo nunca fue encontrado, es posible que eso sea porque ese cuerpo aún sigue vivo. ¿Sabías que antes de que todo esto ocurriera, nuestro boxeador me dijo que procedía de Nueva York? ¿Del mismo Nueva York donde el niño desapareció? También reconoció haber nacido en Surrey. Y, según tu bien informada esposa, Surrey es el lugar donde la familia Sumner mantuvo su residencia rural antes de que la vendieran en 1820. Una curiosa coincidencia.

–Tú y tus imaginaciones. No es tan difícil hacerse pasar por una persona cuyo cuerpo nunca fue encontrado.

–Disiento de eso. Yo creo que nuestro boxeador es realmente ese heredero. Ese hombre exuda una convicción innegable. Pero, al margen de que sea o no sea ese heredero, que yo creo que lo es, tú negociarás con él todas mis condiciones y conseguirás que las acepte. Para que no se nos escape.

–¿Esperas acaso que yo...? –Henry se arrancó por fin la toalla, revelando una negruzca nariz terriblemente hinchada y sanguinolenta, además de un ojo, un labio y una mejilla que le daban el aspecto de un moribundo demente.

Ella se quedó estupefacta, llevándose una mano a la boca.

–¡Oh, Henry! Yo... Oh. Mírate.

Él la miró lo mejor que pudo a través de un ojo hinchado e inyectado en sangre.

–Eso, mírame, Gene. Mírame. Este es el mundo del que procede ese hombre. Esto es todo lo que ese hombre sabe y adora en el mundo. ¿Y tú quieres casarte con él? ¿Para asegurar tu maldita supuesta inversión?

–¿Él te hizo esto? –se negaba a creerlo.

–No. Peleé con otro hombre. Afortunadamente. Porque si lo hubiera hecho con él, ¡no tendría ya ojos en la cabeza! –se acercó más a ella, lo cual la hizo retroceder, dado el estado de su rostro.

No quería estar cerca de aquello.

Henry se señaló la cara.

–He llegado a conocer bastante bien a ese canalla, he hablado con él y le he estado viendo pelear en los antros pugilísticos prácticamente cada noche. Ese hombre sabe golpear y sabe moverse de la manera más eficaz posible. Posee talentos y habilidades que, te lo aseguro, no he visto en ningún otro. Lo he visto derribar a un tipo que pesaba una tonelada, y molerlo a golpes como si fuera una almohada sin llegar a encajar un solo puñetazo. No es humano. Estamos hablando de un salvaje al que tú no podrías controlar ni un solo día, para no hablar de cuatro meses, que es el tiempo del que dispondremos hasta el campeonato. ¿Y tú quieres hacer tratos con él? ¡Mira que serás tonta, joven y estúpida, o loca, si crees que podrás meterlo en tu vida para luego expulsarlo tranquilamente de ella! ¿Es eso lo que crees? Y además, ¿qué pasará si luego no gana el campeonato, Gene? ¿Has pensado en eso? ¿Qué sucederá entonces? Puede que nunca puedas deshacerte de él, llegado el momento.

–Ambos sabemos que él no está buscando algo permanente. Créeme cuando te digo que convencerlo de que se asocie con nosotros será difícil... pero que convencerlo de que se marche será muy fácil. Razón por la cual el matrimonio es una buena idea, porque servirá para que se quede con nosotros el tiempo suficiente para que nos embolsemos el dinero. ¿Crees que tú podrás persuadirlo?

Recogiendo la toalla, volvió a echársela malhumorado sobre la cabeza para enterrarse bajo ella.

—Tú y tus proverbiales ideas.

—Henry —se acercó de nuevo a él–. ¿Puedes imaginarte lo famoso que llegaría a ser ese hombre si resultara que efectivamente es ese heredero perdido? Los periódicos de todo el país hablarían de ello. Y si aceptara aspirar a ese título de campeón para nosotros, los hombres acudirían en manadas solo para verlo. Yo al menos, si fuera hombre, seguro que lo haría. Porque... ¿cómo lucharía alguien que ha soportado tantas penalidades en su vida? Yo imagino que merecería la pena verlo. Y pagar por ello. Y aunque no ganase el campeonato, si consiguiéramos hacerlo lo bastante popular, él nos haría ganar el dinero suficiente para que ambos pudiéramos labrarnos una nueva vida.

Henry se removió, colocándose y volviéndose a colocar la toalla sobre la cabeza.

—A veces me dejas realmente anonadado con tus elucubraciones, de verdad. ¿Sabes una cosa? Que tienes razón. Desde el instante en que esos periódicos se hagan eco del rumor de que ese hombre es el heredero perdido y además es boxeador, se hará algo más que famoso. Hombres de todos los estratos sociales se pelearán por invertir en él, tanto si es realmente ese heredero como si no. Y eso no podemos consentirlo. Porque conquistará ese título, Gene. He visto suficientes boxeadores en mi vida como para saberlo de seguro —se recostó en las almohadas, acomodándose mejor–. Investigaré sobre él antes de que intervengan los periódicos, cosa que ocurrirá pronto, gracias al revuelo que tú y él habéis creado esta noche. La gente querrá saber quién es y yo tendré que averiguarlo antes que ellos.

—¿Y si resulta que es el heredero perdido? —insistió ella.

Henry suspiró.

—Ojalá no estuviera yo tan desesperado como tú —se interrumpió—. Pero lo estoy —masculló—. ¿Cómo es que cuando dices las cosas, suenan hasta razonables... a pesar de que no lo son en absoluto?

—Henry.

—Está bien, está bien. Si resulta que ese hombre es un par de la aristocracia, le haremos una oferta con los términos que tú establezcas, dado que eres mayor de edad y el dinero es tuyo.

Imogene se levantó del borde de la cama, toda entusiasmada.

—¡Sí! Y como inversora y patrona que seré suya, él tendrá que hacer todo lo que yo le diga. Todo.

—Eso no significa que él vaya a transigir con todos esos términos, Gene.

—Oh, lo hará. Sé que lo hará. No es tan duro como aparenta. Creo que yo le gusto.

—Desde luego que sí. Pero no de la manera que tú piensas. Ese hombre no sabe absolutamente nada sobre mujeres.

Henry se equivocaba en eso. Nathaniel sabía mucho más sobre mujeres de lo que dejaba traslucir. Lo intuyó desde el momento en que bailaron juntos, cuando la envolvió de una forma tan atrevida y protectora en sus fuertes brazos. Casi podía sentir todavía el contacto de sus enormes manos, su calor y el pulso de su corazón amoldándose al suyo. Era como si la música de aquel vals se hubiera filtrado en sus venas con la intención de instalarse allí durante el resto de su vida. Algo le decía que la fe que estaba poniendo en Nathaniel tendría su recompensa. Solo tenía que convencer de ello a Henry... y al propio Nathaniel.

Henry se frotó un brazo, nervioso.

–La idea de conseguir algo realmente grande se apodera de nosotros al menos una vez en la vida. La mayoría de los mortales sabemos reconocer, sin embargo, el momento en que esa idea se confunde con la locura. Y perdona que te diga que tú ya has entrado en ella.

–Yo no pienso invertir diez mil libras sin recibir garantía alguna. Y esta es la única manera de conseguir esa garantía. Un marido no puede, ni física ni financieramente hablando, eludir a su mujer sin que ello tenga consecuencias legales. ¿O me equivoco?

–No. No te equivocas –volvió a removerse–. Yo me esforzaré todo lo posible para que esto no termine finalmente en un desastre.

Imogene sonrió.

–Si te adoro, es porque siempre tienes fe en mí –se inclinó para darle un beso a través de la toalla.

–¡Ay!

Esbozando una mueca, Imogene se echó para atrás.

–Perdona.

Él suspiró y volvió a recostarse contra las almohadas.

–Que Dios te guarde, Gene. Que Dios te guarde.

Capítulo 11

Más tarde, aquella misma noche

Cuando llegó a Limmer's con el collar de diamantes de Georgia en el bolsillo, que sabía que iba a arrancarle una enorme sonrisa a Matthew, Nathaniel se quedó sorprendido al descubrir que la puerta del cuarto de su amigo estaba abierta de par en par.

Extraño.

Trotando hacia allí, Nathaniel se agarró al marco de la puerta y se apoyó en él. El jergón de paja parecía intacto, con el embozo perfecto asomando por encima de la colcha, como Matthew siempre se enorgullecía de hacer cada mañana después de levantarse. Era como si el hombre no hubiera apoyado siquiera la cabeza sobre la almohada. De manera inquietante, el fanal desportillado que tenía al lado de la cama seguía encendido, y el solitario cajón que contenía todas sus pertenencias había sido vaciado.

Algo andaba mal. Matthew nunca habría abandonado Limmer's o Londres sin avisarlo antes.

Maldijo para sus adentros.

Nathaniel echó a correr por el estrecho pasillo y bajó a saltos las escaleras. Agarrando a un hombre que rodeaba en ese momento la esquina, al que reconoció como uno de los que vaciaban los orinales del hotel, lo sacudió de los hombros.

—¿Has visto a Milton? ¿Habitación dieciocho? Ya sabes, el del parche en el ojo.

El hombre se encogió de hombros.

Apartándolo de sí, Nathaniel salió disparado a la calle. Lo último que sabía de Milton era que estaba intentando conseguir dinero para los dos que compensara sus pobres ingresos con el boxeo.

Después de recorrer no solo los muelles donde Milton solía trabajar, sino media ciudad de Londres, y dado que seguía sin encontrar nada, una agobiante sensación de pánico se apoderó de Nathaniel.

Al cabo de media hora, volvió a Limmer's para comprobar que no se le había pasado algo por alto en la habitación.

—¡Coleman! —el director del establecimiento lo apuntó con un sarmentoso dedo desde lo alto de la estrecha escalera—. Richmond me dijo que estabas buscando a Milton. Odio decirlo, pero Scotland Yard le echó el guante a unas pocas calles de aquí. El pobre diablo no tuvo tiempo ni de apoyar la cabeza en la almohada. No hace ni media hora que aparecieron varios agentes para llevarse lo que tenía en su cajón. Al parecer ha hecho algo.

—¿Y qué diablos ha podido hacer? —inquirió Nathaniel, alarmado.

El director se encogió de hombros.

—Eso no lo sé. Si cada vez que esos tipos detienen a uno

de mis inquilinos yo les preguntara por los cargos de los que les acusan, no acabaría nunca.

De modo que habían arrestado a Matthew.

Mañana

—Cielos, ¿está usted embriagado? —la nerviosa voz de una mujer llegó hasta su cerebro a través de la niebla del sueño—. Media botella de coñac ha desaparecido.

Abriendo los ojos de golpe, Nathaniel se sentó. La licorera que tenía apoyada en el regazo escapó de su mano y, aunque intentó atraparla, se estrelló contra el suelo de tablas salpicándole las botas de coñac. Levantándose de un salto, alejó con la punta de un pie los restos del recipiente.

—Maldita sea….

Se había quedado dormido.

Después de haber dedicado las primeras horas de la mañana a buscar a Matthew, había terminado por dirigirse a la casa de su amante aristócrata, que le había tenido esperando durante unas buenas dos horas mientras se «vestía».

Lady Burton lo miraba con hosca expresión, vestida en aquel momento de pies a cabeza con un lúgubre vestido negro que le hacía parecer la imagen misma de la muerte y la venganza. Su guante también negro se cerró sobre el bonete que estaba envuelto en un largo velo.

Nathaniel arqueó una ceja y señaló su austero atuendo.

—Os recuerdo que el objetivo no es perjudicar al hombre, sino sacarlo de la cárcel.

—Esa es su opinión, que no la mía.

Resultaba obvio que ya había conseguido irritar a la mujer.

—No os hagáis la piadosa conmigo. Sabíais muy bien dónde os metíais cuando entregasteis al muchacho vuestra elegante tarjeta de visita en el Rotten Row de Hyde Park.

La dama alzó la barbilla.

—Eso fue antes de que me atara con su cinturón, contra mi voluntad, y me dejara maniatada durante la mitad de la noche. Y solo porque intenté razonar con él después de que le hubiese robado las joyas a un antiguo amante mío.

Milton, Milton, Milton… Los viejos hábitos tardaban en morir, según parecía.

—Ese no fue un buen detalle por su parte, ¿verdad?

La mujer frunció los labios, nada divertida.

—¿Merece realmente la pena salvarlo?

—¿Habría irrumpido yo en esta casa y me habría bebido la mitad de vuestro coñac para pediros que ayudéis a un hombre si hubiera preferido verlo colgado? Por supuesto que merece la pena salvarlo. Y tampoco puedo permitir que esos malditos abogados escarben en mi vida y filtren todo esto a los periódicos.

—Así que se trata de su vida. Entiendo —calándose el bonete, se echó el velo hacia atrás para atarse el lazo bajo la barbilla—. Georgia me contó algo sobre usted. Ella y yo somos buenas amigas, ¿sabe?

No le extrañó que Georgia se hubiera ido de la lengua.

—La mayor parte de ello probablemente sea cierto. De modo que será mejor que no lo utilicéis ni contra ella ni contra mí.

La dama se echó entonces el velo sobre la cabeza, con lo que su rostro desapareció de golpe detrás del encaje.

—¿Cuánto dinero estima usted que sería necesario para sacar a Matthew de mi vida?

Vaya. Matthew no iba a digerir bien aquello, teniendo en cuenta lo enamorado que estaba de aquella mujer.

–¿No iréis a despachar al pobre diablo solo porque se puso celoso y desplumó a vuestro amante, verdad?

–Márchese ya, señor, que ya me ocuparé yo sola de la liberación de Matthew. Y si alguna vez vuelve él a acercarse a mí, dígale que haré algo más que dejar que los de Scotland Yard le cuelguen de la garganta. Yo me aseguraré de que lo cuelguen de su miembro viril para que no vuelva a usarlo nunca más.

Evidentemente, aquel asunto amoroso entre la dama y Matthew se había acabado. Él probablemente tendría que jugar el papel de mártir y aliviar el dolor de su amigo convenciéndolo de que la culpa no había sido toda suya. Al menos todo aquello tenía un lado positivo. Milton volvería a Nueva York con los muchachos. Amén.

Días después
En la esquina de Maiden Lane

–Me alegro de que esa mujer te liberara. Ojalá no hubieras terminado tan mal con ella –extrañamente, dado que se trataba de Matthew, la afirmación de Nathaniel era sincera. Conocía a su amigo y sabía que siempre había querido tener familia e hijos. Y antes de su reciente entrevista con lady Burton, todo había apuntado a que ella había estado tan interesada por Matthew como él por ella. Le dio una cariñosa palmada en la espalda–. En lo sucesivo, no vuelvas a atracar a nadie, ¿de acuerdo?

–Está bien. Pero devuélvele esas joyas a Georgia, ¿quieres? Lo último que quiero es deberle un collar de diamantes.

–Mañana lo tendrá de vuelta.

–Bien –Matthew vaciló de pronto–. ¿Y qué me dices de ti? ¿Alguna noticia de ese inversor tuyo?

Nathaniel se inclinó hacia él, reprimiendo una sonrisa.

—De hecho, sí. Esta mañana recibí carta de Weston.

—¿Y? —ladeó la cabeza, mirándolo con su único ojo.

—Quiere que me entreviste con él en Jackson's después de comer. Es una academia de boxeo para la nobleza y la pequeña aristocracia rural. Una invitación muy seria. Y escucha esto. Su oferta no incluye cinco, sino siete mil libras con todos los gastos pagados y la oportunidad de aspirar al título de campeón. Sería un estúpido si no la aceptara.

—Me alegro por ti. Te lo has ganado —le dio un codazo de complicidad—. Sabré si has ganado por los periódicos. Los de Nueva York publican las noticias inglesas.

Nathaniel respondió con un cariñoso empujón.

—No tendrás que leerlo en los papeles. Los rugidos atronadores de mi victoria atravesarán el océano, amigo mío.

Matthew esbozó una sonrisa.

—No tengo la menor duda.

—Cuídate mucho y cuida a los muchachos, ¿quieres? Y ahora vamos. Antes de que pierdas tu asiento en el carruaje.

Una expresión de abatimiento se dibujó de pronto en el rostro de Matthew.

—Ya he perdido todo lo demás —masculló—. ¿Qué importancia tiene un asiento? —desviando la mirada hacia la diligencia, se cargó al hombro el saco de lana con su ropa.

Nathaniel alzó una mano a modo de despedida.

—Puede que nuestros caminos vuelvan a cruzarse.

—Seguro que sí —Matthew se despidió también con la mano y trotó por la acera hasta que saltó a la atestada diligencia.

Cuando el carruaje se puso en marcha y desapareció en el horizonte de la estrecha calle empedrada, Nathaniel suspiró. Tenía la sensación de que acababa de despedirse de la única persona que había comprendido verdaderamente lo que significaba ser un paria.

Capítulo 12

Es una opinión fuertemente extendida en el ejército, que es mucho más fácil hacer un buen dragón de un hombre que no ha montado un caballo en toda su vida, que de un mozo de postas que se la ha pasado toda la vida montando.

P. Egan, *Boxiana* (1823)

Jackson's
Bond Street, número 13

Nathaniel entró y cerró la puerta a su espalda. Una acre vaharada de olor a cuero y sudor lo asaltó de pronto en medio de los gruñidos, golpes, órdenes y gritos que resonaban en el aire.

Tras examinar la vasta sala de altos techos, relativamente atestada de hombres bien vestidos que estaban entrenando, se dirigió a una pared con ganchos. Los guantes de boxeo colgaban bien ordenados de sus cintas, la mayor parte sin usar y tan nuevos que el cuero relucía. Carteles enmarcados con torneos celebrados por toda Inglaterra, tanto en la ciudad como en el campo, decoraban las paredes de color gris azul.

La amplitud y la limpieza de aquel lugar resultaban impresionantes. Estaba acostumbrado a sucias y angostas salas con los suelos llenos de escupitajos, sangre, humo de cigarros, montones de ropa vieja y sudada y orines de bacinillas rebosadas. Pero allí... todo aquel inmenso suelo había sido pulido y fregado tan meticulosamente que hasta se podían ver los arañazos de la madera.

Era como el boxeo en su más alta expresión. Una sensación de euforia se apoderó de Nathaniel, una que no había sentido desde que comenzó a boxear. Estaba ante la oportunidad de hacer algo grande.

Un caballero alto, fornido y de pelo gris caminó con paso decidido hacia él. Vestía una ancha camisa de lino, calzas de color canela, medias de seda blanca que revelaban las musculosas pantorrillas y unas zapatillas que apenas le cubrían el talón y los dedos.

Nathaniel rezó para que no tuviera que vestirse así. Carraspeó.

—Tengo una cita con lord Weston.

—Ah. Así que usted es el famoso heredero perdido... —el hombre lo miró de arriba abajo antes de inclinar cortésmente la cabeza—. Soy el caballero John Jackson. Mi función es entrenarlo personalmente durante las próximas semanas. Le ruego se quite el abrigo para que pueda pesarlo antes de que se reúna con Weston.

Nathaniel parpadeó asombrado, preguntándose si no le habrían confundido con otro, porque nunca le habían recibido de manera tan cortés. Ciertamente no había esperado ser recibido por el «caballero» John Jackson, que había ganado el título de campeón de Inglaterra en 1795.

Era algo increíble. Iba a entrenar con una leyenda viviente.

—Será un honor, señor. Un honor inmenso. He leído tanto sobre usted en los periódicos de Nueva York... Su increíble combate con Mendoza, ese que solo duró diez minutos, es como un sueño que aspiro a conquistar.

Jackson se limitó a estirar una mano.

—¿Su abrigo, señor?

Nathaniel se apresuró a quitárselo, consciente de su lamentable estado. Se lo tendió.

Jackson se volvió entonces y soltó un silbido.

Un muchacho de chaqueta de terciopelo color verde y pantalón pardo se acercó rápidamente. En posición de firmes, dio un taconazo con sus relucientes botas de cuero negro.

—¿Sí, señor?

Jackson le tendió el abrigo que acababa de recoger.

—Tíralo a la basura.

—Sí, señor —el chico agarró el abrigo y se retiró a toda prisa.

Nathaniel se había quedado demasiado asombrado para objetar.

—Intente recordar esto cuando ingrese en mi academia: usted representa mucho más que su propia persona. Me representa a mí. Entrenar aquí no tiene nada que ver con el *ring* —Jackson señaló los ventanales—. ¿Ve usted eso? Son ventanas que dan a la calle. Cualquier ciudadano respetable, mujeres incluidas, podrá verlo desde allí. Vestirá usted por tanto el atuendo apropiado para el boxeo, que incluirá un chaleco. ¿Entendido, señor?

Era un hombre bronco, pero inteligente. Lo cual era una rareza en el mundo del boxeo. Por lo general la gente era bronca, pero nunca inteligente.

—Sí, señor.

—Bien. Se cortará usted también el pelo. De lo contrario, no le permitiré que boxee conmigo ni con nadie más en Londres.

Nathaniel frunció el ceño.

—A mí me gusta llevar el pelo así. Puedo recogérmelo en una coleta para que no me moleste en la cara cuando pelee.

—Esto no es Nueva York —aquellos ojillos negros de ratón continuaban fijos en él—. Poca gente sabe lo que estoy a punto de decirle. Tumbé a Mendoza a los diez minutos no porque fuera mejor púgil que él, sino porque tenía el cabello tan largo que pude agarrárselo mientras lo machacaba a golpes. No conozco las reglas que rigen en Nueva York, pero aquí, en Inglaterra, no hay ninguna que prohíba agarrar del pelo al oponente. Así que permítame que le haga una pregunta: ¿quiere que lo que le sucedió a Mendoza le suceda a usted?

Nathaniel apretó la mandíbula.

—No.

—Bien. Córteselo entonces. Mucho. A la moda, de todas formas —de repente lo agarró de los hombros. Con fuerza calculada, aquellas manos fueron recorriendo la deshilachada camisa de Nathaniel, hundiendo los dedos y palpando cada músculo de su torso. Cuando terminó, retrocedió un paso y sentenció con expresión radiante—: Un tono muscular increíble. Weston tiene buen ojo. Ya me dijo que tenía usted una forma física impresionante.

—Ya lo creo. Los Five Points es el mejor lugar de entrenamiento que existe.

—Se nota —Jackson lo miró curioso—. Los Five Points… ¿así se llamaba el club deportivo al que asistía? Nunca oí hablar de él. ¿Era muy selecto?

Nathaniel arqueó una ceja y decidió no explicarle que los Five Points no era precisamente un club deportivo para caballeros. Se practicaba deporte, sí, y también había hombres, pero caballeros no. Solamente chulos y ladrones.

—Oh, sí. Era muy selecto. Yo apenas podía permitírmelo —intentó mantener un tono serio.

Jackson se inclinó hacia él.

—Permítame que le confiese el profundo respeto que profeso por la historia de usted. La mayor parte de los aristócratas no comprenden en absoluto por qué boxea un hombre. Ellos lo consideran un deporte valiente, viril, ideal para mejorar la forma física. Y sí, por supuesto, es todo eso, pero no se dan cuenta de que la vida nos obliga a algunos de nosotros a alzar los puños mucho antes de que lleguemos a saber que se trata de un deporte. Ese es el verdadero boxeador.

Decididamente, le gustaba aquel hombre.

—Bien dicho, señor.

—Yo hablo muy bien, pero, por alguna maldita razón, mis puños se llevan toda la gloria —repuso Jackson, sonriendo levemente—. Venga conmigo —con un gesto, se abrió paso entre un grupo de jóvenes de aspecto aristocrático que habían interrumpido su entrenamiento para saludarlo.

—¡Buenas tardes, señor Jackson! —pronunciaron los jóvenes casi al unísono.

—Buenas tardes, señores.

El grupo miró a Nathaniel y luego a Jackson.

—Por Dios, ¿es él? —preguntó uno de los cinco, señalando a Nathaniel—. ¿El heredero perdido que piensa aparcar su título por aspirar al campeonato de boxeo? ¿Podremos entrenar con él?

Nathaniel se sonrió. Ya se sentía famoso.

—Sí y sí —respondió Jackson—. Todos ustedes tendrán oportunidad de entrenar con él más adelante. Y, ahora, sigan practicando ganchos.

—¡Sí, señor!

No había ninguna duda de que Jackson, que según las gacetas deportivas había trabajado antaño como mozo de carga, se había ganado un encumbrado y respetado lugar en el mundo de la nobleza y la pequeña aristocracia rural.

Y todo gracias a haber conquistado el título de campeón de Inglaterra.

Nathaniel no podía ni imaginar lo que eso significaría para él.

Jackson señaló un alto trípode de madera que soportaba una gran balanza. En un lado de la misma había un rico repertorio de pesas de hierro, con un asiento colgado de cuerdas en el otro.

—Siéntese. Y mantenga levantados los pies hasta que yo se lo diga.

Nathaniel se sentó rápidamente en el asiento. Agarrándose a las cuerdas para sostenerse, levantó ambos pies.

Jackson añadió un peso de hierro a los que ya había en la balanza y miró la barra del trípode para ver si estaba nivelada. Añadió un peso más, y luego otro, y otro, hasta que finalmente retrocedió un paso.

Jackson miró el peso de Nathaniel que marcaba la balanza.

—Podría ser más, dada su estatura —sacó un pequeño lapicero de un bolsillo de sus calzas, recogió el libro que estaba junto a la balanza, lo abrió y apuntó algo en él. Después de hacerlo a un lado, preguntó—: ¿Qué es lo que suele comer?

Nathaniel se encogió de hombros.

—Estofados, carne de carnero, boniatos... Lo que puedo permitirme.

—Tendrá que aprender a concentrarse en comer mejor. Le proporcionaré una lista de lo que deberá comer. Se concentrará no solo en comer mejor, sino también con mayor frecuencia. Excepto los días de combate, esto es. Baje de la balanza.

Nathaniel saltó del asiento, que quedó balanceándose, y se recolocó su camisa de lino.

—¿Qué es lo siguiente?

Jackson señaló la puerta que había detrás de la balanza.

–Vaya allí. Weston le está esperando para negociar las condiciones.

Nathaniel soltó un suspiro mientras rodeaba la balanza y abría la puerta. Pese a la perspectiva de trabajar con Jackson, se sentía nervioso ante la nueva carrera pugilística que se le había presentado. Pero era su mejor y única oportunidad de salir del pozo negro donde estaba viviendo sin tener que relacionarse con la familia de Auggie, y se negaba en redondo a representar una carga para ellos.

Entró en una habitación abarrotada de trastos, iluminada por varios fanales, y cerró la puerta con el pie.

Detrás de un escritorio de caoba lleno de libros y papeles se hallaba sentado el mismo Weston, tranquilamente recostado en un sillón y con un periódico abierto delante, a la altura de los ojos. Llevaba el pelo rubio oscuro cuidadosamente peinado hacia atrás, y engominado a la moda. La chaqueta mañanera de rayas grises y el pantalón de lana que llevaba le daba el aspecto de dandy que era en realidad.

Por alguna razón, el hombre lo ignoró y continuó leyendo.

Nathaniel no pudo evitar experimentar una punzada de irritación.

–No me diga que ese periódico es más interesante que mi carrera.

Aquellos penetrantes ojos verdes se alzaron de inmediato para clavarse en los de Nathaniel. El periódico fue descendiendo lentamente para revelar la colección de moratones amarillos, azules y negruzcos que le recorrían un pómulo y la mandíbula entera.

–Siéntese. Ahora mismo.

A Nathaniel no le gustó su tono, ni su mirada. ¿Qué diablos estaba pasando?

—Que se dirija a mí como si fuera un perro no es muy prudente por su parte. Podría terminar con más moratones en la cara.

Weston arrojó el periódico al suelo con un giro de muñeca y se levantó cuan alto era, más de uno ochenta, para recolocarse la chaqueta sobre su amplio torso.

Rodeando luego el escritorio para dirigirse a él, lo señaló con el dedo.

—Usted, Atwood, es un pendejo. Un verdadero pendejo. Y utilizo esta palabra no porque sea una que use con frecuencia, ya que me considero un caballero, sino porque usted mismo ha tenido el vil descaro de utilizarla en presencia de mi hermana. Mi hermana de diecinueve años, tan inocente... ¡hasta ahora! ¿Qué diablos tiene que decir en su defensa, por semejante falta de refinamiento y grosera conducta?

Nathaniel estaba estupefacto. Aunque era posible que hubiera dicho aquello la primera noche en que se conocieron, sinceramente no podía recordarlo. Le había dicho un montón de cosas aquella noche, pero todas se habían desdibujado en su memoria porque se había pasado media conversación intentando no... tocarla.

—Lo siento si lo hice. Pero, con toda sinceridad, no lo recuerdo.

—Oh, pero lo hizo. ¿Que cómo lo sé? Porque ella me llamó a mí «pendejo». A mí. A su propio hermano.

Nathaniel soltó una carcajada de asombro.

—Vaya, dudo que esa pajarita sepa lo que eso quiere decir.

—Permítame que le asegure que esa pajarita usó la palabra en el contexto que supuestamente debía usarse. «Pendejo».

Nathaniel soltó otra carcajada.

—¿Está seguro de que no la escuchó de usted? Porque parece que la utiliza bastante a menudo.

Weston entrecerró los ojos.

—Escúcheme bien. Me he pasado la última semana y media tomando coches de un lado de la ciudad a otro y vuelta de nuevo, investigándolo de manera incansable. Y tengo que decirle que nunca he conocido una historia más turbia y sorprendente que la suya. Patriotas americanos; paneles secretos en paredes que comunican con túneles; incontables detectives, incluidos los de la Corona, perplejos ante la falta de evidencias; y una tarjeta de visita con las palabras *Muerte al inglés* entregada al duque de Wentworth, años después de la desaparición del chico, por un desconocido que nunca más volvió a ser visto.

Nathaniel se alarmó de inmediato.

—Si sabe usted todo lo que hay que saber sobre mi vida, ¿por qué me habla de ella?

—Porque estoy lejos de saberlo todo. El duque de Wentworth, al que admiro y respeto mucho, asegura que usted es sin duda el heredero perdido. Yo me siento inclinado a creerle porque es un hombre de valía y honor. Pero luego está su padre de usted. Otro hombre de valía y honor. Le hice una visita para tratar de los mismos detalles. Después de sacar del salón a su esposa, que me sometió a preguntas sobre el hombre que alegaba ser su hijo, me llevó a la parte más recóndita de la casa y cerró la puerta con llave como si fuéramos a discutir sobre el origen de la naturaleza humana con el propio Dios.

Nathaniel lo escuchaba expectante. De repente, Weston le agarró de un hombro y se lo apretó con fuerza.

—No solo lord Sumner negó su alegato, sino que cuando le pedí que me mostrara algún retrato o dibujo de usted de cuando niño, algo en lo que pudiera apoyarme para buscar alguna semejanza y sacar mis propias conclusiones, resultó que no conservaba ninguno. Ni uno solo. Me dijo que los había destruido todos, presa del dolor. Pero el caso es que aunque yo no soy padre, porque, tristemente, todas las criaturas que he intentado concebir no han pasado de los primeros meses de vida, sí sé con seguridad una cosa. El dolor no mueve a un padre a destruir todo recuerdo de su hijo. Yo conservo un rizo de cada uno de los míos que guardo como oro en paño y me hace soñar con lo que pudo haber sido. Y, si hubieran vivido el tiempo suficiente, habría encargado sus retratos y los conservaría también. Así que... ¿por qué habría de hacer tal cosa un padre?

Nathaniel sintió que una parte de su ser se derrumbaba, de la misma manera que le había ocurrido muchos años atrás. Porque sabía demasiado bien por qué su padre había destruido toda evidencia. Porque él, Nathaniel, representaba todo lo que su padre había intentado enterrar. Sin duda el viejo había entrado en pánico, pero era demasiado cobarde para hacer algo al respecto.

Weston suspiró.

—No supe qué pensar. Y sigo sin saberlo. Incluso volví a visitar al duque para comentarle la desconcertante conversación que mantuve con lord Sumner, solo para volver a quedarme perplejo. Porque el propio duque me informó de que existía un único retrato sobre el heredero perdido de lord Sumner... Un retrato que se halla enterrado junto al cuerpo de su amada esposa en la cripta familiar. Yo le insistí en que no debía abrir la tumba. Esa sería una medida drástica e insensible. Sin embargo, a pesar de la inquebrantable fe del duque en su identidad, yo sigo necesitando seguridades y las encontraré —cruzó los brazos sobre el pecho—. Si es usted realmente el heredero perdido, cuénteme lo que sucedió. Acláreme este rompecabezas de tarjetas de visita, paneles ocultos en las paredes y patriotas americanos. Porque no pienso invertir ni un cuarto de penique en su carrera pugilística hasta que no me diga quién diablos es y de dónde proviene. Estas son las condiciones.

A Nathaniel se le aceleró el pulso, consciente de que tenía que suministrarle a Weston la información justa para que se quedara tranquilo. En caso contrario, perdería su oferta y volvería al pozo negro.

—Puedo contarle unas cuantas cosas, pero no todas.

—Necesito saber algo más que unas cuantas cosas, Atwood. Diez mil libras no son una cantidad insignificante.

Nathaniel se tensó.

—Yo no estoy dispuesto a revelar los pocos recuerdos que me quedan de mi familia por el mórbido sentido de la curiosidad que tenga usted. Mi vida no es una obra de teatro por la que pueda pagar entrada para ver.

Weston se quedó callado por un momento.

—¿Qué es lo que puede decirme para que llegue a confiar en usted?

Nathaniel flexionó los dedos de las manos, chascándose cada nudillo.

—No fue un grupo de patriotas americanos. Fue un solitario veneciano que mandó imprimir tarjetas para fabricar un engaño. Quería que todo el mundo pensara que mi desaparición se debía a una conspiración independentista contra la Corona, cuando en realidad no había ninguna —inspiró profundo en un intento por conservar la calma—. Y sí, hubo un panel oculto en la pared. Yo sabía de su existencia mucho antes de mi desaparición. El pestillo se abrió accidentalmente cuando yo estaba utilizando aquella pared como blanco de mi tirachinas. Lo usaba para jugar y nunca se lo conté a nadie, no fueran a cerrarlo para siempre. Yo abandoné la casa utilizando aquel panel, y pensando, como habría hecho cualquier estúpido niño de diez años armado con una pistola, que podría enfrentarme a cualquier peligro. Solo que al final me encontré a mí mismo en una situación de la que no fui capaz de escapar. El resto de la historia, pendejo, tendrá que aceptarla sin saber nada más de mí mismo, si no quiere que me busque otro patrón. Usted decide. ¿Quiere un boxeador? ¿O quiere una historia? Porque puede tener al boxeador, pero le aseguro que la historia no la tendrá.

Los ojos verdes de Weston escrutaron intensamente los suyos mientras apretaba con fuerza su mandíbula magullada. Al cabo de un rato, asintió levemente.

—Sé reconocer la convicción cuando la veo. Y la estoy viendo ahora. Lo respeto por todo lo que ha sufrido y le ruego que me perdone por haberme entrometido en algo que usted tiene todo el derecho a guardar a buen recaudo en su alma —de repente le tendió la mano—. Le expreso así que la confianza que tengo, basada en la fe que el duque de Wentworth tiene en su persona, de que es usted el heredero perdido. Es un honor darle la bienvenida en mi círculo.

Nathaniel le estrechó la mano. Con fuerza.

—Y yo le expreso a mi vez mi confianza en que nada de todo eso entorpecerá mis capacidades en el *ring*.

—Excelente. Es justo lo que quería escuchar —repuso Weston, enganchando los pulgares en los bolsillos de su chaleco—. Esta es la oferta. Siete mil libras para usted a recibir de manera inmediata, con todos los gastos de mantenimiento pagados y entrenamiento a cargo del señor Jackson como mano derecha suya. Las condiciones, que serán estipuladas en un contrato con mi abogado como testigo cuando lo firme, son que se llevará usted la mitad de las ganancias de cada pelea, incluida la del título de campeón. Juntos, estaremos en condiciones de ganar un cuarto de millón de libras. Si no más.

—Hecho —aceptó rápidamente Nathaniel, sin tiempo casi de pestañear.

Weston se tiró de las mangas de su chaqueta mañanera.

—No. Aún no hemos terminado. Porque si bien es cierto

que yo sacaré beneficio de sus victorias, no soy yo, ni lo seré, su patrón.

Nathaniel arqueó las cejas.

—¿Y quién lo será?

—Mi hermana Gene.

Sintió que le empezaban a sudar las palmas de las manos. Una sensación irritante.

—¿Su hermana? Yo... ¿qué quiere decir?

—Lo que quiero decir es que yo no tengo ningún dinero que invertir. Mi esposa es mi dinero, y yo no soy de los que rebuscan en los bolsillos de los demás. Si bien tengo que reconocer que todo esto es muy difícil para mí. Yo solo estoy aquí para negociar los términos del contrato en nombre de mi hermana. Ella será la única que invierta en usted. Y no solamente dinero, por cierto, sino su herencia. Que es todo el dinero que tiene. Pensé que quizá querría saberlo.

Aquello no podía estar sucediendo.

Weston se rascó la mandíbula y esbozó una mueca de dolor, dándose cuenta demasiado tarde del moratón que tenía en ella.

—No hay nada en el mundo que yo pueda negarle a esa muchacha. Me he pasado años de mi vida consumido por la culpa, consciente de lo imperdonablemente estúpido que fui en mis años jóvenes. Yo intenté salvar el poco dinero que mi madre, Gene y yo teníamos contratando al ama de llaves más barata que fui capaz de encontrar. Como resultado, Gene sufrió durante semanas, porque, incluso a la tierna edad de siete años, se mostró absolutamente decidida a proteger a su familia de una enloquecida mujer que amenazó con incendiar la casa si perdía su posición. Una mujer cuyo método de ayudar a Gene con sus ataques de tartamudeo era obligarla a llenarse la boca de lejía para «soltarle» la lengua. Lejía. Después de que Gene estuviera a punto de morir por las llagas que terminaron infectándose debido al continuado «tratamiento», yo me juré a mí mismo que no solamente se lo daría todo, sino que la protegería de todo peligro. Aunque para ello tuviera que humillarme, cosa que he hecho. Todo lo que hago en esta vida es por esa muchacha, Atwood. Todo. Y usted necesita saberlo.

El pecho de Nathaniel se constriñó de angustia y de ira por todo lo que Imogene había soportado. Y, sin embrago, al contrario que él, ella se las había arreglado para conservar su... dulzura. Era como una lección de humildad. Intentó aparentar indiferencia, pese a que por dentro no se sentía así en absoluto.

—¿Por qué me está contando todo esto?

—Porque aunque inicialmente yo me resistí tanto a ella como al plan entero, mi hermana necesita esto aún más de lo que yo necesito el divorcio. Ella siempre se ha considerado una carga para todo el mundo y yo quiero que se dé cuenta de que no solo es una mujer de valía, sino que puede cambiar las vidas de los demás. Y usted, y esta inversión, pueden constituir su gran oportunidad —Weston sacudió lentamente la cabeza—. Aunque ella se moriría de vergüenza si supiera que yo le estoy contando todo esto, aparte de sus desvanecimientos, Gene también tiene ataques de tartamudeo. A pesar de que ella misma ha aprendido a hablar increíblemente bien, cuando ocurren los ataques, queda sumida en silencios que resultan mortales. Ya puede haber un incendio que nada ni nadie es capaz de arrancarle un grito. Es como si se retirara en sí misma cada vez que se irrita o asusta. Yo siempre he intentado evitar que experimentara esa clase de situaciones por el bien de su mente y de su salud. En suma, que padece graves males y extrañas afecciones que la convierten en una joven increíblemente vulnerable —Weston lo señaló entonces con un dedo, agudizado el brillo de sus ojos—. Será mejor que la trate usted con todo el respeto que se merece mientras dure esta farsa. Si me entero de que le hace algo siquiera remotamente desagradable, lo que sea... se arrepentirá de haberme conocido. ¿Está claro?

Nathaniel lo miraba fijamente.

—Estoy algo confuso en este punto. ¿Qué es lo que está diciendo? ¿Qué es lo que me está pidiendo que haga?

—Me han encomendado que le informe, Atwood, de que mi hermana no le ofrecerá el contrato a no ser que usted consienta en casarse con ella. Considérelo una cláusula colateral a condición de las diez mil libras que va a invertir en usted. Conocemos la reputación que tiene usted de esquivar a los inversores, y mi hermana y yo necesitamos la garantía de que no nos veremos burlados. Ella también desea implicarse personalmente en todos y cada uno de los aspectos de su carrera hasta que conquiste el título y sabe que eso no es posible, dado que es una mujer. A no ser, por supuesto, que se convierta en su esposa. De aquí a cuatro meses, haya ganado o perdido usted el título, ambos dividirán los beneficios, sean los que sean, y cada uno seguirá su camino. Este es el acuerdo.

—¿Está hablando en serio? —inquirió Nathaniel, absolutamente perplejo.

Weston se quedó callado por un momento.

—Sí.

—¿Su hermana espera que me case con ella y le entregue mi carrera de boxeador?

—Como patrona e inversora suya, tiene derecho a establecer los términos del contrato.

—¿Y qué diablos sabe ella de boxeo?

—Absolutamente nada aparte de las pocas páginas que ha leído de un libro. Jackson es el único que lo guiará a usted y a su boxeo, gracias a la generosidad de Gene. Los talentos de Jackson no son precisamente baratos. Mi hermana se concentrará en potenciar su popularidad entre las masas e insiste en asistir a las sesiones de entrenamiento y a los combates públicos de boxeo para asegurarse de que su inversión sigue buen curso.

—¿De qué diablos está hablando? —exclamó Nathaniel, estupefacto—. ¿Desde cuándo las mujeres asisten a los entrenamientos? ¿O a los combates públicos de boxeo?

—Desde que Gene así lo quiso. Esto no durará, Atwood. Una vez que ella vea la primera sangre derramada, ya no tendrá que preocuparse por su insistencia en este punto.

—¿Y qué saca ella de este arreglo?

—La mitad de sus ganancias y la garantía de que usted no se escapará con el dinero. Pese a que se resignará a ser su esposa durante cuatro meses, ella seguirá siendo su patrona y, como tal, esperará que usted siga toda regla que establezca hasta que cada uno siga su propio camino. Lo cual incluirá que usted mantenga las manos quietas durante los cuatro meses de matrimonio.

Nathaniel resopló, escéptico.

—Nadie me poseerá de esa manera. Yo soy mi propio dueño. Asegúrese de decírselo bien claro.

Weston se alisó lentamente su pañuelo de cuello.

—Me temo que no representaré el papel de mensajero. Gene espera que la visite usted con una respuesta durante los próximos días. Como bien sabe, solo disponemos de cuatro meses para que usted conquiste el título. Eso no nos deja mucho tiempo.

Nathaniel se pasó una mano por la cara, exasperado. Si iba a verla, bien podría encontrarse en una situación de la que se vería incapaz de salir. Porque le resultaría muy difícil decirle que no. Él siempre había tenido problemas para negarles a las mujeres lo que más necesitaban y, con una mujer como ella, el desafío sería doble. Y, simplemente, no podía aceptar la idea de que una mujer fuera a controlar cada aspecto de su vida durante cuatro meses. No podía renunciar a su control: eso era algo que lo definía como hombre.

—Le concederé una tarde entera para clarificar todos los detalles con ella.

—¿Qué quiere decir? ¿Que estaré solo con ella?

Weston enganchó los pulgares en las solapas de su chaqueta.

—No. No estará completamente solo. ¿Le parezco tan estúpido como para confiarle a una bonita joven durante una tarde entera y sin carabina? No. Su conversación transcurrirá en un escenario controlado —de repente se puso muy serio—. Y si le hace gritar o utiliza palabras malsonantes en su presencia, le doy mi palabra de que usted y yo nos batiremos a pistola. No vaya a pensar que es usted tan rápido como para poder esquivar una bala. No es usted tan bueno. Pero… ¿sabe una cosa? Yo sí lo soy. No he fallado un solo tiro desde que tenía diez años.

—Weston…

—No tengo nada más que decirle. El resto será entre Gene y usted. Solamente recuerde que no es usted el único que está jugando con su vida aquí. Todos lo estamos haciendo. Y Gene más que nosotros. Así que demuéstrele el respeto que se merece y vaya a verla.

Nathaniel se llevó una mano a la boca en un gesto de incredulidad y miró a Weston antes de pronunciar entre los dedos:

—Iré a verla para comunicarle mi decisión.

—Bien —avanzando hacia él, Weston se puso a juguetear con la camisa de lino de Nathaniel—. Gene me encargó que le ayudara a ofrecerle un aspecto presentable e insistió en pagar por ello. Conozco un excelente sastre en Regent Street que podrá hacerle un traje increíble en tan solo tres días. Ese hombre es capaz de volver presentable a cualquiera. Incluso a usted.

Nathaniel pensó seriamente en arrancarle el corazón a Weston y comérselo.

—En mi opinión, tanto usted como ella están enfermos. Y están intentando ponerme enfermo a mí.

—Atwood. Usted posee la capacidad de cambiar las vidas de los tres. Gene aspira a la independencia, yo aspiro al divorcio y usted aspira a lo que sea que espere conseguir cuando todos consigamos ese cuarto de millón. Así que la pregunta es: ¿quiere usted cambiar las vidas de los tres? ¿O prefiere volver a ser Coleman?

Un escalofrío lo asaltó ante ese pensamiento.

¿Por qué tenía la humillante sensación de que iba a hacer aquello?

Capítulo 13

Dejamos ahora a un lado las características de nuestro héroe, para contemplar sus pretensiones como hombre de buen gusto; y en esto, como en varias otras instancias que ya hemos descrito, se descubrirá que todos los púgiles no están tan completamente absorbidos por el combate como para mostrarse indiferentes a las más dulces tentaciones de la vida.

P. Egan, *Boxiana* (1823)

Cinco días después
La Casa Weston

Inspirando profundo para tranquilizarse, Imogene procedió a disponer cuidadosamente en la bandeja de té todos los platos de porcelana con ribetes dorados que contenían pastelillos y frutas escarchadas… repitiendo por enésima vez el trabajo que se habían tomado los sirvientes para que todo quedara perfecto. Luego movió hacia el centro de la mesa el florero de rosas de su madre, reliquia de la familia. Dejando un poema que había escrito justo al lado, se llevó el dedo índice a los labios, lo besó y tocó con el mismo dedo el poema, mientras rezaba para que aquellas palabras le dieran suerte.

Tomando una fruta escarchada del plato más alto, se la metió en la boca para quitarse el sabor de la medicina que acababa de tomar y masticó rápidamente aquella delicia. Una vez que se la hubo tragado, se pasó la lengua por los dientes para asegurarse de que no le hubiera quedado ningún resto. Todo tenía que resultar perfecto. Limpio y perfecto.

Retrocedió un paso, soltando un tembloroso suspiro, y desvió la mirada hacia las puertas del recibidor, consciente de que aparecería en cualquier momento. Después de haber despachado a Mary con el encargo de que recogiera una invitación en el otro extremo de la ciudad, Henry le había informado de que él estaría en el estudio y de que ella dispondría de dos horas enteras para intentar convencerlo. Dos horas antes de que Mary volviera.

La campanilla de la puerta sonó en aquel preciso instante, haciendo que el corazón le diera un vuelco en el pecho.

Se acercó apresurada a la silla de mimbre del otro lado de la mesa del té, justo enfrente de la que había dispuesto para él, y se sentó. Alisándose las faldas de su vestido de muselina color lavanda, juntó con gesto recatado las manos desnudas sobre el regazo y esperó.

El mayordomo apareció en el umbral.

—Lord Atwood ha venido a visitaros, mi señora.

Se le encogió el estómago.

—Gracias, Dobson. Puede hacerle pasar. Informe por favor a mi hermano de que lord Atwood ha llegado. Desea ser informado.

—Sí, por supuesto, mi señora —Dobson inclinó la cabeza y se volvió para recoger a su visitante, que se había quedado esperando en el vestíbulo.

Imogene juntó las manos con mayor fuerza, rezando para conservar la calma. Podía sentir la amenaza de un mareo. Tragó saliva, esforzándose por ahuyentarlo.

Segundos después, unos firmes pasos se acercaron.

Tuvo que secarse el sudor de las palmas de las manos en el vestido. ¿Y si él no aceptaba su oferta? ¿Y si...?

La figura de un hombre alto y de anchos hombros se recortó en el umbral.

Abrió mucho los ojos y casi tuvo que agarrarse a los brazos de la silla para no resbalar y caerse de ella.

Era Nathaniel. Lo era... y no lo era.

Se había cortado su largo cabello, revelando un elegante toque plateado en las sienes. El resto de su pelo corto y negro le caía en ondas sobre la frente y apenas le llegaba al cuello de la chaqueta, enmarcando de manera exquisita su rostro de rasgos duros, perfectamente afeitado. Iba también exquisitamente vestido con un chaleco bordado de color gris humo con pañuelo de seda y una ligera chaqueta mañanera negra, con pantalón de lana a juego: un elegante conjunto de traje que destacaba el poderoso físico que hasta ese momento había ocultado su largo y remendado abrigo de montar.

Tenía un aspecto absolutamente viril.

Sus ojos azul hielo salvaron la distancia que los separaba con una expresión terriblemente íntima.

Imogene sintió que le fallaba el pulso y, aunque intentó desviar la mirada, se vio impotente para hacerlo.

—¿Quiere cerrar las puertas?

Se dirigió hacia ella con su paso firme de larga zancada.

—Preferiría no complicar la tarde.

Un calor abrasador empezó a subirle por los muslos y el pecho. Se levantó de su asiento para darle la bienvenida, tambaleándose ligeramente con la sensación de que la habitación se bamboleaba... y rezando para que sus pobres miembros fueran capaces de sostenerla.

Todo pareció atronar a su alrededor mientras él continuaba acercándose. La luz de la ventana que tenía detrás recortaba el perfil de su enorme cuerpo contra el pálido resplandor.

Fue entonces cuando se detuvo ante ella, empequeñeciendo la vastedad del salón con su presencia. Un fuerte aroma a jabón, a gomina y a crema de afeitar asaltó su olfato. Había desaparecido el hombre que olía a cuero y a fogata de leña que se mezclaba con un olor a cigarro, a carbón y a mar.

Henry lo había acicalado... demasiado.

Era impresionante.

Le ofreció su mano a modo de saludo.

—Milord...

—Prefiero que me llame Nathaniel —la miró con frialdad—. Y, según su hermano, se supone que no debo tocarla.

Ella parpadeó asombrada y bajó la mano, encendidas las mejillas. Su hermano estaba llevando aquello demasiado lejos. Señaló la mesa que tenían al lado.

—¿Quiere sentarse?

—Me quedaré de pie, gracias.

Ella vaciló.

—¿Piensa quedarse de pie todo el tiempo?

—Sí. La ropa que llevo no es tan cómoda y me está un poco más ajustada que la que suelo utilizar. El concepto de comodidad, al parecer, no existe en el reino de la moda —cambió el peso de un pie a otro y se ajustó su chaqueta mañanera. Reajustándosela una vez más, todavía con mayor incomodidad, le espetó—: ¿Parezco idiota con este atuendo? Porque ciertamente me siento como si lo fuera. La seda no es un tejido que debiera llevar un hombre.

Ella soltó entonces una carcajada, desaparecido su anterior nerviosismo.

—Parezco efectivamente un idiota, ¿verdad? —gruñó él.

Reprimiendo su diversión, porque no quería que pensara que se estaba riendo de él, respondió:

–No. Parece…

–Ridículo. Como si hubiera bebido demasiado champán –agitó su pañuelo de cuello y se tocó los botones del chaleco–. Y usted es la culpable de ello. Weston me prohibió visitarla si no era vestido así.

Ella soltó una risita.

–Está usted increíblemente guapo. Muchísimo. Hablo en serio.

Cuadrando los hombros, Nathaniel la miró.

–Lo de guapo puedo soportarlo. Creo.

Imogene sonrió. Ojalá pudiera convencer a aquel hombre de que se sumara a sus planes. Sus vidas no serían ya las mismas.

Él se quedó callado mientras la miraba de arriba abajo, desde los hombros del vestido hasta las zapatillas.

–Está usted muy… –apretando la mandíbula, clavó la mirada en sus senos, deteniéndose allí por un breve instante antes de subir hasta su rostro. No dijo nada más.

Ella frunció los labios. La incomodaba saber que parecía haberse quedado sin palabras por culpa de su apariencia. ¿Qué podían tener sus senos para fascinarlo tanto?

Él juntó las manos detrás de la espalda, tensando la tela de su chaleco, y paseó la mirada por el salón.

Con la esperanza de arrancarle algo de conversación, ella le confió:

–Todas las gacetas y periódicos hablan de su historia. Nunca había leído tantas versiones de la vida de un hombre impresas en papel.

–Ni yo.

–¿Es verdad algo de todo eso?

–Retazos.

–¿Qué retazos?

–Usted y yo no nos conocemos desde hace tanto tiempo, ricura.

No. Se suponía que no se tenían tanta confianza. Se alisó las faldas, intentando pensar en algo más que decir.

—Sus padres deben de estar encantados con su vuelta. Imagino que los habrá estado visitando a menudo con la intención de recuperar el tiempo perdido, ¿verdad?

Nathaniel apretó la mandíbula.

—No tengo esa clase de relación con ellos. Mi padre me considera un impostor y parece que mi madre también. A ella le he mandado tres cartas a través de mi sobrino, pidiéndole una entrevista. Sigo sin saber nada de ella. Y estoy empezando a preguntarme si sabré algo algún día. Probablemente mi padre controla todo lo que hace y hasta lo que piensa.

—Oh —Imogene pensó que aquello era muy extraño. Quizá se impusiera otro tópico, porque ciertamente no quería destruir aquella mínima conversación que estaban teniendo—. He conocido al señor Jackson. Vino a cenar anoche. Parece que nunca ha tenido ningún discípulo que aspirara al título de campeón. Espera que usted pueda cambiar eso.

Él no dijo nada. Simplemente se quedó mirando un punto por encima de su hombro.

Aquel no era el mismo hombre de lengua rápida que había conocido aquella primera noche, y después, en el baile. Tal parecía que tenía a una especie de Sansón en sus manos, solo que con el pelo ya cortado.

—¿Se encuentra bien?

Él la miró rápidamente.

—Sí. ¿Por qué lo pregunta?

—Parece distraído.

—Lo estoy. ¿Hay algo más que quiera saber?

Parecía inquieto. Quizá si pudiera conseguir que se sentara, lograría persuadirlo de que adoptara un comportamiento más civilizado. Señaló la silla.

—Siéntese. Por favor.

Él miró el asiento.

—Está demasiado cerca de su silla.

Ella miró también la silla y frunció el ceño, en un esfuerzo por comprender. Porque ambos asientos se encontraban a uno y otro lado de la mesa del té, nada cerca.

—¿Cuánto de lejos necesita que estemos?

Él se dirigió entonces a la silla de mimbre, la levantó y se fue con ella al centro del salón, donde la plantó bruscamente a varios pasos de la mesa del té.

—Aquí está bien.

No pudo evitar sentirse humillada, consciente de que no quería sentarse con ella a la misma mesa. El hombre que, en su dormitorio, le había dado un beso en la frente, en la mejilla y en la barbilla, y que además había bailado un atrevido vals con ella delante de todo Londres, ni siquiera quería sentarse en su compañía en un salón vacío.

Exhaló un suspiro. Quizá se impusiera un poco de poesía. La poesía siempre la ponía de buen humor. Acercándose a la mesa, recogió el poema que había escrito. Fue luego al centro de la habitación, donde él seguía de pie, y se lo tendió.

Él se quedó mirando fijamente el papel.

—¿Qué es eso?

—Un poema que he escrito para usted.

Él arqueó las cejas.

—¿Escribe poesía?

—Es una de mis escasas habilidades. Nada que merezca publicarse —insistió en entregárselo.

Él se rascó la barbilla, se acercó y recogió el papel de entre sus dedos. Bajó la mirada para leerlo.

Juntando las manos, Imogene recordó las palabras que había escrito y las leyó mentalmente al mismo tiempo que él.

Toque mi corazón con un dedo.
Toque con un dedo mi alma.

Toque con un dedo la veneración que solo usted controla.

Tome mi mano, se lo suplico, y sáquenos del mal camino.

Un cuarto de millón le prometo y humildemente le respetaré de todas las formas posibles.

Una ronca carcajada escapó de la garganta de Nathaniel mientras jugueteaba con el papel. Se lo acercó más a los ojos, como si no pudiera comprender del todo las palabras.

—Esto es… —frunció el ceño y la miró de nuevo—. ¿Tiene esto algún sentido?

Ella sonrió.

—Quería hacerle reír.

Él torció el gesto.

—Bueno, pues lo ha conseguido.

—Sinceramente espero que usted y yo podamos ser amigos. ¿Será eso posible?

—Vuelta a lo de los amigos, ¿eh? —masculló algo y luego dobló y volvió a doblar el poema varias veces, hasta convertir el papel en un cuadrado que cabía en su palma. Sin mirarla, se lo guardó en el bolsillo interior de la chaqueta.

Ella parpadeó asombrada, sin saber si se lo había guardado porque lo juzgaba merecedor de conservarlo o por todo lo contrario. Probablemente lo juzgaba muy malo. Pensó que su sentido del humor no era precisamente su fuerte.

Él suspiró y se pasó una mano por el pelo.

—Imogene. Hay una cosa de la que evidentemente no se da usted cuenta, porque nunca me ha visto en el *ring*, y Dios quiera que no me vea nunca: que soy un hombre tan brutal como el deporte que practico. Al hacer de patrona mía, se sometería usted a mí durante cuatro meses enteros, día y… noche.

Lo dijo como si lo de las noches fuera una mala idea.

–Lo sé.

Nathaniel la miró fijamente a los ojos.

–Yo disfruto haciendo sangrar a la gente solo para demostrarles que soy más fuerte. Y esa no es precisamente una cualidad a la que una dama como usted deba exponerse. Eso no es normal. Nada hay de normal ni en mí ni en mi vida, y esto ha sido así desde que tenía diez años. Aunque yo intente fingir que he superado mi pasado, y a veces tengo momentos en que hasta me olvido de que existe, yo no he vuelto a ser el mismo desde que me secuestraron –se la quedó mirando fijamente–. Ni lo volveré a ser nunca.

A ella se le constriñó el pecho de emoción al oírle decir aquello. Ni siquiera podía imaginar lo que no le estaba diciendo. Después de todo lo que había leído y de todo lo que Henry le había contado sobre su vida, y de las estrambóticas circunstancias que rodeaban su desaparición, percibía que aquel hombre necesitaba un amigo, una amistad sincera. Y no simplemente un inversor. Suavizó su tono.

–¿Qué le hicieron cuando le secuestraron? ¿Le… maltrataron?

Él desvió la mirada.

–No en un sentido físico.

–¿Ha hablado de esto con alguien?

–No. En realidad, no. Y ahora que estoy en Londres, he de asegurarme precisamente de no hacerlo con nadie.

Imogene arqueó las cejas.

–¿Por qué no?

–Mi secuestro respondió a una razón. Como también que no regresara voluntariamente una vez que fui liberado –la mirada de sus ojos azul hielo se tornó perturbadoramente enigmática–. ¿Tiene alguna idea de lo que significa cargar con un secreto que no es suyo y tener que guardarlo? Porque si no lo hago, todos mis seres queridos sufrirán tanto como sufrirá la persona que sí se me merece sufrir por él.

Las lágrimas inundaron los ojos de Imogene cuando escuchó la feroz convicción que emanaba de aquella ronca voz. Era como encontrarse con una versión de ella misma con siete años sentada en aquella misma silla, sollozando conforme la lejía le quemaba mucho más que la lengua. Aquella lejía le había quemado el alma y hasta el último gramo de confianza que había tenido en la única persona que, supuestamente, habría debido cuidarla.

Tragó saliva.

—Sí —respondió—. Yo sé lo que es tener que cargar con un secreto. De niña casi encontré la muerte mientras me esforzaba por guardar uno. Pero también sé que todo lo que soportamos nos hace más fuertes y más dispuestos a luchar por lo que queremos.

Él la miró.

—¿Y por qué está luchando usted?

Era una pregunta que jamás se había hecho en voz alta, pero que se había respondido mentalmente muchas veces.

—Lucho por la oportunidad de llegar a ser dueña de mi propia persona. Ser independiente. Lucho también por la felicidad de mi hermano, una opción que él nunca tuvo por mi culpa. Creo que ya es hora de dar cuerda atrás al reloj y de devolverle no ya solo lo que se merece, sino lo que desea y necesita. Todo el mundo se merece una segunda oportunidad de ser feliz —vacilando, añadió—: Incluso usted.

Nathaniel la miró fijamente.

—Incluso yo —cerrando lentamente la distancia que había estado manteniendo, se detuvo ante ella—. ¿Y si yo le prometiera que no me escabulliré del acuerdo al que lleguemos?

—Me temo que no puedo confiar en su palabra. Necesitaré un compromiso por su parte y alguna garantía de que se atendrá al trato.

Él pareció reflexionar sobre ello.

–Así que una vez que el campeonato haya terminado, lo cual ocurrirá de aquí a cuatro meses, usted y yo repartiremos ganancias y seremos libres para seguir cada uno su camino. ¿Es eso?

¿Estaba cediendo acaso?

–Sí.

–¿Y cómo vamos a posibilitar eso, dado que estaremos casados?

–Mediante el divorcio.

–¿Y que razones aportaremos para justificar el divorcio ante la Iglesia y el Parlamento después de cuatro meses de matrimonio?

–Henry mencionó que la no consumación del matrimonio sería la mejor justificación.

–¿La no consumación? –la miró con expresión seductora–. No. No lo creo.

Imogene volvió a tragar saliva.

–¿No?

–No –se acercó aún más a ella. Tenía una mirada ardiente y, a la vez, letalmente controlada–. He estado pensando sobre esto antes de venir aquí. He pensado mucho, de hecho. Si yo me someto a usted, usted se someterá a mí. Así que esta es mi oferta. A cambio de cederle un absoluto control sobre mi vida y mi carrera pugilística, yo esperaré que se acueste conmigo. Y más de una vez, por cierto. Lo que quiere decir… que usted y yo tendremos que acordar luego una mutua separación. Acepte y firmaré el contrato.

Sus miradas se engarzaron.

El pulso de Imogene parecía reverberar con una intensidad casi eléctrica, tan cerca como estaba de él. Tenía que haber peores cosas que entregarse a un hombre muy atractivo que, además, también la consideraba atractiva a ella.

Inclinando la cabeza, Nathaniel le acarició la mejilla.

—¿Necesita tiempo para pensarlo?

El corazón le atronaba en los oídos.

De repente, los duros rasgos de Nathaniel se tensaron.

—Le aseguro que no resultará de esto ningún bebé —añadió.

—¿Un bebé? —inquirió ella sin aliento.

Él le acarició la mejilla con mayor firmeza, delineándole la mandíbula con una posesiva intensidad que la hizo temblar. Enterrando luego la misma mano en su cabello, la obligó a alzar la cabeza con un suave tirón de pelo.

—¿Nadie le ha contado nunca de dónde vienen los bebés?

Un leve suspiro escapó de los labios de Imogene. Tuvo la sensación de que estaba a punto de describirle todos los detalles que la respetable sociedad le había ahorrado.

Nathaniel le acarició entonces el cabello con la otra mano. Observando el recorrido de sus propios dedos, le retiró una horquilla que arrojó a la alfombra. Mientras le sostenía la mirada, le quitó otra, que dejó caer también al suelo.

¿Qué estaba haciendo?

Sus dedos extrajeron una nueva horquilla y otra más, hasta que la masa de sus rubios rizos se derramó sobre sus hombros como una cortina.

Ella levantó los ojos hacia él, sintiéndose como si estuviera desnuda.

Él escrutó su rostro y enterró ambas manos en su pelo.

—Parece usted distinta con el cabello suelto. Menos recatada. Más dispuesta.

Ella tragó saliva.

Afirmando las manos sobre su cabello sin dejar de acariciárselo con gesto posesivo, le preguntó:

—¿Puedo besarla?

El pulso seguía atronando los oídos de Imogene.

—Supongo… que sí —las mejillas le ardían de incredulidad. No podía creer que acabara de darle permiso para hacerlo.

—¿Supone? —la agarró con mayor fuerza—. La próxima vez me aseguraré de que responda con más entusiasmo —inclinando la cabeza, se apoderó de sus labios.

Imogene cerró los ojos. Se tambaleó mientras él la obligaba a entreabrir los labios con los suyos. El húmedo y aterciopelado fuego de una lengua que sabía a brandy se filtró profundamente en el interior de su boca.

El corazón seguía retumbando en su pecho mientras él seguía recorriendo morosamente con los labios su lengua y sus dientes.

Había pensado hasta entonces que un beso no era más que el roce de unas bocas.

Por Dios que había estado mortalmente equivocada…

Él la agarró entonces del pelo con las dos manos, cerrando los puños sobre sus mechones. Su boca empezó a moverse con mayor fuerza sobre la suya, hasta que ella sintió que le dolía la mandíbula. Le estaba exigiendo que sacara la lengua.

Y lo hizo. La deslizó contra la suya.

Un gruñido escapó de la garganta de Nathaniel mientras volvía a tirarla del pelo, haciéndole daño.

No le importó el tirón. Le hacía sentirse como si fuera una hoja danzando en un remolino, como si contemplara el mundo desde arriba. Así que siguió deslizando tentativamente la lengua por la de él, deleitándose con su sabor y su contacto.

Él apretó con fuerza entonces la boca contra la suya, acariciándole la lengua en una explosión de sensaciones largamente acumuladas a la espera de aflorar.

Las manos de Imogene comenzaron a recorrer audaces aquel amplio pecho, tanteando con las puntas de los dedos la fina seda de su chaleco, que tanto contrastaba con los duros músculos que podía palpar debajo. En medio de una neblina de euforia, amasó aquellos poderosos hombros y enterró en seguida los dedos en su suave y espeso cabello. Sintió un hormigueo en las yemas, al igual que en el resto de su cuerpo.

De repente, él retiró los labios de su boca y las manos de su pelo.

—Nada de tocar.

Imogene abrió rápidamente los ojos, confusa.

—Soy yo quien toca... ¿entendido? —bajó las manos hasta sus muñecas. Hundiendo los dedos en su piel, se las puso detrás de la espalda—. No te muevas —le ordenó, tuteándola.

Perdido el aliento, ella se tambaleó contra él.

Sujetándole las manos en esa posición, se inclinó hacia ella y recorrió con los labios su cuello expuesto, para deslizar la húmeda y ardiente lengua por su elegante curva, cada vez más abajo. Lamió y mordisqueó su piel, haciéndola estremecerse. La raspó ligeramente con su mentón afeitado.

—Tengo la abrumadora sensación... —pronunció con voz ronca contra su piel—, de que voy a disfrutar mucho del tiempo que estemos juntos.

Era demasiado. Imogene intentó sobreponerse, pero con las manos inmovilizadas detrás de la espalda, se sentía incapaz de ello.

—Sigue con las manos detrás de la espalda. Y no me toques —al instante, Nathaniel le soltó las muñecas.

Ella tragó saliva e hizo todo lo posible por obedecer, esforzándose por no tambalearse contra él.

En aquel instante, las palmas de aquellas manos descendieron por su corpiño.

—¿Estás húmeda para mí?

Imogene inspiró profundamente cuando él deslizó los dedos, arriba y abajo, por su corpiño de satén, al tiempo que apretaba las caderas contra las suyas y…

Estaba duro.

Empezó a frotar rítmicamente las caderas contra las suyas, subiendo las manos hasta su cuello y bajándolas de nuevo hasta sus senos.

De pronto, el fuerte golpe de una bota contra el marco de la puerta los dejó paralizados.

—Esto viene a ser como un recordatorio de que no estáis solos —gritó Henry desde el umbral, con un tono increíblemente irritado—. Cuando los dos hayáis acabado de negociar —subrayó la palabra—, venga a verme al estudio, Atwood. Disponemos de menos de media hora antes de que mi esposa vuelva a casa. Así que procure conservar la ropa puesta. ¿Gene? Estoy anonadado. No diré más —y, girando sobre sus talones, desapareció en el pasillo.

Capítulo 14

Con todo el respeto al lenguaje que hemos compartido, he de admitir que no ha sido lo más casto del mundo.

P. Egan, *Boxiana* (1823)

Nunca en toda su vida se había sentido tan avergonzada.

Atwood le apretó la cabeza contra su pecho, sin decir nada.

Ella seguía aferrada a él, incapaz de moverse.

La apartó de sí, deslizando las manos por sus hombros hasta que la soltó completamente. La miró.

—Yo no te he forzado a nada, ¿verdad?

A ella le ardían las mejillas. Se llevó una temblorosa mano al pelo, apartándoselo del rostro.

—No.

Después de pasarse una mano por la boca, Nathaniel la cerró y se mordió el puño. Al cabo de un largo silencio, dijo:

—Eres inevitable, ¿lo sabías?

¿Por qué se estaba mordiendo el puño?

—No pareces nada complacido con esa supuesta inevitabilidad mía.

Él dejó caer la mano a un lado y le lanzó una mirada de reojo, incrédulo.

—No, por supuesto. Y te diré por qué. Porque me siento como si me hubieran colocado en una situación de la que no pudiera zafarme. Por el amor de Dios, lo último que quería era volver a casarme. Y contigo, ni más ni menos. Contigo.

Ella se tensó, dolida en su orgullo femenino. ¿Con ella, ni más ni menos? ¿Qué quería decir eso? ¿Qué era lo que ella tenía tan defectuoso como para que él sintiera la necesidad de expresarlo en voz alta y con aquella especie de mezquino disgusto? ¿Y después de que él mismo se hubiera dejado arrastrar por el momento? Sabía que era una joven extraña y que no podía hablar bien cuando más lo necesitaba, pero…

Aquello le dolía. Más de lo que le habría gustado.

—Márchate —le ordenó sin aliento—. Mi hermano… —quería añadir mucho más, pero estaba demasiado alterada y tenía la garganta cerrada por la emoción. Sentía la lengua pesada. Se acercaba el ataque de tartamudeo.

Él arqueó una oscura ceja.

—¿Tu hermano qué?

Ella señaló con un dedo la puerta del salón, sabiendo que si hablaba, solo podría hacerlo en deslavazados fragmentos que la harían quedar como una loca. Y no iba a dejarse eclipsar después de aquel episodio de tocamientos y frotamientos que su hermano había tenido que presenciar.

Nathaniel se la quedó mirando fijamente.

—¿Por qué diablos te has ofendido tanto?

Oh, por supuesto que la había ofendido. La había hecho sentirse como si fuera una minucia cuando ella les estaba ofreciendo a todos una oportunidad de oro. Que fuera una ingenua con los hombres no significaba que por eso tuvieran que humillarla.

Sacudiendo rígidamente el dedo con el que seguía señalando la puerta del salón, rezó para que se marchara de una vez y le ahorrara la humillación de tener que usar palabras.

Vio que fruncía el ceño, preocupado.

—¿Tiene esto que ver con tus ataques de tartamudeo?

Imogene abrió mucho los ojos. «Oh, Dios», exclamó para sus adentros. Lo sabía. Su propio hermano había chismorreado con él sobre su tartamudeo como si ella fuera una especie de aberración física, necesitada de compasión.

—Imogene —suavizó notablemente su tono—. Créeme cuando te digo que he visto muchas cosas en esta vida. Dime lo que necesites decirme, sea lo que sea.

La compadecía. Sin duda Henry le había pedido que hiciera el papel de protector o tutor suyo hasta el campeonato. Resultaba… humillante. Como si la estuvieran pasando de unas manos aterradas a otras… igualmente aterradas.

—A uno de los muchachos de Nueva York le pasaba eso mismo.

Aquello estaba empeorando. Ahora la comparaba con un chico americano. No podía decirse que fuera un cumplido.

Adoptando una expresión pensativa, Nathaniel continuó:

—Tengo una idea, dado que tenemos cuatro meses por delante, ¿por qué no lidiamos con esto ahora? —alzó el mentón y se desató el pañuelo de cuello, que hizo a un lado.

Ella retrocedió, cerrada aún más la garganta. ¿Qué estaba haciendo?

Con toda naturalidad, se desabrochó los botones del chaleco.

—Podemos jugar a «la apuesta endiablada». Es un juego muy popular entre los hombres y mujeres de los Five

Points. Consiste en que yo tengo que conseguir que hagas la «apuesta endiablada» planteándote todo tipo de propuestas hasta que aceptes alguna. La «apuesta endiablada» es que tú hables y aceptes alguna. Por cada propuesta que yo te haga y que tú rechaces con tu silencio, me quitaré una prenda de ropa hasta que me vea obligado a salir desnudo a la calle. Y ahora sé que te gusto lo suficiente como para que no me dejes salir a la calle en cueros. O, al menos, eso espero. ¿Estás lista?

Imogene se había quedado sin aliento. ¿Estaba hablando en serio?

—Imogene, te compraré una gargantilla de rubíes una vez que gane mis siete mil.

Ella tragó saliva, intentando serenar su respiración. ¿Qué estaba haciendo?

—Evidentemente, te niegas —se despojó de la chaqueta y la dejó caer al suelo—. Imogene, no soy muy bueno cortejando, pero te llevaré a un jardín y cortaré flores para ti. ¿Eso te gustaría?

«Madre de Dios», exclamó Imogene para sus adentros. ¿Por qué…?

—Evidentemente, te niegas —sosteniéndole la mirada, se quitó el chaleco. La prenda cayó a sus pies—. Imogene, bailaré contigo en el tejado de la casa en la que vayamos a vivir durante los cuatro meses de nuestro matrimonio.

«¿No esperará que le siga el juego, verdad?», se preguntaba ella, muda.

—Evidentemente, te niegas —se sacó los faldones de la camisa del pantalón—. Imogene, voy a hacer algo que nunca he hecho por ninguna mujer. Te llevaré de compras y cargaré con todos tus paquetes.

Ella se llevó una temblorosa mano a la boca.

—Evidentemente, te niegas. Se me está acabando la ropa, así que será mejor que aceptes mi siguiente oferta

—se despojó de la camisa con una serie de movimientos rápidos que dejaron al descubierto los bien esculpidos músculos de su amplio torso y de sus brazos, cubiertos por las cicatrices que hablaban de años dedicados al combate. La hizo a un lado.

Imogene seguía sin aliento, con el corazón acelerado de incredulidad, y desvió la mirada hacia la puerta abierta antes de volver a posarla en su ancho pecho, temerosa de que Henry pudiera entrar en cualquier momento y dispararlos a los dos.

—Imogene, yo siempre escucharé lo que tú tengas que decirme. Da igual lo que digas o por qué lo digas.

Sosteniéndole la mirada, se llevó las manos a la cintura del pantalón, con la intención de quitárselo.

Oh, Dios mío... Tenía que salvarlo a él y a sí misma.

—¡Acepto!

Las manos de Nathaniel se detuvieron en la bragueta del pantalón, con los ojos azul hielo clavados en los suyos.

—Bien. Y ahora dime por qué diablos te has quedado muda antes de que mis pantalones desaparezcan y yo salga a la calle desnudo. Porque no dudes de que lo haré.

Imogene no tenía la menor duda al respecto.

La feroz necesidad que sentía de hacer que se vistiera de nuevo antes de que saliera desnudo a la calle, le generó un salvaje estallido de emociones que dieron como resultado su grito:

—¡Insensible! Eso es lo que eres. Un insensible. Po-por soltarme el cabello y-y tocarme así en los lu-lu-lugares más íntimos de mi cuerpo, so-so-solo para luego decirme que soy indigna de ser tu esposa, dada la-la-la oportunidad que te estoy ofreciendo... ¡eso es insensibilidad! ¡Y no pienso siquiera to-to-tocarte solo por el hecho de que estés increíblemente de-de-desnudo!

Se tambaleó y cerró los puños, perpleja, consciente no

solo de que había dicho todo lo que necesitaba decir, sino de que lo había dicho sin pensarlo siquiera o sin que le importara que la oyera tartamudear. Desde que tenía siete años, nunca había hablado a nadie tartamudeando. Pero, por alguna razón, no se sentía una estúpida. No cuando era él quien estaba delante de ella medio desnudo.

Era la experiencia más liberadora que había conocido nunca.

Él continuaba observándola y asintió levemente, como consciente de lo que había conseguido.

—Necesitas aprender a despreocuparte de lo que pueda pensar la gente. La mayoría disfruta incluso en encontrarle faltas a la perfección. No te arrodilles ni ante eso ni ante ellos. Más bien pregúntate a ti misma si a la más simple de las criaturas les importaría. Aquellas criaturas cuyo único propósito en la vida es sobrevivir. ¿Les importaría a los pájaros y a las cucarachas? No. Los pájaros continuarían volando y las cucarachas continuarían arrastrándose tanto si tú tartamudeas como si no. Y si ni a los pájaros ni a las cucarachas les importa, ¿por qué habría de importarte a ti?

Imogene tragó saliva, con las lágrimas inundando inesperadamente sus ojos. Nunca había conocido a nadie que hubiera hecho un esfuerzo tan genuino por ayudarla. Y eso le hacía desear algo más que aceptar aquel contrato. Le hacía desear amar a aquel hombre por el resto de su vida.

—Sé muy bien que puedo llegar a ser un pendejo insensible. No he llevado una vida precisamente fácil. Aunque eso no es excusa.

De repente, Imogene se vio invadida por una deliciosa sensación de calma, consciente como era de que le estaba pidiendo que lo perdonara. Tragó saliva y asintió.

Él se aproximó de nuevo a ella. Estaba tan cerca que

Imogene podía sentir el aromático calor que emanaba de su cuerpo medio desnudo.

–Tú y yo tendremos que aprender a llevarnos bien durante los próximos cuatro meses –le dijo con voz ronca–. Podremos hacerlo. Estamos hablando de un cuarto de millón de libras. Esa cantidad cambiará nuestras vidas.

Ella le sostuvo la mirada, intentando no bajar la vista a su amplio pecho desnudo.

–¿Puedes volver a ponerte la ropa?

Nathaniel retrocedió un paso y la señaló con un dedo.

–Intentaré no darme por ofendido –recogió del suelo la camisa de lino y se la puso–. Solo hay una cosa que no toleraré durante los próximos cuatro meses. Es muy simple, en realidad. Mientras estemos juntos, no habrá otros hombres cerca. Eso se quedará para cuando cada uno siga su propio camino. Así será menos complicado.

Imogene intuyó que su primera esposa debía de haber sido excesivamente indulgente con los hombres.

–Ella te rompió el corazón, ¿verdad?

Nathaniel se quedó sorprendido.

–¿Quién?

–Tu primera mujer.

–Yo no diría eso.

Ella bajó la mirada para evitar fijarse en cómo sus manos introducían los faldones de la camisa dentro del pantalón. Todo en él exudaba una naturalidad que ella no sentía en absoluto.

Vio que recogía el resto de su ropa y procedía a ponerse el chaleco. Juntó las manos.

–¿Cómo la conociste? ¿Fue algo romántico?

–Ella y yo no tuvimos esa clase de relación. La conocí en el burdel de Nueva York donde estuve trabajando en mis años jóvenes.

Imogene se quedó sin aliento.

–¿Un burdel? ¿Quieres decir que…?

Nathaniel vaciló mientras se estaba abrochando el chaleco.

–Sí. Un establecimiento donde las mujeres fornican desnudas con hombres a cambio de una suma acordada –terminó de abrocharse los botones.

Imogene se lo quedó mirando fijamente. Solo conocía la palabra porque había oído a su cuñada mencionarla cuando reñía a Henry. Pero la indiferencia con que Nathaniel la había pronunciado resultaba, de algún modo, perturbadora.

–¿Y trabajaste en un lugar semejante? –le preguntó incrédula–. ¿Haciendo qué? ¿Desnudándote?

Chasqueando levemente los labios, Nathaniel se ató el pañuelo de cuello y se lo alisó con las dos manos.

–No. Era sirviente del establecimiento. Vestido –se puso la chaqueta–. Pagaban lo suficiente para un chiquillo que no tenía nada.

–¿Y tu esposa era una de esas mujeres que…?

Una pequeña sonrisa asomó a los labios de Nathaniel, como si estuviera recordando con nostalgia aquellos tiempos.

–Es una historia curiosa. ¿Quieres oírla?

¿Quería oírla?

–Er… sí.

Él seguía sonriendo.

–Yo tenía dieciséis años cuando Jane, que tenía casi diecisiete, irrumpió en el burdel procedente de la calle, vociferando que quería vender su virgo. Yo me reí con ganas. Eso era lo que me encantaba de ella. Sabía hacerme reír. No era bonita, no tenía que serlo. Tenía como una… chispa. Y lo más divertido de todo era que… realmente tenía un virgo que vender. Quería hacerlo para ayudar a su madre, que estaba endeudada. Madame Delora, toda nerviosa, hizo llamar rápidamente a un médico para que demostrara su alegato. No todos los días entraba tan dispuesta una virgen en un burdel.

Imogene no sabía por qué, pero de alguna manera le molestó saber que su antigua esposa le hacía sonreír de aquella forma.

–¿Por qué sonríes cuando hablas de ella?

Él se la quedó mirando.

–¿Por qué lo preguntas? ¿Estás celosa?

Era como si se estuviera burlando de ella.

–Solo era una pregunta.

–Por fuerza tengo que sonreír. Ella fue la primera con la que yo… –volvió a mirarla–. Ya sabes. Con la que me di un revolcón en la cama.

Imogene abrió mucho los ojos. Eso era mucho más que lo que había querido saber.

–El caso es que al final Jane no se mostró tan deseosa de subastarse a sí misma como había aparentado. Se quedó aterrada cuando comenzó la subasta y los hombres empezaron a pujar. Yo me compadecí de ella, porque sabía que una vez que comenzara a transitar por el camino de la prostitución, ya no podría salirse. Así que le ofrecí una salida. Me pareció lo más justo. Ella y yo nos casamos antes de que madame Delora pudiera darnos caza. Y al final terminamos por enredarnos. Poco más o menos por entonces fue cuando descubrí que la muchacha se había aficionado demasiado al láudano con whisky. Por mucho que lo intenté, no pude alejarla de eso –suspiró–. Me gustaba bastante. Pero lo que había empezado como ayudar a una chica y divertirse un poco al mismo tiempo, acabó en un maldito desastre. Tuve que cambiarme once veces de nombre porque se empeñaba en seguirme a todas partes, intentando sacarme dinero. Es lo que pasa cuando ayudas a cierta gente. Que no solamente se aprovechan, sino que intentan asfixiarte. Yo aprendí rápidamente a evitar a mujeres así –y se quedó callado durante un largo rato.

Imogene estaba impresionada. Detrás de aquella actitud de indiferencia, latía una genuina compasión. Suavizó su tono de voz.

–Siento lo que dije antes acerca de que eras un insensible. Puedo entender que la vida nos haga a todos algo insensibles… Solo espero que tú y yo podamos aprender a ser amigos mientras dure todo esto. Amigos de verdad. Aparte de Henry, yo nunca he tenido un amigo. Debido a mi enfermedad, nunca se me dio bien hacer amistad con nadie. Otras madres llevaban a sus hijas a casa para que jugaran conmigo, cuando era niña, pero yo nunca quise hablarles por miedo a tartamudear. Y luego, cuando jugaba con ellas, solía desmayarme en los momentos y situaciones más incómodas. Apenas tenía nada con lo que jugar. Sigo teniendo muy poco con lo que jugar –titubeó, dándose cuenta de que había estado divagando–. Perdona. Eso no tenía que ver con nada.

Él la miraba fijamente, con sus ojos azul hielo estudiando su rostro.

–Por lo general, siempre adivino lo que va a decir una mujer en cada momento. Y, sin embargo, contigo no me ocurre.

–¿Eso es bueno o malo?

–Todavía no lo sé. Pero de lo que sí estoy completamente seguro es de cómo proceder al respecto –continuó mirándola–. Estas son las condiciones. Tú consigues todo lo que quieres de mí, incluyendo el completo control sobre mi carrera pugilística durante cuatro meses, bajo la única condición de que te someterás físicamente a mí, y a nadie más, cada vez que yo así lo desee.

Imogene bajó la barbilla, con el corazón acelerado. La pulsante intensidad de aquella mirada y aquellas palabras le hacían pensar que iba a tener que aprender a boxear ella misma.

—Precisa la última frase.

—Cada vez que esté de humor para hacerlo.

Ella tragó saliva, consciente de que no iba a resultar tan duro dejarse tocar y besar por él. Por indecoroso que fuera, había disfrutado mucho con el episodio anterior. Era algo increíblemente... excitante. Y tampoco tenía mucho sentido que fuera a reservarse para un ulterior matrimonio... de verdad.

—Si es todo lo que se necesita para que aceptes, entonces... sí.

Él volvió a recorrer su cuerpo con la mirada, de la cabeza a los pies.

—Bien. Iré a hablar con Weston.

Aquella mirada le resultó un tanto enervante.

—Sí. Deberías hacerlo. Él... —de repente la asaltó un mareo. Se tambaleó hacia la mesa del té a la que había dedicado buena parte de la mañana y se agarró al borde, haciendo tintinear la porcelana.

Nathaniel se adelantó y la agarró de los hombros para sujetarla. Rápidamente la hizo sentarse en una silla. Inclinándose, escrutó su rostro.

—Imogene —la preocupación de su voz casi hizo que el desvanecimiento mereciera la pena.

—Estoy bien —esperó a que pasara el mareo. Afortunadamente, eso era algo que siempre ocurría. Parpadeó rápidamente, detestando la sensación de impotencia que la asaltaba cada vez que le ocurría aquello.

—Estoy bien.

Nathaniel entrecerró los ojos.

—¿Con cuánta frecuencia te asaltan esos mareos?

Ella se llevó una mano al cuello, intentando aliviar el pulsante calor que sentía.

–Una o dos veces al mes. Aunque, por alguna razón, últimamente han ido a más.

–Mírame –le alzó la barbilla–. Estás pálida.

–¿Sí? –se encontró con su mirada. Todo había cesado de tambalearse y volvía a sentirse normal.

–¿Cómo te sientes?

Su preocupación resultaba conmovedora. Parecía tan sincera…

–El mareo ha desaparecido –intentó sonreír–. Estoy bien.

–¿Seguro? –insistió él, retirando la mano.

–Sí – Imogene soltó un suspiro y se recostó en la silla–. Gracias –desvió la mirada hacia la puerta abierta–. Henry está esperando.

Nathaniel vaciló antes de erguirse.

–Ahora vuelvo –y tras despedirse con una inclinación de cabeza, se marchó.

Ella se llevó una temblorosa mano a la mejilla, aliviada en parte de que se hubiera retirado. Oh, ¿cómo iba a arreglárselas para sobrevivir durante aquellos próximos cuatro meses?

Capítulo 15

Numerosas son sus batallas campales.

P. Egan, *Boxiana* (1823)

Con un cigarro encendido entre los dientes, Weston cerró la doble puerta del estudio y se acercó a Nathaniel, que lo había estado esperando dentro. Soltando una bocanada de humo, se quitó el cigarro de la boca y lo hizo girar entre los dedos.

—No logro librarme de la sensación de que acabo de vender a mi propia hermana por un cuarto de millón de libras a un hombre que pretende manosearla durante cuatro meses.

—Yo jamás he forzado a ninguna mujer. Así que no necesita preocuparse por eso. Y ahora, aparte ese maldito cigarro, ¿quiere? —Nathaniel se dejó caer en la mecedora que tenía detrás y suspiró. Lamentablemente, no existía tal cosa como retirarse de las mujeres—. ¿Y bien? ¿Qué es lo que sigue? ¿Cómo vamos a hacer legal todo esto?

Weston dejó el cigarro en el plato de cenicero que tenía sobre la mesa.

—Sugiero que omitamos las amonestaciones. Llevan demasiado tiempo. Lo mejor es que solicite una licencia especial al arzobispado mañana por la tarde. No deberían tardar más de tres días en aprobarla, dado que su partida de nacimiento se conserva todavía en la iglesia parroquial de Surrey. Evidentemente no hay certificado de defunción asociado, así que no pondrán objeción alguna. El arzobispo se mostró muy intrigado por su historia y pretende apoyarlo en su transición hacia un estilo respetable de vida. Yo estuve hablando con él sobre el asunto.

«Por supuesto», pensó Nathaniel.

—Una vez que tenga la licencia en la mano, podrá casarse con Gene para finales de esta semana. Y dada su presencia en los titulares de todos los periódicos, todo el mundo esperará violines y trompetas. Esta es nuestra oportunidad de hacer que el luchador que todo el mundo quiere ver asuma su papel público. Eso popularizará aún más su nombre y venderá más entradas para los combates.

—Lo tiene todo bien planeado, ¿verdad? —dijo Nathaniel, dándose golpecitos en el muslo con el puño.

—¿Yo? Yo solo me estoy asegurando de que nada salga mal —Weston sacudió la cabeza—. ¿Sabía que Gene ya ha negociado el alquiler de la casa perfectamente alquilada en la que usted y ella vivirán durante los cuatro próximos meses? Lo hizo ayer. No pude convencerla de que esperase. Era como si supiera a ciencia cierta que terminaría aceptando.

Nathaniel esbozó una sonrisa sesgada… de exasperación.

—¿Puedo preguntarle algo?

—Sí. ¿Qué?

Señaló con el pulgar la puerta cerrada.

—Ha estado a punto de desmayarse de nuevo. Estoy bastante preocupado.

Weston suspiró.

–Lleva padeciendo eso durante años. Desde el incidente de la lejía.

–Entiendo. ¿Y el médico estaba al tanto?

–Por supuesto que sí. Él insiste en que goza de buena salud y que eso está relacionado con sus reglas.

Sus reglas. Ese era sin duda un tema en el que estaba completamente seguro de que no deseaba entrar.

–Ah –carraspeó–. ¿Qué sucederá después de la boda?

–Ya he hablado con Jackson y esto es lo que ha planeado. Nos concentraremos en su próximo combate contra Norley. Calculamos un beneficio de ochocientas guineas, con las entradas a guinea y media, aquí mismo, en Londres, Covent Garden, durante cuatro semanas. El tipo no ha perdido una sola pelea desde enero y quiere aspirar al título. Le vencerás y luego nos ocuparemos de Gill. Tumbarás a Gill y pasaremos a Terry. Derrotarás a Terry, cuyo ego es más grande todavía que sus puños, y entonces estaremos preparados para aspirar al título de campeón, que yo estoy seguro de que ganarás.

Nathaniel asintió levemente, pero sus pensamientos ya no estaban en el boxeo, sino en unos ojos de color avellana y una cascada de cabello rubio que había soltado y acariciado. Llevándose una mano al bolsillo de su chaleco, tocó el papel doblado que Imogene le había dado. Un poema que hablaba de dedos, de alas, de veneración.

Weston se interrumpió.

–¿Me está usted escuchando?

Nathaniel sacó rápidamente la mano del bolsillo. Alzó la mirada.

–¿Qué?

Weston se pasó una mano por la cara, con su anillo de rubí recogiendo la última luz de la tarde que se filtraba por las ventanas.

–¿No supondrá Imogene demasiada distracción para usted?

Nathaniel se agarró a los apoyabrazos de su silla.

–En absoluto.

–Será usted consciente, entiendo, de que la abstinencia lo convertirá en un mejor luchador –añadió Weston con tono incómodo.

Nathaniel intentó reprimir su diversión.

–¿Habla por experiencia?

Weston se aclaró la garganta.

–No. Yo solo…

–Ya le he dicho que jamás la forzaría. No soy de esa clase de hombres.

–Bien –Weston se pasó una mano por el pelo–. Me alegro de oírlo… Porque todo esto me está costando bastante.

–No me extraña. Y lo entiendo.

Se hizo un silencio.

Nathaniel se removió en su silla y le espetó de pronto:

–¿Hay algo más de lo que quiera o necesite hablar?

–Sí. Deberíamos tratar su horario de entrenamientos.

–¿Qué pasa con eso?

–Jackson ya lo tiene todo dispuesto. Va a empezar la semana que viene, y de lunes a sábado, entrenará a mediodía, practicará combate hasta las cuatro y terminará con pesas a las seis. Disponemos de cuatro semanas a partir de mañana para prepararlo para Norley. Tiene usted una buena forma física, pero necesitamos que esté al máximo nivel de capacidades y concentración.

–Ya. ¿Y supongo que Imogene sigue queriendo asistir a todas mis peleas y sesiones de entrenamiento?

–Sí.

–Las sesiones de entrenamiento no me importan, Weston, ya que es un escenario controlado, pero no me gustaría nada que asistiera a un combate de verdad. Una mujer no debería codearse con varios cientos de hombres y ver saltar tanta sangre.

—Yo pretendo estar a su lado. Y, créame, eso no durará. Una vez me hice un pequeño corte con una daga y todavía puedo verla tapándose la cara con las manos. Si no vuelve a taparse la cara con las manos, yo me preocuparía. Porque eso significaría que desea verlo muerto.

—Es bueno saberlo.

Inclinándose hacia él, Weston le dijo con un tono de advertencia:

—Espero que la trate con el respeto que se merece mientras dure esta farsa. Cualquier cosa que hagan dentro de los confines de esa casa y fuera de la vista pública no es de mi incumbencia, dado que usted y ella estarán legalmente casados, pero no quiero tener que arremangarme la camisa para solucionar un posible desastre para cuando se acaben estos cuatro meses.

Nathaniel se hizo hacia atrás en su silla.

—No necesita preocuparse. Ella tiene lo que quiere y yo lo mismo. No veo por qué esto tiene que salir mal.

—Ya, eso dice el diablo —irguiéndose, Weston echó mano al bolsillo interior de su chaqueta—. Tengo algo para usted.

—¿El qué? ¿Dinero? —inquirió Nathaniel—. Porque tengo la sensación, basada en mi incapacidad para decirle que no a su hermana, que ella va a ser increíblemente cara.

—Tendrá sus siete mil libras cuando firmemos los contratos mañana por la mañana —Weston sacó un papel doblado y lo blandió ante él—. Aquí tiene. Esto es todo lo que le pido ya que ella estará bajo su vigilancia durante los próximos cuatro meses. Ocúpese de que el doctor Filbert la visite una vez al mes y de que ella tome todo lo que está prescrito aquí.

—Por supuesto —Nathaniel recogió el papel. Cuando lo desdobló, parpadeó sorprendido. Era una larga lista de diecisiete ingredientes distintos para un medicamento, de ninguno de los cuales había oído hablar… excepto del láudano.

Jane había muerto de láudano. Después de haber lidiado durante tanto tiempo con Jane y con su dependencia de aquella sustancia, Nathaniel sabía demasiado bien que producía mareos. Y solo Dios sabía qué efecto tenía el resto de los ingredientes. No le sonaban de nada.

Con el pulso acelerado, se levantó de la silla y miró a Weston.

—¿Me está diciendo que ella consume todos estos ingrediente cada semana?

—¿Cada semana? Diariamente.

Nathaniel se quedó sin aliento.

—¿Diariamente…? ¿Qué diablos…? ¿Tiene alguna idea de lo peligroso que puede llegar a ser el láudano?

—Eso es para la garganta.

—¿Pretende decirme que el médico está intentando curarle el tartamudeo con esta porquería?

—Lo que está ahí prescrito no es para el tartamudeo, «doctor Atwood», sino para la lejía a la que estuvo expuesta cuando tenía siete años. Su garganta necesitó una cura importante y esto viene a ser una precaución continuada.

Nathaniel agarró a Weston por la chaqueta.

—¿Ella ha estado consumiendo todo esto diariamente desde que tenía siete años? ¿Está usted loco? ¿Cómo es posible que la haya obligado a tragarse todo eso? ¿Se le ha ocurrido pensar que quizá precisamente este potingue sea la razón por la que esa pobre mujer continúa tartamudeando?

Weston se liberó con un brazo y se lo quedó mirando fijamente.

—El doctor Filbert es el mejor galeno de todo Londres y cuenta con las mejores referencias del Real Colegio de Médicos. Cada una de sus visitas me cuesta treinta libras.

Gene sobrevivió al incidente de la lejía gracias a él y a estos ingredientes.

Nathaniel dobló el papel y se lo guardó en un bolsillo.

—Es mi deber, dado que ella y yo vamos a ser socios en este maldito negocio pugilístico, asegurarme de que solamente tome lo necesario por el bien de su salud. Y, en mi opinión, tragarse cosas que ni siquiera yo soy capaz de pronunciar no es en absoluto necesario. Yo mismo iré a ver al doctor Filbert. Algo me dice que no se seguirá viéndola por mucho tiempo más.

Weston entrecerró los ojos.

—No traspase usted los límites pensando que tiene algún derecho sobre su vida personal. Ella nunca ha estado interesada en tener un marido. Ni siquiera le habría elegido a usted. Ella no confía lo suficiente en su persona y yo no puedo culparla. Recuerde, Atwood, que lo que mi hermana quiere es el dinero. El dinero, que no a usted. Lo sabe, ¿verdad?

Eso lo decía el hombre que iba a sacar un cuantioso beneficio del plan orquestado por su hermana. Nathaniel se inclinó hacia él.

—Concéntrese en su propia vida, «míster Divorcio», y no en la mía. Porque desde el momento en que ella y yo firmemos esos contratos, Imogene no estará ya bajo su jurisdicción, sino bajo la mía. Y, de ahora en adelante, me aseguraré de recordarles a los dos quién está haciendo posible ese cuarto de millón. No usted. Ni ella. Yo.

Después de darle una fuerte palmada en el pecho como para demostrarle quién estaba realmente al mando, Nathaniel se marchó. Nadie iba a hacerle sentirse como si fuera una alfombra. Nadie.

Capítulo 16

Era como un hombre a punto de ahogarse que se estu-viera agarrando a una brizna de paja.

P. Egan, *Boxiana* (1823)

Una semana después, primera hora de la tarde
Berkeley Square, 18

Imogene se detuvo en medio de lo que en aquel momento era su salón recibidor. Se le antojaba extraño pensar que no solo era suyo, sino que había pagado por él.

Los pesados cortinajes de los balcones habían sido corridos, con las velas de las paredes iluminando las paredes color azul pálido. Aunque la casa era pequeña y el mobiliario sencillo, porque era lo máximo que podía permitirse si pretendían vivir en un distrito de moda, se contentaba con recordarse que aquello no era sino la puerta de una nueva vida que solo estaba a unos pocos meses de distancia.

Recogiéndose las faldas de su vestido verde claro, se volvió para abandonar el recibidor y pasar el pequeño vestíbulo. Su «marido» de hacía apenas unas pocas horas ya se había retirado para levantar pesas, que había subido a la planta superior.

Estar casada con un boxeador aristócrata, o, mejor dicho, con el afamado «Heredero Perdido», nombre con el que era oficialmente conocido por todo Londres, no era en absoluto lo que había imaginado que sería.

La boda de aquella misma tarde, aunque increíblemente excitante, había quedado en su memoria como un confuso revoltijo de imágenes. Ni siquiera podía recordar haber pronunciado los votos. El anuncio había salido publicado en cada gaceta y cada periódico de Londres, con los detalles del lugar y de la hora. Y el resultado había sido un completo caos.

Aparte de su cuñada, del hermano de ella y del duque de Wentworth y su hijo lord Yardley, había asistido la comunidad pugilística al completo; la comunidad de esgrimistas, que entrenaba en Angelo's; la del juego de gallos de pelea; y la de amos de perros de caza. Toda clase de lores y damas de la aristocracia, con la extraña excepción de lord Sumner y su esposa; un representante de la Corona; e incluso lord Banbury, el nada secreto amante de Mary, habían ocupado sus asientos en los bancos de la iglesia.

La sensación había sido incómoda.

Para no hablar de toda la gente que se había congregado fuera. Incontables hombres y mujeres los habían felicitado y aclamado, esperando a que Nathaniel y ella los saludaran con la mano por la ventanilla del carruaje, como si fueran el rey y la reina de Inglaterra obsequiándoles con su presencia.

Ella, de hecho, lo había encontrado ciertamente entrañable y había animado a Nathaniel a que saludara. Pero, por alguna razón, él se había quedado sentado en el fondo del carruaje con los puños apretados y los ojos cerrados, mientras duró el trayecto. Tampoco le había dicho una palabra, pese a los muchos intentos de ella por hacerle hablar. Había dado la impresión de estar enormemente arrepentido de lo que acababa de hacer.

Frunciendo los labios, Imogene paseó por el vestíbulo. Entre todo eso y las continuas malas caras que últimamente habían estado intercambiando su hermano y Nathaniel, durante y después de la boda, se sentía mental y físicamente agotada. Era como si ambos hubieran decidido declararse mutuamente la guerra sin que ninguno de ellos se hubiera dignado explicarle el porqué.

Hombres.

Deteniéndose delante de los baúles, que seguían en el vestíbulo, apoyó las manos en las caderas. Aquello era una contrariedad. Le había pedido al ama de llaves que contratara criados lo antes posible.

Haciéndose a un lado, pasó por delante de la estrecha escalera de caoba y siguió por el vacío pasillo que llevaba a la parte trasera de la casa. Todas las puertas estaban cerradas.

La situación era ciertamente incómoda. No había nadie por allí. Y solo Dios sabía cuánto tiempo estaría entrenando Nathaniel con sus pesas.

—¿Señora Langley? ¿Hay algún criado disponible para que se ocupe de mis baúles? —gritó en el pasillo—. Me gustaría retirarme a mi habitación.

Pero la única respuesta que recibió fue el tictac del reloj de pared.

Se suponía que podía arreglárselas para arrastrar un pequeño baúl escaleras arriba. Afortunadamente, le había pedido a su doncella que la acompañara durante los primeros meses de su nueva vida de casada, pero lo que no podía hacer era pedirle que bajara para ayudarla con los baúles. Con su uno sesenta de estatura, Imogene sacaba cerca de una cabeza a la mujer.

Miró los baúles y se acercó al más pequeño. Aquella era una manera tan buena como cualquier otra de empezar a ser autosuficiente. Tan difícil no podía ser. Los criados lo hacían día y noche. Un baúl no iba a ser su perdición. Y tampoco tenía muchas cosas que hacer.

Empezó a agacharse y esbozó una mueca cuando las barbas de ballena de su corsé insistieron en no combarse. Agarró entonces el asa de cuero del baúl más cercano a sus pies y tiró de ella.

No se movió.

No debería haber empacado tantas cosas.

—Oh, vamos —masculló, como intentando convencer al baúl de que colaborara—. No eres tan grande —tiró de nuevo, apoyándose esa vez bien con las piernas.

La tira de cuero se le clavó en las palmas pese a la protección de los guantes. Ignoró el dolor, apretó los dientes y se concentró en levantar el pequeño baúl del suelo. Justo cuando lo estaba consiguiendo, el asa cedió y el baúl cayó al suelo.

—Oh, estamos empatados —musitó, dándole una patada—. Usted, señor baúl, es tan inútil como yo.

—Los baúles pueden llegar a ser bastante tercos, ¿verdad? —resonó de pronto una voz profunda, desde arriba.

Sobresaltada, Imogene se incorporó y alzó la mirada al rellano de la escalera.

Nathaniel estaba apoyado en la barandilla, con sus musculosos brazos cruzados sobre su amplio pecho desnudo.

Ella se quedó sin aliento.

Desde la última vez que lo había visto, se había despojado de la ropa formal para quedarse únicamente en pantalón y botas. Unos pantalones que colgaban increíblemente bajos sobre sus estrechas caderas. Tan bajos que hasta podía distinguirse el surco central de sus bajos abdominales que se perdía en...

Una leve sonrisa asomó a los labios de Nathaniel mientras la contemplaba desde arriba.

—¿Disfrutando de la vista?

El corazón le dio un vuelco.

–Dado que obviamente has estado levantando pesas, deberías ponerte una camisa.

–Vete acostumbrando a ello. Así es como me verás no solo en el *ring*, sino en tu cama, por las noches.

«Encantador», pensó Imogene. Como si tuviera necesidad de recordárselo.

Él arqueó una oscura ceja.

–¿Necesitabas ayuda con los baúles?

El pensamiento de que la había estado observando mientras reprendía verbalmente a los baúles resultaba bastante embarazoso. Se frotó las manos, que todavía le ardían, en las faldas.

–Sí, por favor. Tengo una horrible tendencia a empacar demasiadas cosas.

–Ya lo he notado –descruzó los brazos y empezó a bajar las escaleras, sin apartar ni un momento de ella sus penetrantes ojos azules–. Lo subiré todo a tu habitación después.

–Entiendo que seguimos sin tener sirvientes.

Él se detuvo en el último escalón.

–Me temo que no. Parece que el ama de llaves que contrastaste no se incorporará del todo hasta la semana que viene.

Imogene puso los ojos en blanco.

–Sabía que debería haber contratado a otra. La señora Langley salía demasiado barata.

–Te aseguro que nos las arreglaremos.

–No tenemos otro remedio.

–¿Qué tal estás? –le preguntó él, mirándola fijamente–. ¿Bien?

Un inesperado cosquilleo de calor recorrió el cuerpo de Imogene. ¿Por qué tenía la sensación de que de repente estaba intentando entrar en un trato de mayor intimidad con ella?

Bajó la mirada y comenzó a quitarse los guantes con tal de mantener las manos ocupadas.

–Muy bien, gracias. Mañana comenzaremos oficialmente tus sesiones de entrenamiento con Jackson. Estoy entusiasmada con la idea de formar parte de esta aventura. Hace que me sienta útil –apretó los guantes con fuerza, preguntándose si no debería volver a ponérselos.

Nathaniel saltó por encima del baúl que los separaba y aterrizó ágilmente a su lado.

Ella casi dio un salto también, sobresaltada.

Sin dejar de mirarla a los ojos, se agachó y le arrebató los guantes para arrojarlos hacia la escalera.

–Habla conmigo, y no con los guantes.

–Oh. Yo… –asintió, todavía más consciente de él y de aquel pecho musculoso, increíblemente bien esculpido. ¿Por qué quería mirarlo con tanta fijeza? ¿Y por qué él continuaba a su lado, sin decir nada?

El sonido que atronaba su cabeza se emparejaba con el de su corazón.

–Er… ¿querías algo?

Él se acercó aún más, rozándole las faldas con los muslos. De repente deslizó las manos por su encorsetada cintura.

–Cena conmigo. Antes de que nos retiremos para la noche.

Imogene permaneció incómodamente rígida bajo el calor de aquellas grandes manos que parecía infiltrarse en su ser a través del corpiño. Por alguna razón, el verbo «retirarse» le sugería otra cosa.

Sus manos continuaban acariciándole la cintura.

–¿Te estoy haciendo sentir incómoda?

Imogene alzó la mirada hacia él, con las mejillas encendidas.

–Si tengo que responderte, la verdad es que sí. Estaría bien que te pusieras una camisa.

–Oh-oh –se apartó–. Intentaré comportarme como un caballero durante la cena. Pero después no puedo prometerte nada –le tendió el brazo con gesto formal–. ¿Es así como los aristócratas acompañan a una dama a la mesa?

–Er... sí.

–Pues acepta mi brazo.

Imogene esbozó una mueca por lo incómodo de la situación y apoyó la mano sobre su brazo desnudo, consciente del temblor que la recorría de pies a cabeza.

Sorteando los baúles, la guio por el desierto pasillo. Pasaron por delante de incontables habitaciones hasta que llegaron a una sala tenuemente iluminada.

Un blanco mantel de lino cubría la mesa que había sido dispuesta para dos, con porcelana, cubertería y cristalería relucientes. Cada plato estaba servido con una ración más que generosa de carne asada y pudín de Yorkshire. Una botella de vino tinto y dos copas, ya llenas, parecían esperar un brindis de celebración.

Aunque era una comida sencilla, tenía un aspecto maravillosamente encantador. Y entrañable. Como si él hubiera reunido a los pocos sirvientes que tenían para preparar una cena especialmente en su honor.

Soltándole la mano, se dirigió a una de las dos sillas, la sacó y se la señaló con un gesto de su poderoso brazo. Aquellos ojos azules parecían incitarla dulcemente a que disfrutara del cálido ambiente que había preparado para ella.

Consciente de que era preferible que se sentara antes de que le fallaran las piernas, se recogió rápidamente las faldas y tomó asiento.

Él se acercó para meterle la silla. Aunque ya había terminado de colocársela, continuó agarrando el respaldo con ambas manos.

–Nuestra primera comida juntos como socios de negocios.

Ella apretó la mandíbula con la mirada fija al frente, intentando disimular que su presencia no la obnubilaba por completo. Lo cual era precisamente el caso.

—Sí.

Él se apartó y rodeó la mesa. Sentándose frente a ella, se inclinó para recoger su copa y la levantó para hacer un brindis.

—Por el campeonato y por mi patrona, que está haciendo que todo eso sea posible.

Deseosa de distraerse de su persistente mirada y de su pecho desnudo, alzó también su copa y se la llevó a los labios. Bebió un sorbo del fuerte vino mientras se preguntaba cómo iba a poder seguir adelante con aquella farsa sin ponerse nerviosa.

—Sean cuales sean tus necesidades —le dijo él con un tono suave que destilaba una sutil insinuación—, me esforzaré por satisfacerlas todas. Lo único que tienes que hacer es pedírmelo.

Imogene volvió a dejar la copa junto a su plato con miedo de derramarla por lo mucho que le sudaban las manos. Intentando no dejarse intimidar por un hombre que claramente sabía mucho más que ella sobre lo que estaba a punto de suceder, replicó:

—Yo no me adelantaría a hacer un ofrecimiento tan generoso. Podría marcharme a Francia con tu cuarto de millón y casar a Henry con una francesa. Tengo entendido que las francesas saben amar a los hombres. Que es justo lo que él necesita.

El ronco rumor de una risa llegó hasta sus oídos.

—Ya me aseguraré de no perderte de vista... y de que me des todo lo que espero recibir de ti.

No se atrevió a preguntarle qué era lo que esperaba de ella un hombre como él, que acababa de sentarse a cenar sin camisa. Recogiendo su servilleta, la extendió con tanto cuidado como elegancia sobre su regazo. Tomando luego cuchillo y tenedor, bajó la mirada y empezó a comer. Lentamente. Muy, muy lentamente.

—Imogene.

Ella terminó de masticar el bocado. Estaba a empezando a preguntarse por la verdadera razón de aquella invitación a cenar.

—¿Sí?

—Me entrevisté con el doctor Filbert mientras estuve tramitando nuestra licencia. La única explicación que me dio de la necesidad que veía de que tomaras tu medicina a diario era la de que no perdieras la voz. En su opinión como profesional, contempla esa posibilidad por culpa del incidente de la lejía. Pero para mí eso no tiene ningún sentido, Imogene. Ninguno en absoluto. Y teniendo en cuenta que padeces inexplicables desmayos, creo que ya va siendo hora de que dejes de tomar esa porquería. Me enfadé muchísimo cuando tu hermano, un tipo aparentemente inteligente, la defendió. ¿Cómo es que a ninguno de los dos se os ocurrió relacionar tu estado actual con lo que estabas tomando?

Imogene lo miró sobresaltada. Aunque no estaba precisamente encariñada con el brebaje del doctor Filbert, aquella medicina la había ayudado a sobrevivir al incidente y la había mantenido en relativamente buena salud durante años.

—¿Es por eso por lo que Henry y tú estáis tan distanciados?

Nathaniel bajó la mirada, deslizó sus largos dedos por el tallo de su copa y agitó el vino.

—Sí —cesó de agitar el líquido—. Cono boxeador, sé algo sobre los brebajes de ese tipo y sus efectos. He aprendido a alejarme de ellos. Tienes que confiar en mí.

Imogene volvió a bajar la mirada a su plato, molesta por el hecho de que su hermano y Nathaniel hubieran estado discutiendo sobre algo cuya decisión le correspondía únicamente a ella.

—No estoy nada contenta ni contigo ni con mi hermano después de saber que os habéis enfrentado por un asunto sobre el cual solo debo decidir yo. Te pido que me dejes decidir a mí lo que haya que hacer con el doctor Filbert.

Él se quedó callado por un momento.

—¿Y cuál es tu decisión?

—Hace apenas unos segundos que me lo has contado. ¿No esperarás que lo decida en mitad de la cena, verdad?

Nathaniel se removió en la silla con aparente nerviosismo.

—Tomarás una decisión mañana. Por la mañana. Antes de que nos marchemos a Jackson's.

Imogene parpadeó sorprendida.

—Tomaré una decisión cuando yo quiera. Puede que sea mañana o quizá el año que viene, pero tú no me tratarás como lo ha hecho mi hermano. Porque tú no eres mi hermano. Y no olvides tampoco que si eres mi marido, es solo de nombre.

Él volvió a removerse en su silla, pero no dijo nada.

Ella continuó comiendo en medio de un incómodo silencio. ¿Por qué se sentía como si acabara de abofetearlo? Había tenido la impresión de que estaba intentando ayudarla. Con sinceridad, jamás se le había ocurrido relacionar la medicina con sus desmayos. La había estado tomando demasiado tiempo como para plantearse una asociación semejante. Pero lo que él le había dicho constituía una posibilidad.

Recogió su copa de vino, mirando de reojo a Nathaniel.

Ni siquiera estaba intentando comer.

Su plato seguía intacto.

Con la copa medio vacía en la mano, estaba recostado en la silla, mirándola fijamente.

El corazón le dio un vuelco cuando se dio cuenta de que la había estado mirando de aquella forma durante todo el rato. Desvió la vista y, en lugar de beber otro sorbo de vino, lo cual habría nublado aún más sus sentidos, se limpió las comisuras de la boca con la punta de la servilleta.

—¿No tienes hambre?

—No —se llevó la copa a los labios, todavía observándola por encima del borde. Tras beber morosamente un trago, volvió a dejarla sobre la mesa—. ¿Has terminado tú de comer? Porque quiero que termines ya. Así que acaba rápido.

Imogene cerró los dedos sobre la servilleta que sostenía en el regazo, incrédula. ¿Realmente pensaba que podía mandarle comer al ritmo que se le antojara? ¿Y cuando era ella la que estaba pagando aquella cena?

Una vez que tragó el último bocado, volvió a limpiarse la boca y dejó la servilleta sobre la mesa.

—Te veré por la mañana. Esta noche me retiraré sola —subrayó la palabra—. Que descanses bien —empujando su silla hacia atrás, se levantó con actitud rígida y se marchó. Recogiéndose las faldas, abandonó apresuradamente el comedor y regresó al pasillo, rumbo al vestíbulo principal. Cuando antes se metiera en su dormitorio y cerrara la puerta con llave, mejor que mejor.

Pero los pasos de Nathaniel trotando detrás de ella la hicieron desorbitar los ojos. Se dirigió rápidamente a las escaleras con la intención de escapar.

—¡Imogene! —gritó—. Por el amor de Dios, si tienes algo que decirme, dímelo de una maldita vez. O somos socios en esto o no lo somos. ¿Qué te pasa?

Ella esbozó una mueca y se detuvo justo al pie de las escaleras, donde seguían sus baúles. Él tenía razón. Si iban a sobrevivir durante los cuatro meses siguientes y conseguir que él estuviera en las mejores condiciones para ganar el título, tendrían que usar palabras para comunicarse.

Muchas. Y ella se encogía ante la idea de todos los tartamudeos que la esperaban por delante. Soltando un suspiro tembloroso, se giró para esperarlo.

Nathaniel se le acercó.

—¿Qué pasa? ¿Qué es lo que he hecho ahora?

—Darme órdenes en la cena tales como lo rápido que tengo que comer, cuando soy yo la que está proporcionando la comida, es humillante.

—Lidiar con mujeres no es precisamente mi fuerte, ¿de acuerdo? —resopló—. Habitualmente me acuesto con ellas. No me hago su amigo.

Imogene alzó la mirada hacia él.

—¿Nunca has tenido un amiga mujer? ¿En serio?

Él se aproximó todavía más, recorriendo su rostro con la mirada hasta que la posó en sus labios.

—No. No estoy interesado en esas cosas.

Un nudo se formó en la garganta de Imogene y el aire entre ellos se volvió ardiente, insoportable. Resultaba obvio lo que deseaba.

Y, para irritación suya, ella deseaba lo mismo.

Capítulo 17

¿Dónde están ahora mis halagüeños sueños de gozo?
P. Egan, *Boxiana* (1823)

Imogene contuvo el aliento mientras esperaba a que él inclinara la cabeza para besarla.

Pero, en lugar de ello, Nathaniel desvió la mirada, aparentemente más interesado en flexionar los dedos de la mano derecha.

Parpadeó sorprendida. ¿Por qué cuando ella quería que hiciera algo, él no lo hacía, y cuando quería que no lo hiciera, lo hacía? Sin pensar en las consecuencias, le preguntó con tono suave:

–¿Vas a besarme o no?

Nathaniel la miró rápidamente.

–¿Quieres que lo haga?

Imogene abatió los hombros, decepcionada.

–Quizá no.

Él la atrajo bruscamente entonces hacia sí, quitándole la respiración y apretándola contra su torso duro.

–Permíteme –y se apoderó de su boca, acariciándole la lengua con la suya.

Ella casi se desmayó. Y sabía que aquello no tenía nada que ver con su estado de salud.

Se giró con ella hacia la escalera. Sin dejar de besarla y acariciarla con su lengua ardiente, se tumbó sobre los escalones y tiró de ella hacia sí para que pudiera sentarse encima a horcajadas.

Inclinarse sobre él para besarlo y tocarlo de la manera que ella quería fue una sensación arrebatadora.

Nathaniel fue introduciendo lentamente la lengua en el interior de su boca. Soltándola de la cintura, continuó acariciándola mientras procedía a levantarle las faldas.

Aplastó con mayor fuerza su cuerpo contra el suyo al tiempo que hurgaba en la tela de su vestido con los dedos. La urgencia de aquel duro y musculoso cuerpo aumentaba por segundos. Cuando una de sus manos se apoderó de su nuca, inmovilizándola, la otra empezó a levantarle las faldas y a bucear bajo la muselina, para recorrer un muslo desnudo.

Ella se tensó, pero él la agarró de la nuca con mayor fuerza mientras seguía acariciándole la lengua con la suya. Deslizó la otra mano por entre sus muslos abiertos, ya que se había quedado sentada a horcajadas encima. No pudo menos que desorbitar los ojos cuando sintió aquellos dedos en su humedad.

Interrumpió rápidamente el beso e intentó bajarse las faldas. Pero él la agarró de la cintura para apretarla contra sus muslos, mientras seguía acariciándola con la otra.

—Confía en mí —la miró, respirando aceleradamente—. No voy a hacerte daño.

A Nathaniel le ardieron las mejillas cuando aquellos dedos, que continuaban enterrados bajo sus faldas, continuaron frotando y acariciando, despertándole arrebatadoras sensaciones por todo su cuerpo. Se tambaleó y tuvo que agarrarse a sus hombros con fuerza, como para intentar sobreponerse a lo que él le estaba haciendo.

Sosteniéndole la mirada, le cubrió la mano con la suya con él recostado todavía en los escalones, bajo su cuerpo. Y acompañó sus movimientos aún con mayor énfasis, desgarrada entre el anhelo de aquellas sensaciones o su cese completo.

La curiosidad y una nebulosa mezcla de todo lo que sentía físicamente por aquel hombre la volvieron no ya atrevida, sino estúpida. Deslizó las manos por la lisa superficie de su duro pecho, descendiendo poco a poco, y tocó el bulto que presionaba contra la bragueta de su pantalón.

Nathaniel siseó entonces por lo bajo e introdujo el dedo índice bien dentro de su humedad.

Ella se quedó paralizada por aquella invasión, un punto dolorosa, pero de repente él se dedicó a frotar con el pulgar el sensible nudo que escondía su sexo, el causante de aquellas inefables sensaciones, aliviando su incomodidad.

El movimiento del dedo se fue acelerando.

Un inesperado torrente sacudió su cuerpo y la hizo jadear cuando un insólito placer le quitó el aliento y pareció apagar el mundo. Se derrumbó sobre su cuerpo.

Él sacó la mano de debajo de sus faldas, respirando con fuerza, y apoyó su mentón afeitado sobre su pelo.

Ella sintió una corriente de aire fresco acariciando sus labios y solo en aquel momento se dio cuenta de que hacía ya un buen rato que Nathaniel había dejado de besarla. Por unos segundos, ni siquiera fue capaz de abrir los ojos, y mucho menos de moverse. Lo único que podía hacer era concentrarse en el profundo rumor de sus respiraciones y en la manera en que le rodeaba los brazos con sus grandes manos.

—Terminaremos arriba —le dijo él en voz baja mientras la soltaba lentamente—. De la manera que a mí me gusta.

Ella abrió los ojos y se sentó sobre su regazo, mirándolo sorprendida.

–¿Terminar? Pero yo pensaba… –pensaba que ya habían acabado.

Recostado todavía sobre los escalones, la miró con una expresión firme que indicaba que estaba muy lejos de haber terminado.

–No hemos hecho más que empezar.

Imogene sintió que el cuerpo entero le ardía ante el pensamiento de su propia mano buceando debajo de aquel pantalón.

–No esperarás que yo… meta la mano dentro de tu pantalón, ¿verdad?

Nathaniel puso los ojos en blanco y salió de debajo de ella.

–No –masculló–. Yo no obligo a ninguna mujer a hacer nada que no quiera. Pero cuando te sientas de un humor particularmente generoso, avísame, ¿de acuerdo?

Incorporándose, la agarró de la cintura y la levantó de un solo y fluido movimiento. Sin mirarla, se acomodó el rígido bulto que seguía presionando contra la bragueta de su pantalón.

–Deberíamos subir los baúles a tu habitación para que tu doncella pueda organizarte la ropa.

Rodeándola, se inclinó y levantó el baúl para empezar a subir las escaleras.

Imogene se lo quedó mirando hasta que desapareció rumbo a su habitación. Alzando una mano temblorosa, se tocó los labios hinchados, que le ardían todavía por el fuego de su boca. Aún podía sentir el contacto de sus caderas y la manera en que sus dedos le habían hecho olvidarse de todo.

No le extrañaba ya que la gente se casara.

Nathaniel volvió a bajar las escaleras.

–Abandonaste la mesa por mi culpa. ¿Querías terminar tu comida?

Ella dejó caer la mano a un costado, aturdida por la naturalidad de su comportamiento después de lo que acababan de hacer. Sacudió la cabeza.

—No, gracias.

Él levantó otro baúl y volvió a hacer el camino hasta su habitación.

Imogene se apretó las mejillas ardientes mientras procuraba recuperar el resuello. Probablemente iba a tener que hacer un esfuerzo y hacer por él lo que él había hecho por ella. Le había parecido decepcionado cuando ella le insinuó que no estaba interesada en devolverle el favor.

Nathaniel apareció de nuevo para bajar trotando las escaleras. Levantó el último baúl y volvió a subir. Ni una vez se molestó en mirarla.

Imogene lo siguió, consciente de que debería satisfacer sus… necesidades. Fueran las que fueran. Oh, Dios. Caminó lentamente por el pasillo que llevaba a sus habitaciones.

Llevándose una nerviosa mano al estómago, se encaminó decididamente a la última puerta por la que había desaparecido su marido.

Se detuvo en el umbral para asomarse al interior.

El gran ventanal de celosía de la pared del fondo tenía descorridas las cortinas de terciopelo verde, ofreciendo una impresionante vista del parque iluminado por la luna.

Una enorme cama de dosel se alzaba en el centro, ocupando casi la vasta extensión de la habitación. Una abundancia de blancas sábanas de lino, mantas color miel y mullidos almohadones de seda complementaba los tonos suaves y apagados de las paredes. Para un hombre como era Nathaniel, el gusto que había demostrado era tan elegante como impecable.

Había apilado los baúles contra la pared, junto al gran tocador de caoba con espejo, provisto ya de su aguamanil y su jarra de agua fresca.

Sabía que el destino que la esperaba, fuese el que fuese, nunca podría ser peor que el trauma de su infancia con la lejía. Y bien podría ser tan agradable como lo que acababa de ocurrir en las escaleras. Apretando la mandíbula, entró en el dormitorio y cerró la puerta a su espalda.

Él se volvió cuando hubo terminado de colocar el último baúl y se pasó las manos por las perneras del pantalón. Unas manos que dejaron de moverse cuando desvió la mirada hacia la puerta que ella acababa de cerrar.

Imogene sonrió, nerviosa, y se acercó hacia él, intentando no traicionar el acelerado latido de su corazón, tan rápido que tenía la impresión de que se le iba a salir de la garganta para estrellarse contra la pared.

—Yo… creo que me estoy sintiendo de un humor generoso.

—¿De veras?

—Sí. ¿Qué es lo que quieres… que haga?

Él permaneció perfectamente inmóvil. Expectante.

—Ven aquí.

Se acercó a él. Deteniéndose ante su cuerpo alto y musculoso, de repente se sintió mareada. Pero de una manera que nada tenía que ver con su enfermedad.

Alzó la mirada hasta sus ojos.

En silencio, él procedió a desabrocharse la bragueta.

Ella no se atrevió a bajar la mirada.

Tomando las manos entre las suyas, Nathaniel se las llevó lentamente a la bragueta del pantalón.

—Baja la bragueta y la ropa que hay detrás —su voz era tensa, pero a la vez suave y llena de paciencia.

Imogene tragó saliva y, con manos temblorosas, le bajó la bragueta que se había desabotonado y la ropa interior. Instintivamente bajó la mirada a lo que estaba haciendo. Su gruesa erección apuntaba hacia ella, robándole el aliento. Se detuvo.

Tenía que tocar… ¿aquello?

Él volvió a tomarle las manos y se las cerró firmemente alrededor su rígida y aterciopelada verga. La obligó luego a que se la acariciara.

Era un contacto sorprendentemente suave y duro. Apretó los labios para contenerse de mirar su miembro y alzó los ojos, esforzándose por permanecer tranquila.

Vio que su pecho empezaba a subir y a bajar, respirando de manera irregular.

—¿Quieres que yo haga el resto? —le preguntó él en un susurro.

Imogene asintió.

Nathaniel la agarró entonces con fuerza de la cintura para levantarla en brazos, y la llevó hasta la cama.

Se aferró a él, temerosa y expectante a la vez.

—¿Confías en mí? —acercó los labios a su oído, con el calor de su aliento acariciándole el cuello.

Ella asintió. Esperaba que así fuera.

—No te desvestiré ni me quitaré el pantalón. De esa manera será menos violento para ti, dado que es tu primera vez. Pero voy a atarte las manos durante un rato. ¿Me dejarás?

Imogene asintió, intentando desesperadamente complacerlo, pese a que la horrorizaba perder el control.

Después de tumbarla sobre la cama, le subió las faldas, dejándola expuesta de cintura para abajo. Luego la descalzó y le desabrochó las ligas, rozándole la piel con los dedos, y le bajó las medias de seda.

—Utilizaré esto para atarte las muñecas. De esa manera, las marcas serán mínimas.

Ella empezó a respirar aceleradamente, asustada.

—¿Tienes que atarme las manos?

—Sí. Pero te las soltaré cuando hayamos terminado. Te lo prometo —entrelazó los dedos con los suyos, con la seda de las medias separando sus palmas. Su rostro de rasgos duros permaneció suspendido a unos centímetros del suyo mientras le alzaba los brazos sobre la cabeza, sujetándole bien las manos–. Relájate. No te resistas.

Había algo extrañamente tierno y amoroso en la manera en que le agarraba las manos, como si estuviera preparándola mentalmente para lo que estaba a punto de hacer.

La mantenía inmovilizada contra el colchón con su enorme y cálido cuerpo. Soltándole las manos, le ató rápidamente las muñecas con las medias y apretó los nudos con fuerza.

–Mantén las manos por encima de la cabeza –la urgió con voz ronca mientras daba un último tirón a los nudos–. La regla es esta: yo te toco, tú a mí no.

Imogene parpadeó sorprendida, sintiendo como el calor de su piel penetraba en su cuerpo y en sus sentidos. E inspiró profundo cuando sus dedos fueron recorriendo sus brazos hasta sus senos.

Él se inclinó y le besó la frente, la nariz, la mejilla y, por último, los labios.

–No te asustes –murmuró–. Voy a deslizarme dentro de ti y a montarte.

¿Cómo? ¿Ahí dentro?

–¿Con qué? –logró pronunciar.

Él se colocó encima de ella, deslizando una mano entre sus cuerpos, y le mostró su gran erección.

–Con esto –respondió–. Y te dolerá. Pero será por poco tiempo.

Ella clavó los dedos en las sábanas mientras él le separaba los muslos para acercar la punta de su verga a su sexo.

–Imogene.

Tragó saliva, esperando, sintiéndose increíblemente vulnerable con las manos atadas y sabiendo lo que estaba a punto de hacer.

–Imogene, mírame.

Ella alzó la mirada hacia él.

Nathaniel continuaba cerniéndose sobre ella, acariciándole el cabello con su mano libre.

–Si te concentras en el dolor, eso será todo lo que sientas. Así que no te concentres en el dolor. Mi intención no es solamente recibir placer, sino dártelo. Créeme –aquellos ojos azules la miraban con el mismo mensaje de seguridad que cuando la estuvo incitando a hablar en medio de su tartamudeo.

Ella se relajó, consciente de que todo saldría bien. Porque él así se lo había asegurado.

Sin dejar de mirarla, apretó la mandíbula mientras, con un rápido y firme empuje de sus caderas, se enterraba profunda y morosamente en su interior. El dolor la hizo contener el aliento.

Inmediatamente quedó inmóvil y la estrechó contra su pecho. Tomándola de la nunca, le enterró la cabeza contra el hueco de su hombro.

–Muérdeme para combatir el dolor. Vamos. Muerde.

No se lo pensó dos veces. Clavó los dientes superiores en la fina piel de su hombro.

Nathaniel empezó a moverse contra ella, sacudiéndola.

–Bien. Puedes morderme más fuerte. Porque estoy a punto de montarte con mayor fuerza.

Le mordió lo más fuerte que pudo.

Las caderas de Nathaniel se movieron lentamente al principio, con embates fluidos y controlados. Pero aquello no duró.

–Así –y se puso a empujar más fuerte y más rápido, con su enorme cuerpo tenso contra el suyo, respirando a jadeos.

Aunque cada salvaje embate le dolía por la estrechez de la cavidad y el dolor iba creciendo en intensidad, Imogene se las arregló para soportarlo manteniendo los dientes clavados en su hombro.

Él bajó la cabeza y se dedicó a lamerle la curva del cuello, haciéndola derretirse y retorcerse en un súbito estallido de placer.

Sus rápidos movimientos continuaron sacudiéndola hasta que se dio cuenta de que ya no estaba sufriendo dolor alguno. Todo era placer. Un dulce placer.

Dejó de morderlo y echó la cabeza hacia atrás, dejando que su boca viajara por su cuello y lo devorara. Estaba sintiendo las arrebatadoras sensaciones que había experimentado antes, recorriendo todo su cuerpo. Otra vez. Solo que más intensas. Más llenas. Como si estuviera a punto de desgarrarse por dentro.

—Déjate llevar —murmuró Nathaniel con voz ronca—. Como hiciste en las escaleras.

Ella soltó un suspiró mientras él continuaba acariciándola por dentro y por fuera. Sus muñecas forcejeaban con las medias de seda, desesperada como estaba por tocarlo, impotente.

—¿Puedo tocarte? —musitaba entre embate y embate—. Déjame… tocarte.

—No —percutió contra ella con mayor fuerza mientras alzaba sus grandes manos hasta su cabello—. Quiero oírte —continuó montándola, más frenéticamente cada vez—. Vamos. ¿Qué es lo que sientes?

Ella gimió.

—No. Más alto. Como si quisieras más.

Imogene soltó un gemido más fuerte. Para él. Era como si estuviera provocando su propio clímax al hacerlo. Era demasiado.

—¡Oh! —gritó y se retorció bajo su cuerpo, cediendo al explosivo placer que le provocaban sus embates.

—Diablos, sí —cerró un puño sobre su melena y, agarrándole las muñecas inmovilizadas por los nudos, continuó percutiendo contra ella una y otra vez. Así hasta que soltó, él también, un angustioso gemido.

De repente se quedó inmóvil, enterrado profundamente en ella.

–Vaya –murmuró–. Me he vertido dentro de ti.

Imogene abrió mucho los ojos, con el corazón acelerado.

–Diantre –masculló él.

Con unos pocos y rápidos tirones, la desató y arrojó las medias a un lado. Inclinándose luego sobre ella, le frotó suavemente las muñecas con los dedos como si quisiera aliviarla del dolor que le había causado.

Mientras lo hacía, Imogene parpadeó sorprendida cuando descubrió las visibles y profundas huellas de sus dientes en la piel de su hombro, que ya había estado cubierta de cicatrices blancas. Preocupada, se las tocó con un dedo.

–¿Te he mordido demasiado fuerte?

Él rodó a su lado, para quedar tendido de espaldas.

–No he sentido nada –su pecho se alzaba y bajaba con rapidez mientras permanecía mirando fijamente el dosel de la cama–. No sé lo que me ha pasado. Ni siquiera podía pensar. Es que… yo nunca antes me había vertido dentro de una mujer de esta manera.

Tumbándose de lado, de cara a él, Imogene se bajó recatadamente las faldas. Podía sentir una cálida humedad resbalando por sus muslos.

–¿Qué quieres decir con que te has vertido dentro de mí?

Él giró la cabeza para mirarla, tendido todavía de espaldas, y escrutó su rostro.

–He vertido mi semilla en tu interior. Lo que quiere decir que es posible que engendres un hijo.

Ella sintió que el estómago se le encogía de repente.

–¿Y cómo sabré si yo…?

–Tu cuerpo te lo dirá –se apoyó sobre un codo–. La prueba más cierta es la interrupción de tus reglas. En el momento en que eso ocurra, dímelo. Nos aseguraremos de obrar en consecuencia para entonces. Pero tienes que decírmelo.

Era muy extraño. ¿Cómo sería tener siempre conversaciones con él así? ¿Hablarle de aquella forma, con aquella confianza y naturalidad? ¿Y a pesar de saber que seguía habiendo muchos misterios en su vida de los que ella no sabía nada?

No tenía palabras para describirlo. Se sentía como si estuviera viviendo la vida que había querido vivir. Una vida en la que no se sintiera una carga para nadie. Nathaniel no la hacía sentirse como si fuera una carga. La hacía sentirse como si fuera una persona independiente, en pie de igualdad con él.

En un impulso, le puso una mano sobre la zona del corazón y fue deslizándola por su pecho, hasta detenerla justo en el centro.

Él bajó la mirada y le acarició la mano.

El corazón se le apretó de emoción. Había sido como un intento de corresponder a su afecto. Un gesto conmovedoramente dulce.

—¿Cómo es que hemos terminado así?

Él seguía acariciándole los nudillos.

—Una encantadora mujer con mucho dinero y un hombre estúpido sin blanca.

Una risita burbujeó en los labios de Imogene.

Él sonrió y continuó acariciándole la mano como fascinado por el contorno de sus dedos. Sus rasgos estaban en paz, perfectamente relajados, como si estuviera satisfecho con la situación y con lo que acababa de suceder entre ellos.

De repente, Imogene vislumbró la oportunidad de llegar a saber algo sobre él. No estaba a la defensiva.

—Dime una cosa.

–¿Sí?

–¿Cómo es ser boxeador?

Él alzó la mirada. Su rostro de rasgos duros pareció iluminarse.

–Es solo en esos momentos cuando siento que puedo tener el mundo en mis manos, doblegarlo a voluntad. Es una sensación increíble.

Ella vaciló y le apretó la mano.

–Te prometo que no seré una carga para ti durante los próximos meses.

Él la miró.

–Necesitas dejar de hablar así. ¿Acabo de desvirgarte y ahora me dices que eres una carga para mí?

Ella tragó saliva. En aquel momento, el latido de su pulso bajo sus dedos y el subir y bajar de su pecho se habían convertido en todo su mundo. Nunca había experimentado nada parecido. Se sentía íntimamente conectada con aquel hombre. Y, sin embargo, era tanto lo que todavía tenía que saber de él... ¿Qué clase de secretos estarían enterrados en su alma?

Cambió de postura para contemplar mejor su rostro.

–Imagino que te dolería mucho que tus padres no asistieran a nuestra boda. Sobre todo cuando lo hizo todo Londres. Al margen de que nuestra unión sea superficial o no, deberían haber estado allí.

Él le retiró lentamente la mano y volvió a quedar tendido de espaldas.

–Pues a mí no pudo preocuparme menos –replicó, aunque su tono indicaba lo contrario–. Si mi madre elige ponerse de parte de mi padre, ¿qué puedo hacer yo? Estoy harto. No puedo seguir enviándole misivas que no se digna responder. Como tampoco pienso hacerle el mismo daño que mi padre me hizo a mí.

¿Su padre? Imogene parpadeó sorprendida.

–¿Qué quieres decir? ¿Qué fue lo que te hizo tu padre?

Él se quedó mirando fijamente el dosel de la cama.

–Prefiero no hablar de ello.

Ella volvió a posar una mano dulcemente sobre su pecho.

–Nathaniel. Yo… yo estoy aquí para escucharte. Quiero que lo sepas.

Pero él continuaba mirando al techo, impertérrito.

–Yo creía que esto se trataba de un cuarto de millón de libras, que no de mí.

Imogene tragó saliva. Aquella brutal respuesta le dolía más que su orgullo. Le estaba desgarrando el corazón.

–No digas eso. De verdad que quiero llegar a conocerte.

–¿Por qué?

–Porque me gustas. Y porque… yo… quiero saber cuáles historias son ciertas y cuáles no.

Él le retiró la mano del pecho.

–No voy a entregarte esa parte de mí mismo, Imogene. Así que no me preguntes eso, porque nunca lo sabrás.

Ella frunció el ceño.

–¿Cómo es que no me consideras digna de saber cosas sobre ti y, sin embargo, te sientes con derecho a aventurarte no ya en mi cuerpo, sino en mi mundo de tartamudeos y de tratamientos del doctor Filbert? Eso tendría que ser recíproco, ¿no te parece?

–Obviamente hemos terminado de hablar –se sentó de repente–. Buenas noches. Me retiro a mi dormitorio –se subió el pantalón, se abrochó la bragueta y se levantó bruscamente del lecho, para dirigirse decidido hacia la puerta.

–¡Nathaniel! –Imogene se sentó en la cama–. Por favor, no te enfades conmigo. Solo te estaba describiendo lo que siento sinceramente.

Él abrió la puerta. Y con la misma brusquedad se volvió hacia ella, relampagueantes sus ojos azul hielo.

–Hablar de los perturbadores sucesos de mi vida no es muy distinto de revivirlos. Y no pienso revivir todo aquello por lo que pasé solo para que tú puedas comprender lo que yo ya sé.

«Por Dios», exclamó Imogene para sus adentros. ¿Qué era lo que había tenido que soportar?

Sosteniéndole la mirada, Nathaniel la señaló con el dedo.

–Y a pesar de lo que tú puedas pensar, como socio tuyo que soy, tengo derecho a asegurarme de que tu salud no vaya a verse afectada por un matasanos cualquiera. He visto a mucha gente consumirse y morir en los Five Points por haber tomado brebajes de ese tipo en bien de su «salud». Si te veo consumiendo esa medicación, será mejor que te calces un par de guantes de boxeo. Porque no pienso repetírtelo.

Imogene se levantó entonces rápidamente, decidida a demostrarle que no era él quien estaba al control de su vida, sino ella. Se señaló el pecho.

–Seré yo quien decida lo que haya que hacer con respecto a mis medicaciones. No tú. ¡Yo!

–Eso ya está decidido. He hablado con él. Sabe ya que si vuelve a acercarse a ti o intenta administrarte esos bálsamos suyos, le aplastaré la cabeza de un puñetazo.

–Pero yo no estuve presente en aquella conversación para formarme una opinión propia.

–Ya, pero yo sí.

–¿Desde cuándo te has convertido en yo misma?

Nathaniel se la quedó mirando fijamente.

–¿Estás discutiendo conmigo? Porque eso no me gusta. Así que te sugiero que dejes de hacerlo de una maldita vez.

Ella se esforzó por no ponerse a tartamudear, pese a que veía acercarse el tartamudeo como consecuencia de la airada angustia que la invadía. Se concentró en pronunciar bien cada palabra, de la manera más precisa posible, para evitar atropellarse.

—Creo que-que-que este es el meollo del asunto, y no-no-no que tú te creas con la razón o no. Me tomaré esa medicina so-so-solo para demostrarte quién ma-ma-manda en mi vida.

Vio que un músculo se tensaba en su mandíbula, furioso.

—Atrévete.

—Ma-ma-mañana a las cuatro de la tarde —alzó la barbilla—. En el-el-el salón. Te espero allí.

Al cabo de un largo y tenso silencio, Nathaniel masculló:

—Tú y yo estaremos en Jackson's. Mañana tenemos entrenamiento todo el día. ¿O es que te habías olvidado?

Ella se lo quedó mirando fijamente. Sentía cada vez más lejos aquella sensación de serenidad que tan desesperadamente anhelaba.

—No hay razón para que sigas tomando ese maldito brebaje, Imogene —continuó él—. No padeces absolutamente ningún mal físico. ¿O es que no lo sabes?

Apretó los ojos con fuerza y se tapó los oídos con las manos, negándose a seguir escuchándolo por más tiempo. Tartamudeaba. Ese era su mal. Y anhelaba desesperadamente que aquella estúpida medicación se lo curara. Solo que eso no sucedía nunca. Y detestaba reconocerlo. Detestaba con todas sus fuerzas saber que siempre, siempre correría el riesgo de parecer y quedar como una estúpida.

De repente la cama se movió y una mano la agarró de la muñeca.

—Imogene.

Sobresaltada, abrió los ojos y vio a Nathaniel muy cerca, inclinándose sobre ella.

La estaba mirando fijamente.

—¿Necesitas que me quede a dormir contigo esta noche? Puedo hacerlo.

Sorprendida por su preocupación, parpadeó con rapidez y sacudió lentamente la cabeza.

—Yo... No.

Él suspiró.

—No puedo haberte hecho enfadar hasta el punto de que te hayas puesto a tartamudear. No es justo. ¿Y si tú y yo llegamos a un acuerdo con respecto a tu medicación?

Ella tragó saliva.

—¿Qué clase de... acuerdo?

—Pasa dos meses sin probar la medicación a ver cómo te sientes. Si decides que todavía la necesitas pasado ese plazo, llamaremos a otro médico. No al doctor Filbert, sino a algún otro que pueda darte un diagnóstico más ecuánime. ¿Crees que podrás aceptar eso?

Algo aturdida por aquel inesperado gesto de flexibilidad, asintió levemente.

—Yo... Sí. Podré. Puedo dejar de tomar la medicina a partir de mañana. Te concedo dos meses y... luego decidiré.

—Me alegro de escucharlo —él se apartó de la cama—. Si me necesitas, no tienes más que llamarme —después de sostenerle la mirada durante unos segundos, se volvió para dirigirse hacia la puerta. Y salió, cerrándola suavemente a su espalda.

Como siempre, Imogene nunca sabía qué esperar de aquel hombre. Era extremadamente terco y duro y, sin embargo, conmovedoramente tierno cuando ella deseaba que lo fuera. Volvió a tumbarse lentamente en la cama y acunó la mejilla en la templada suavidad de las sábanas. Era bastante posible que ya se hubiese dejado encandilar por aquel boxeador.

Y eso podía complicar las cosas.

Capítulo 18

La mañana siguiente

Nathaniel tenía ganas de pegar a alguien, sabiendo como sabía que ya se había formado un grupo de periodistas en la puerta de la casa con plumas y cuadernos en mano. ¿Desde cuándo había dejado de ser dueño de su propia vida?

Desde que conoció a Imogene. Maldijo para sus adentros.

Deteniéndose al pie de la escalera principal, golpeó la pared con el dorso del puño hasta que le ardió la mano.

–¡El carruaje y yo llevamos esperando quince minutos! –la llamó, alzando la voz, para que pudiera oírlo–. ¿Vamos a ir a Jackson's o no? –miró el reloj de pared que había al fondo. Puso los ojos en blanco–. ¡Arriba también hay un reloj! ¡Lo vi anoche!

–No hay necesidad de que grites como el salvaje que

eres —lo reprendió Imogene desde lo alto de la escalera—. Tenemos tiempo y solo tardaremos veinte minutos en llegar allí si evitamos Park Lane.

Nathaniel alzó la mirada hacia ella.

—Obviamente, el tiempo de una mujer y el de un hombre son...

Imogene bajaba majestuosamente la escalera, luciendo un impresionante vestido de encaje color lila que, más que complementar su figura, parecía personificarla. Las amplias faldas se balanceaban rítmicamente al compás de sus elegantes movimientos. Llevaba incluso un bonete de forma oval, ribeteado de flores de seda blancas y cintas de satén también de color lila.

¿Cómo diablos iba a luchar él o cualquier otro boxeador de Jackson's con tanto satén y tanto encaje a la vista?

Plantándose desafiante ante él, alzó la barbilla y sonrió.

—¿Cuento con tu aprobación?

—La aprobación es una cosa. Ser práctica es otra cosa completamente diferente. Vas demasiado vestida.

Ella bajó la barbilla.

—¿Demasiado vestida?

—¿No es eso lo que acabo de decir? Vas emperifollada.

Imogene se miró.

—Yo pensaba que el vestido era bonito.

Un personaje: eso era lo que era. Un personaje que ojalá no le hubiera gustado tanto.

—Es bonito, claro. Pero no es eso lo que estoy intentando decirte.

Ella alzó la mirada hacia él.

—¿Qué es lo que estás intentando decirme?

—Que vas demasiado vestida, insisto. Si llevaras un poco más de encaje, probablemente estaríamos en condiciones de abrir una mercería.

Ella suspiró.

–¿Qué se supone que tengo que llevar, entonces?

–No lo sé... quizás algo con un poco menos de... –señaló rígidamente los lazos y flores de seda que llevaba–, parafernalia femenina.

–Pero todo lo que tengo es femenino. Soy una mujer.

Él se la quedó mirando fijamente.

–Imogene. El sudor de los hombres inundará la habitación. ¿O es que no lo sabías?

–Por supuesto que lo sé –sacó un pañuelo de encaje de su retícula y lo blandió ante él–. Es por eso por lo que me llevo esto.

«Oh, Dios», exclamó Nathaniel para sus adentros.

–Eso apenas serviría para enjugarme el dedo corazón.

Ella frunció los labios.

–Tu dedo corazón no es tan grande.

Él le arrebató el pañuelo y se lo guardó en un bolsillo del pantalón.

–Si lo necesitas, ya sabes dónde encontrarlo.

–No puedes quedártelo.

–Pues lo haré. Te diría que te cambiaras, pero no tenemos tiempo –señaló la puerta con el pulgar–. Y ahora muévete. Antes de que lleguemos tarde.

Después de echarse el chal sobre los hombros, Imogene se inclinó hacia él con un brillo malicioso en sus ojos color avellana.

–Sé por una fuente... bastante fiable, por cierto... que tu esposa pretende convertirte en un campeón de boxeo. Así que, hagas lo que hagas, no la decepciones dando un traspié por culpa del pañuelo de encaje que llevas en el bolsillo del pantalón –haciendo ondear las cintas de su bonete, procedió a pasar de largo ante él–. Y ahora vámonos. Vos, señor, nos estáis retrasando.

Todo en ella le hacía desear agarrarla y sacudirla de los hombros. Con fuerza. Giró de golpe y trotó hacia la puerta.

–Antes de que nos vayamos –dijo, cerrándole el paso y apoyándose en la puerta–. Hay periodistas y gacetilleros esperando ahí fuera. Harán preguntas sobre mí y sobre los combates previstos, la mayoría de las cuales no pienso responder. Solo nos detendremos el tiempo necesario para no parecer groseros. Yo responderé a cuatro preguntas y nos marcharemos. ¿De acuerdo?

Ella lo miró.

–Yo no tendré que hablar con ellos, ¿verdad?

Apartándose de la puerta, Nathaniel le tomó la mano.

–No. De hecho, prefiero que no digas nada. Los gacetilleros tienen tendencia a ser agresivos. Así que no les des oportunidad de que te líen.

Ella asintió con expresión repentinamente atemorizada.

–Imogene –le sacudió la mano–. No dejaré que te suceda nada malo. Soy boxeador, ¿recuerdas?

–De acuerdo –repuso, ya más relajada.

–Y ahora vamos –abriendo la puerta, enganchó su brazo con el suyo y salieron al día luminoso y soleado.

–¡Lord Atwood! –varios hombres ataviados con gruesos abrigos y gorros de castor, que habían estado concentrados al pie de la barandilla de hierro que separaba el jardín de la casa de la calle empedrada, se acercaron apresuradamente–. Lord Weston nos aseguró que estaríais dispuesto a contestar varias preguntas.

Estaba empezando a detestar a Weston.

–Seguro que lo hizo –apretó el brazo de Imogene, suplicándole en silencio que se mantuviera tranquila, mientras descendían las escaleras de la entrada para enfrentarse al grupo–. Lamentablemente solo dispongo de tiempo para cuatro preguntas, caballeros. Mi esposa y yo tenemos un compromiso.

El periodista de mostachos que se hallaba más cerca se inclinó hacia él para preguntarle rápidamente:

—Anoche, en Cardinal's, Norley anunció públicamente que dado que vuestra esposa va a ser vuestra patrona, no duraréis más de unos pocos asaltos. Que sois un mantenido y que vuestro matrimonio es una farsa. ¿Qué tenéis vos que decir a eso?

Nathaniel esbozó una sonrisa irónica, consciente de que Norley estaba desesperado por hacer declaraciones públicas.

—Norley debería dedicar más tiempo a entrenarse y menos a hablar. Si parezco un mantenido, estoy orgulloso de serlo. Siguiente pregunta.

Otro hombre se abrió paso entre sus colegas.

—Hay gente que afirma que os estáis haciendo pasar por el heredero perdido de lord Sumner a efectos únicamente publicitarios. ¿Es eso cierto?

Nathaniel miró ceñudo al periodista.

—Ojalá la publicidad significara tanto para mí. Más preguntas.

—¿Desde cuándo un aristócrata se mezcla con el mundo del boxeo profesional? —inquirió otro, tenso.

Nathaniel se volvió hacia el hombre.

—Yo no me tengo por un aristócrata, caballeros. Y ciertamente no me he criado como uno. Viví en las calles y apenas tenía lo suficiente para pagarme la ropa y la comida. Fue el boxeo lo que me mantuvo vivo. Y es por eso por lo que sigo practicándolo. Siguiente y última pregunta.

Un hombre bajo y fornido, de cara redonda, gritó:

—Circula el rumor de que os habéis estado relacionando con Harriet Wilson a horas poco convencionales. ¿Sois acaso su último protector? ¿Y qué es lo que tiene que decir vuestra recientísima esposa al respecto?

Fue esa vez Imogene quien le apretó el brazo a él, mirándolo con expresión sobresaltada.

Odiaba a los gacetilleros. Pero todavía más que a los gacetilleros, odiaba que Imogene pensara en aquel momento que estaba retozando con otras mujeres. Una mujer celosa nunca era una mujer feliz, y él tenía que concentrarse en el inminente combate con Norley.

Soltando el brazo de Imogene, se acercó al periodista que le había gritado la pregunta, lo levantó en vilo por las solapas del abrigo y, con un violento empujón, lo propulsó hacia atrás con su gorra de castor volando por los aires.

—¿Responde esto a su pregunta? —masculló—. Mi esposa cuenta siempre y en cada momento con mi completa atención. Es una regla particular. Respétela usted —y, volviéndose hacia Imogene, la agarró firmemente de la cintura para llevarla al carruaje que los estaba esperando—. Más preguntas como esta última, caballeros —gritó por encima de su hombro—, y me aseguraré de romperles algo más que sus plumas. Cíñanse al boxeo, que no a mi condenada vida personal.

Unos apresurados pasos y una última pregunta resonó entonces en el aire.

—¿Asistirá vuestro padre a algún combate?

Nathaniel estuvo a punto de girarse de golpe para lanzarse contra el autor de la pregunta, pero sabía que, si lo hacía, acabaría probablemente en Scotland Yard. Se había abierto paso en la vida a fuerza de codazos y, en aquel momento, era la vida la que lo estaba avasallando a él. Y aunque había intentado hacer lo correcto para con su madre y su hermana no implicando a su padre, ni matándolo, la realidad era que, en su intento por mejorar su vida, estaba ventilando todos sus secretos delante de los chismosos gacetilleros de todo Londres. A pesar de lo que le reservara su camino hacia la conquista del título, sabía que estaba harto de inclinarse ante su pasado. Había llegado la hora de que su pasado se inclinara ante él. Y era lo que iba a ocurrir.

Metió primero a Imogene en el carruaje y subió él mismo, cerrando de golpe la portezuela. En seguida se derrumbó sobre el asiento tapizado, frente a ella, y dio la orden de marcha al cochero con unos golpes en el techo.

Desaparecidos los rostros de los periodistas una vez que se cansaron de correr tras el coche, se recostó en el asiento, con un suspiro. Aquello era solo el principio. Ni siquiera había tenido lugar el primer combate.

De repente experimentó una opresión en el pecho. Ni siquiera se había dado cuenta de que estaba sentado en el exiguo interior del carruaje... Dios, siempre había algo. Detestaba la manera en que se le ponía la carne de gallina. Había veces que era capaz de sobreponerse y fingir que los espacios pequeños no le molestaban, mientras que otras veces... como aquella... eso no solo le molestaba, sino que le daba náuseas.

Maldijo para sus adentros. Se mordió el puño con fuerza e intentó concentrarse en algo. Lo que fuera.

Imogene se puso a observarlo con atención.

—¿Qué te pasa?

Nathaniel intentó tragarse el nudo que le subía por la garganta, esforzándose todo lo posible por no mecerse hacia delante y hacia atrás.

—Nada. Estoy bien.

—No lo pareces.

Nathaniel intentó mirar por la ventanilla mientras se recordaba que poseía los medios necesarios para superar aquel estado.

—Es simplemente que no me gustan los espacios pequeños. Una vez que me baje del carruaje, estaré bien. Tú sigue sentada con los ojos cerrados durante todo el tiempo y no me hables siquiera.

Ella vaciló.

—Dime cómo puedo ayudarte.

Él alzó entonces la cabeza y se concentró en su dulce mirada. Una curiosa sensación de paz lo invadió al saber que estaba sinceramente preocupada por él. Por él, que no por el cuarto de millón de libras. Por él.

Ella sonrió y le tomó las manos entre las suyas.

—Ya parece que tienes mejor aspecto.

Nathaniel asintió, sin decir nada.

De repente ella arqueó una ceja, con expresión juguetona.

—¿Quién es Harriet Wilson?

Nathaniel resopló ante aquel inesperado pero bienvenido tópico de conversación y se inclinó hacia ella.

—Si lo supiera, habría respondido a la pregunta. Los gacetilleros son famosos por intentar aumentar el interés de sus historias a fuerza de imaginación. Vete acostumbrando a ello.

Imogene asintió, sacudiendo las cintas de su bonete, y continuó sosteniéndole la mirada.

Él procuró concentrarse en ella y solo en ella.

—Distráeme del hecho de que todavía sigo encerrado en este maldito carruaje. ¿En qué estás pensando?

Ella estiró una mano y le tocó un brazo.

—En ti. ¿Qué es lo que tiene este carruaje para que te sientas tan incómodo?

Él se removió en el asiento, consciente de que había algunas cosas que sería incapaz de ocultarle en lo sucesivo.

—Me encerraron un sótano durante mi cautividad. Y a veces tengo la sensación de que todavía... de que todavía sigo en él.

Ella lo miró con expresión sobresaltada.

—¿Un sótano? Nathaniel, ¿por qué te encerraron en un sótano?

Se tensó.

—Imogene. Hay algunas cosas de las que simplemente no deseo hablar. Y esta es una de ellas. Sobre todo ahora.

Ella asintió, frotándole suavemente el brazo

—Disculpa. Lo entiendo.

Dios. Anhelaba tocarla como la noche anterior, pero nunca más sería capaz de volver a hacerlo. No después de haberla atado y desflorado como si fuera un objeto de su propiedad.

Se aferró con todas sus fuerzas al asiento como para evitar pensar en lo que había hecho.

—Deja de tocarme. Por el amor de Dios, para.

Ella retiró la mano.

—Perdona.

Se recolocó el abrigo, disgustado consigo mismo por desearla tanto. Se había engañado estúpidamente a sí mismo al pensar que podría fornicar con ella y luego olvidarse. El problema era que algo había sucedido en el instante en que la poseyó. Algo que nunca le había pasado antes. Había empezado a desearla de más maneras.

La deseaba de todas las maneras posibles.

Aquello se estaba convirtiendo en algo más que una simple atracción o la cláusula de un contrato de negocios. Le gustaba demasiado. Lo cual era un problema. Porque estaba empezando a caer en algo que se había jurado evitar por el resto de su vida: la pasión. Sabía lo que la pasión le hacía a la gente. La destruía.

Tenía que evitar vincularse más con aquella mujer. Estaba acostumbrado a distanciarse de la gente. Llevaba toda la vida haciéndolo. ¿Qué significaba una persona más?

Se sintió morbosamente aliviado cuando el carruaje se detuvo y Jackson's apareció al otro lado de la ventanilla.

Imogene se quitó su bonete, doblando las cintas de satén, y lo dejó cuidadosamente en el banco a su lado. Efectivamente, iba demasiado vestida. Porque al otro lado de la sala, Nathaniel y otros nueve hombres, incluido el señor Jackson, procedieron a quitarse camisas y chalecos.

Frunció los labios, incómoda al ver a tantos hombres desnudándose a la vez. Se le encogió el estómago y la garganta empezó a arderle.

Algunos de los jóvenes sonreían como si fueran conscientes de su desnudez y, de manera deliberada, buscaran colocarse de manera que exhibieran mejor sus musculosos cuerpos.

Los hombres resultaban tan irritantes...

Tan pronto eran tremendamente humanos como, al momento siguiente, no.

Nathaniel era un buen ejemplo de ello. No la había mirado ni dirigido palabra alguna desde que descendieron del carruaje. Era como si ella hubiera cesado de existir ahora que habían entrado en su dominio. El reino del boxeo.

Jackson gritó en ese momento a los hombres:

—El señor P. Egan nos hará una visita esta semana, dada la cercanía del campeonato. Impresiónenle, caballeros, y la gloria de sus comentarios, con su correspondiente popularidad, será suya.

Imogene arqueó las cejas. ¿El señor P. Egan? Vaya, conocía ese nombre. Había estado leyendo las anotaciones de aquel hombre sobre el boxeo en el estudio de Henry, en un esfuerzo por entender mejor el negocio en el que estaba invirtiendo. Se irguió en su asiento, sintiéndose inusualmente satisfecha consigo misma por saber algo sobre boxeo.

—Y ahora empecemos —gritó Jackson, y se volvió hacia Nathaniel—. Nos concentraremos en el combate contra Norley. Norley siempre golpea a la cabeza. Las sienes en particular, aunque es más famoso por romper mandíbulas. Así que sigamos su juego.

Jackson procedió a encajar un gran guante de cuero en cada mano de Nathaniel, atando y anudando bien las cuerdas que lo sujetaban. Los demás hombres de la sala se apresuraron a recoger los guantes que estaban colgados de una pared de la habitación.

Nathaniel se plantó frente a Jackson, alzando los guantes. Todos los hombres se buscaron también sus parejas de entrenamiento. A la voz de orden de Jackson, todo el mundo empezó a moverse.

Cada vez que se golpeaban unos a otros con aquellos enormes guantes de cuero, Imogene se encogía como si la estuvieran pegando a ella. ¿En qué momento habían concebido los hombres la horrible idea de que golpearse hasta hacerse sangre era un deporte aceptable?

«Un cuarto de millón de libras», recitó para sus adentros. «Un cuarto de millón». Necesitaba recordarse por qué estaba en aquel instante viendo a una serie de hombres pegándose entre sí.

Contemplaba fijamente la escena, incrédula ante la saña con que se atacaban todos. Especialmente Nathaniel. Con el pelo negro despeinado y cada vez más húmedo de sudor, los ojos ferozmente entrecerrados y su enorme y musculoso cuerpo hinchado y tenso, parecía que había perdido hasta la última gota de humanidad.

No era el mismo hombre.

Avanzó hacia delante, concentrado, y dirigió un rápido golpe a un flanco de Jackson, arrancando una mueca de horror a Imogene. Jackson avanzó también con la misma celeridad, gritando al mismo tiempo una orden y soltando un gancho que impactó en la sien de Nathaniel.

Ahogó un grito de terror cuando Jackson volvió a golpearlo en la cabeza. Alzó las manos y se tapó los ojos, con el corazón acelerado de pura incredulidad por la brutal manera en que estaba siendo golpeado su marido.

Oh, Dios. Y aquello no era más que un entrenamiento. Nada que ver con los combates por el título.

Gruñidos y rápidos golpes resonaron a su alrededor en una especie de brumoso remolino. Fue entonces cuando se dio cuenta de algo.

Nathaniel podía resultar herido. Gravemente.

Capítulo 19

*Fue necesario algo más que poderío físico, para actuar
en tan franca oposición a la naturaleza, así como una notable ingenuidad como compañera de aquella fuerza, lo
que le permitió rebajar a su oponente a su propio nivel.*

P. Egan, *Boxiana* (1823)

Tarde

Imogene se volvió hacia la puerta cerrada de su dormitorio y se apoyó en ella, escuchando atentamente cómo los
pasos de Nathaniel desaparecían por el pasillo rumbo a su
dormitorio. Apretó con fuerza las palmas contra la suave y
cálida madera mientras se esforzaba por tragar el nudo que
le atenazaba la garganta.

Tras una breve cena, y un intercambio aún más corto
de palabras sobre ningún tema en particular, él insistió en
retirarse temprano a la cama. Era como si hubiera perdido
todo interés por ella como mujer. Ni siquiera intentó tocarla. Ni una sola vez.

¿Sería porque había sido incapaz de verlo luchar y, estúpidamente, había permanecido sentada cubriéndose el
rostro con las manos pese a que ella era la única que estaba

invirtiendo en cada golpe? ¡Valiente patrona era! Lo que había empezado como un mero acuerdo se había metamorfoseado en unos sueños de realización que nunca serían los mismos una vez que se hicieran realidad.

Un golpe en la puerta la hizo dar un respingo. Cuando se apresuró a abrirla, se quedó decepcionada al descubrir que no era más que su doncella dispuesta a asistirla para acostarse. Y no Nathaniel.

Media hora más tarde, después de que su doncella terminó de quitarle el corsé y de recoger toda su ropa, dejándola vestida únicamente con el camisón, Imogene se apartó de la puerta cerrada.

Resultaba obvio que Nathaniel no iba a acudir a visitarla. Acercándose al tocador, se sentó frente a él medio aturdida y se inclinó sobre el aguamanil de porcelana. Tras hundir las manos en el agua fresca, y recoger una pastilla de jabón, se lavó y frotó la cara y el cuello. Luego, usando la toalla doblada que le había dejado la doncella, procedió a secarse.

Reprimiendo un escalofrío, se acostó apresurada, se envolvió en las sábanas y se quedó mirando las temblorosas luces y sombras que las velas dibujaban en el alto techo.

Seguía como aturdida. La sesión de entrenamiento la había sumergido en una realidad que ni siquiera había imaginado.

Nathaniel podía resultar gravemente herido.

Apretó los ojos con fuerza y soltó el aire lentamente. Su propia mente iba a comérsela viva. Necesitaba hablar con él. Si no, sería incapaz de dormir.

Abriendo los ojos, se levantó y sacó las sábanas para envolverse en ellas. Caminó luego descalza hacia la puerta, la abrió y abandonó el dormitorio.

Al final del pasillo, bajo su puerta, distinguió una rendija de luz. Se mordió el labio y se dirigió hacia ella hasta que llegó a la puerta de su habitación. Alzó la mano para llamar, pero de repente se detuvo y retrocedió.

De alguna manera, temía admitir que ya lo quería. Principalmente porque sabía que aquel afecto nunca sería recíproco. Eran demasiadas las cicatrices que cubrían su cuerpo y su alma.

Provista de la alarmante certidumbre de que, de alguna forma, encontraría las palabras adecuadas que pronunciar, volvió a levantar la mano y llamó. Se hizo un silencio y oyó luego un rumor de pasos acercándose a la puerta. Envolviéndose con mayor fuerza en las sábanas, experimentó un arrebato mezclado de entusiasmo y de miedo, consciente como era de que iba a volver a verlo.

La puerta se abrió y la luz bañó el pasillo.

Parpadeó, deslumbrada.

El negro cabello despeinado le tapaba los ojos y, aunque llevaba la bata de casimir fuertemente atada a la cintura, el cuello abierto dejaba a la vista su poderoso cuello y el comienzo de su pecho desnudo. Y luego estaba su rostro. La magullada mandíbula y los pómulos cubiertos de moratones, resultado de su entrenamiento con Jackson.

Tragó saliva. ¿Qué tenía de malo que lo quisiera más, mucho más de lo que originalmente habían acordado?

Los ojos azules de Nathaniel recorrieron su figura al tiempo que enarcaba las cejas.

—¿Pasa algo malo?

¿Cómo podía fingir que su rostro y su cuerpo no habían sufrido ningún daño?

—¿Puedo entrar?

Él apoyó una mano en el marco de la puerta, inclinándose sobre ella y bajando el mentón.

—No. No estoy interesado en comprometerme más contigo. Eso se ha acabado.

La manera en que lo dijo le aceleró el pulso. ¿Qué quería decir eso?

—Yo no pretendía… —no podía decirlo.

Nathaniel seguía mirándola con expresión imperturbable.

—¿Qué pretendías entonces?

Parecía que no iba a ponérselo fácil.

—Necesito hablar contigo.

—Entonces habla.

—¿Hay alguna manera de que libres menos combates?

Él la miró.

—No si estamos hablando de conquistar el título.

Ella aferró con mayor fuerza la sábana.

—Estoy preocupada —admitió.

—¿Qué es lo que te preocupa?

—Tú.

Él arqueó las cejas.

—Cuanto más pienso que puedes resultar herido en un combate, más miedo tengo. Y yo no quiero eso.

Nathaniel se apoyó en el marco de la puerta.

—Te sugiero que no te preocupes y que vuelvas a tu habitación. Ha sido un día largo.

Ella le lanzó una mirada exasperada.

—¿Me crees incapaz de sincera preocupación después de lo que he visto hoy? El señor Jackson se ha ensañado de manera irresponsable contigo. Golpeándote la cabeza como… como si fueras una… una pelota en un partido de croquet. Se suponía que eso debía ser un entrenamiento. No una introducción a una crucifixión al estilo romano.

Una ronca carcajada escapó de la garganta de Nathaniel mientras se acentuaban las arrugas que rodeaban sus ojos.

—El sentido de un entrenamiento es estar preparado. Los

combates verdaderos, ricura, son efectivamente una forma de crucifixión. En el *ring* mueren hombres todo el tiempo y yo solo pretendo asegurarme de no ser el próximo.

No la estaba ayudando nada.

—Eso no me gusta. Todo esto no me gusta nada.

Él se acercó a ella, aparentemente cada vez más nervioso.

—¿Puedo preguntarte qué clase de idea tenías del boxeo hasta este día?

—Bueno, yo…

—¿Qué? ¿Que esto iba a ser como coser y cantar?

—No. Yo sabía lo que entrañaba el boxeo. Has de saber que leí entero el libro del señor P. Egan sobre el asunto. Y más de cuatro de veces.

—¿De verdad?

—Sí. Es solo que…

—¿Tú qué? Nos casamos para que tú pudieras verme hacer esto mañana, tarde y noche. Todo lo que estamos haciendo mañana, tarde y noche tiene dos razones: tú y la posibilidad de ganar un cuarto de millón de libras. ¿Y de repente tú tienes un problema al respecto?

Ella vaciló ante la intensidad de aquella mirada.

—No es que tenga un problema, es solo que… Cuando te vi recibiendo aquellos golpes, yo… de repente todo esto se me hizo demasiado real. Todo esto se me está haciendo demasiado real.

Él deslizó la mano por el vano de la puerta.

—Entonces, ¿qué es lo que me estás diciendo? —su voz y sus rasgos parecieron oscurecerse—. ¿Que hemos terminado? ¿Que vas a retirar tu maldita inversión? ¿Es eso lo que quieres?

—No, yo… —lanzó una rápida mirada al pasillo y volvió a mirarlo a él—. Si hacemos esto, tienes que prometerme que no resultarás herido.

Nathaniel escrutó su rostro.

–Imogene. Esto es el boxeo. Voy a resultar herido. Así que no puedo prometerte lo contrario.

Oírle decir aquello hacía que le entraran ganas de llorar. Henry le había hablado de su talento para el boxeo como si fuera un ser inhumano, una bestia incapaz de sufrir daño alguno. Pero ella se había pasado la tarde entera viendo la brutalidad con que era golpeado.

–Nathaniel, yo… –lo agarró con fuerza de la cintura y tiró frenéticamente de él hacia sí, para enterrarse en su calor. Lo sacudió, intentando desesperadamente hacerle comprender–. Henry afirmaba que eras intocable, así que yo nunca pensé que… Si resultas herido, todo ese dinero no será para mí otra cosa que una maldición. Y ya he vivido suficientes maldiciones en mi vida. No quiero más arrepentimientos ni lamentaciones. No quiero.

Él se había quedado paralizado. Tras respirar profundamente varias veces, sus grandes manos acariciaron lentamente su gruesa trenza, para descender por su espalda.

–No necesitas preocuparte por mí –murmuró–. Estaré bien.

–¿Cómo lo haces? –murmuró.

–¿El qué?

–¿Cómo puedes recibir golpes y simular que no te duele?

Él subió los dedos hasta su cabello.

–Me he pasado la vida entera haciéndolo. Estoy acostumbrado al dolor.

Ella volvió a enterrar la cabeza en su pecho, como apuñalada por aquellas palabras. Pese a que nunca lo decía, aquel hombre llevaba sufriendo toda la vida. Era algo desgarrador. Porque ella, al menos, era consciente de haber vivido muchos momentos felices y gloriosos con su padre, con su madre, con Henry. Sin dolor. Sin conflictos. Su vida no siempre había sido tan mala. Tenía esa sensación, pero no lo había sido.

Él se retiró, soltándole la cintura.

–Vuelve a tu habitación. ¿De acuerdo? Porque la verdad es que no necesito nada de todo esto ahora –se apartó, sin mirarla.

Una enloquecida voz interior le decía que no solo la deseaba sino que la necesitaba, a pesar de sus palabras. Y por muy disparatado que fuera ese impulso, estaba decidida a escucharlo. No era justo que él se estuviera exponiendo físicamente tanto solo porque ella se lo hubiera pedido. O porque hubiera un montón de dinero en juego.

Escabulléndose, penetró en su habitación.

–Voy a dormir contigo esta noche. Y todas las demás hasta el campeonato.

–No. Tengo que concentrarme en el boxeo.

Imogene tragó saliva.

–No te estoy pidiendo que te acuestes conmigo.

–¿Qué me estás pidiendo entonces?

–Simplemente quiero dormir contigo. De esa manera, ninguno de los dos estará solo. ¿Tan malo es eso?

–Solo, estoy perfectamente.

–No te creo. En cualquier caso, me quedo. Y no puedes obligarme a marcharme.

Nathaniel la miró, vacilante. Finalmente suspiró, asintió y cerró la puerta.

Mordiéndose el labio, ella miró el armario abierto donde colgaba toda su ropa y se quedó sorprendida. En el suelo del armario asomaba la esquina de un pequeño libro encuadernado en cuero y atado con un cordón de terciopelo rojo. Tenía un aspecto… femenino. No le cuadraba que perteneciera a Nathaniel.

Parecía como si hubiera intentado ocultarlo a su vista…

sin conseguirlo del todo. Probablemente lo habría estado mirando cuando ella llamó a la puerta.

Él se adelantó hacia el armario, como consciente de cuál era el objeto de su mirada, y se agachó para ocultarlo del todo. Cerró luego las puertas lacadas y se volvió hacia ella, mirándola con expresión distante y ordenándole en silencio que no dijera nada.

¿Pero cómo no podía decir nada?

—¿Quién es ella? —intentó disimular el dolor que traslucía su voz, pero fue inútil.

Él se la quedó mirando fijamente.

—¿Quién?

Señaló el armario que acababa de cerrar.

—Vi el libro con la cinta roja. No finjas que no me he dado cuenta.

Nathaniel apretó la mandíbula, lanzándole una mirada feroz que se abrió paso a través de su aparente indiferencia.

—Si no te conociera mejor, pensaría que estás celosa.

—Quizá lo esté. Quizá esté celosa del hombre al que he entregado mi virginidad —incapaz de contenerse, le confesó—: Desde lo de anoche, no he vuelto a ser la misma. Creo en ello con cada aliento que respiro. En muchos aspectos, he llegado a ser tuya sin pretenderlo. En muchos aspectos, tú has llegado a ser mío.

Nathaniel se quedó callado por un momento, como sobresaltado por su confesión.

—No era mi intención complicar las cosas entre nosotros.

—Pero lo has hecho.

—Ya lo sé. Lo he hecho —se pasó una mano por el pelo y masculló—: es el diario de mi hermana.

Su hermana. La que se había casado con el siempre apacible duque de Wentworth. La que murió. En aquel momento se sintió insensible, inmadura.

–Lo lamento mucho. Yo no… ¿Lo estabas leyendo?

Él desvió la mirada.

–No he sido capaz de hacerlo. No me siento precisamente un hermano modelo.

Ella se le acercó, invadida por la angustia.

–Yo puedo ayudarte a que lo leas, si quieres. Sé lo difíciles que son estas cosas. Yo nunca fui capaz de llevar flores a la cripta de mis padres. Siempre le pedía a Henry que lo hiciera por mí. Finalmente me decidí a hacerlo hace unos años, y aunque fue muy doloroso, me hizo sentir como si los estuviera visitando. Deberías leer las palabras que escribió tu hermana. Eso sería como si la estuvieras visitando a ella, también.

Nathaniel se volvió para apoyarse pesadamente con ambas manos en el mueble.

–¿Qué es lo que quieres de mí, Imogene? ¿Por qué te empeñas tanto en meterte dentro de mí, en mi vida? ¿Qué es lo que esperas encontrar?

Imogene sintió que el estómago le daba un vuelco. Resultaba obvio que no estaba acostumbrado a que lo quisiera la gente.

–¿No estás acostumbrado a que alguien desee, genuinamente, entrar a formar parte de tu vida?

Él se apartó entonces del armario para girarse hacia ella, con un músculo latiendo en su amoratada mandíbula.

–No. En realidad, no. En mi opinión, cuando tu propio padre te da la espalda, eso significa que cualquiera puede hacerlo. He aprendido a manejar las cosas con sencillez y a distancia. Es mejor así. Y, lo que es más importante, es mejor para mí.

Imogene se encogió por dentro al escuchar aquellas palabras. Ella siempre había tenido la suerte de contar con el apoyo de su familia. A pesar de que, en aquel momento, el único familiar que le quedaba era Henry.

—Yo nunca te daría la espalda. Tú y yo somos amigos.

La expresión de Nathaniel permanecía distante.

—Yo no sé lo que somos.

—Yo sé que somos amigos. Hemos compartido lo suficiente para serlo. ¿O no?

Él cuadró los hombros, pero no dijo nada.

Imogene tragó saliva, consciente de que aquel hombre necesitaba entender que ella sinceramente lo quería. Porque así era. Y resultaba obvio que eso era algo que no había escuchado muchas veces en su vida.

—Me engañaría a mí misma si te dijera que todo lo que he hecho hasta ahora, incluido entregarte mi virginidad, ha sido por ganar un cuarto de millón de libras. Esta tarde, mientras veía cómo te golpeaban, lo que sentí en aquel momento fue algo que ningún dinero podría comprar. Un sentimiento de genuina preocupación por ti. Y lo sigo sintiendo. Quiero que lo sepas. Me gustas. Mucho. Y me preocupo por ti. Mucho. Más de lo que probablemente debería reconocer.

Los duros rasgos de Nathaniel se suavizaron notablemente, al tiempo que la mirada de aquellos ojos azul hielo.

—Métete en la cama. Es tarde.

Ella se aferró a la sábana en la que se envolvía, intentando equilibrar no ya el peso de su cuerpo, sino el torbellino de sus pensamientos. Asintió e inspiró profundo varias veces. Sabía que en el instante en que se metiera en su lecho estaría haciendo mucho más que entregarle su cuerpo. Entregaría su corazón a un hombre que, evidentemente, necesitaba uno.

Nathaniel sabía que dejar que Imogene entrara en su habitación y en su cama era un error. En aquel momento parecía la misma imagen de un sueño, envuelta de los hombros a los pies en aquella sábana de color marfil, con su camisón asomando debajo. Su hermoso rostro resplandecía con el incipiente rubor que había acompañado sus palabras, con aquel precioso cabello rubio y trenzado que lo tentaba a saborear el poco tiempo que le restaba de estar con ella. Porque aquellos cuatro meses iban a pasar en un suspiro y él no quería comprometerse más con ella. Y, sobre todo, consciente como era de que nadie le había regalado nunca la cantidad de paciencia, comprensión y respeto que ella le había dedicado. Lo hubiera hecho por un cuarto de millón de libras o no.

—Métete en la cama —dijo de nuevo.

Imogene asintió y, sirviéndose de uno de los postes, subió a la cama. Él se fue acercando al lecho, contando cada paso para no abalanzarse de golpe sobre ella. El sexo no era una buena idea. No cuando todas las fronteras que separaban el placer, la necesidad, la huida, el anhelo y el sentimiento se estaban ya desdibujando en su cabeza como un sueño del que no podía escapar. Apartó las sábanas y se tendió a su lado. Suspirando profundamente para serenarse, se recostó en las almohadas con la intención de relajar su dolorido y agotado cuerpo tras un día infernal.

No apagó las velas. Nunca lo hacía. Siempre las dejaba arder, ya que nunca le había gustado dormir a oscuras.

La mano de Imogene, seguida de su brazo desnudo, surgió entonces de debajo de las sábanas para rodear su cintura. Acto seguido, se acurrucó contra él.

Aquel contacto y la manera en que se apretaba contra su cuerpo, como si fuera suya, le provocó una corriente de ardiente calor que incendió el mismo centro de su ser. Era como si lo necesitara y deseara a la vez. Su miembro se endureció cuando recordó exactamente lo que aquella mujer era capaz de hacerle.

–Imogene –susurró, luchando contra su necesidad, forcejeando con su deseo. No podía permitirse perder el control, tal y como ella le estaba suplicando que hiciera–. No seré capaz de dormir si me tocas así.

Ella se acurrucó aún más contra él, desprendiendo un leve aroma a perfume, y levantó sus ojos dorados con expresión inquisitiva.

–¿Puedes recibir golpes durante todo el día, pero no una simple caricia por la noche?

No podía fingir que no la deseaba. Porque la deseaba. Y estaba a punto de expresárselo.

–Siéntate.

Ella lo miró sorprendida.

–Yo creía que íbamos a dormir.

–Ya no estoy interesado en dormir.

–Pero yo sí.

–Si quieres dormir, ricura, sal de esta habitación.

–Pero yo no quiero salir de esta habitación…

–Pues siéntate.

–¿Y si no lo hago? –preguntó ella, arqueando una ceja.

–Entonces me veré obligado a dormir en el suelo.

Imogene volvió a mirarlo y se sentó lentamente. Muy lentamente.

–Ya estoy sentada. ¿Y ahora qué?

Aunque todavía le dolían los músculos de resultas del entrenamiento, la alzó en vilo para sentarla a horcajadas sobre él. Luego volvió a recostarse sobre las almohadas y le bajó la sábana hasta la cintura.

–Déjame mirarte.

Sus ruborizados rasgos traicionaron una recatada incomodidad.

–Me estás mirando.

–No de la manera que quiero. Inclínate hacia mí.

Mordiéndose el labio, se inclinó sobre él. La larga trenza rubia le cayó sobre un fino hombro, balanceándose en el aire.

Nathaniel le fue desatando los lazos del camisón lo más tranquilamente que pudo, aunque lo que realmente quería era rasgarlo por la mitad.

Ella se dejaba hacer, en silencio.

Como a él le gustaba.

Apretando la mandíbula, le sacó las mangas del camisón y se lo bajó hasta la cintura, exponiendo aquellos cremosos hombros y aquellos increíbles senos, con aquellos pezones rosados que no había tenido el placer de contemplar cuando la poseyó por primera vez.

Dejó vagar la mirada y también las manos por aquella piel tan fina y perfecta. Todo en aquella mujer lo impulsaba a creer que también la vida podía ser igual de perfecta. El calor empezó a reverberar bajo su piel, ahogando la voz de la razón que resonaba en su cabeza y que le advertía que necesitaba ser tierno, cuidadoso.

Su mirada, que continuaba viajando por aquellos senos, se detuvo al advertir que sus pezones se habían endurecido. Se quedó sin aliento, trastornado todo pensamiento racional.

Su erección presionaba con la tela de su bata y la del camisón que los separaba. Sentándose, se despojó de la bata. La arrojó al suelo, excepto el cinturón.

En aquel momento se hallaba completamente desnudo bajo ella.

—Pon las manos detrás de la espalda.

Ella vaciló.

—¿Y si quiero tocarte?

—No te cederé ese control. Al menos durante el sexo. Y ahora, pon las manos detrás de la espalda.

Así lo hizo ella, sosteniéndole la mirada durante todo el tiempo.

–Solo estoy haciendo esto porque tú lo quieres.

Le encantaba la manera en que se sometía a él, con aquella generosidad, y sin embargo siendo completamente ella misma.

–Lo sé –se inclinó hacia ella y, sirviéndose del cinturón de la bata, le ató fuertemente las muñecas.

Nada más terminar, volvió a recostarse en las almohadas.

Dejándole el camisón a la altura de la cintura, se apoderó con gesto posesivo de un seno, acariciando el duro pezón con la palma. Enredó luego la otra mano en la sábana con la que todavía se envolvía y tiró de ella con fuerza, rasgándola y arrancándola de su cuerpo. Los jirones de tela fueron así a parar al suelo.

Ella se tensó pero no se movió, ni siquiera cuando la mano izquierda de Nathaniel abandonó su seno para deslizarse bajo su brazo, en dirección a la espalda. Sus senos se alzaban y bajaban como si estuviera teniendo problemas para respirar, lo cual él sabía era perfectamente el caso.

La agarró de la cintura.

–Ponme dentro de ti.

Ella vaciló, encendidas las mejillas, y tiró del cinturón que le mantenía las manos inmovilizadas detrás de la espalda.

–No... no puedo.

–Yo te colocaré para que te resulte más fácil. Incorpórate un poco.

Bajando la mirada, se levantó lo suficiente para revelar su gruesa verga asomando bajo el camisón.

Él procedió a enfilar la punta de su miembro y masculló:

–Ahora vete bajando.

Aunque Imogene vaciló, se dejó caer lentamente sobre él.

Un leve siseo escapó de los labios de Nathaniel cuando sintió aquella apretada humedad envolviendo su rígida verga. El placer inundó todo su cuerpo mientras la agarraba de la cintura para guiarla arriba y abajo alrededor de su sexo. La fricción le regaló un mínimo presagio del inminente clímax.

Ella cerró los ojos y echó ligeramente la cabeza hacia atrás, exponiendo su cuello y adelantando sus senos bamboleantes, mientras seguía con las manos atadas detrás de la espalda.

Nathaniel nunca había visto una imagen tan erótica. Deslizó los dedos hacia arriba y abajo por la fina superficie de su interminable, gloriosa piel. Volvió a agarrarla de la cintura y percutió contra ella, incapaz de mostrarse tranquilo o tierno.

Ella basculó entonces hacia delante, pero él la sostuvo para volver a colocarla erguida, en posición. Advirtió en seguida su asustada mirada.

—No te he hecho daño, ¿verdad? —susurró ella.

Dios, le estaba desgarrando el corazón a pedazos. Un corazón que él no había sabido que tenía. Y que le estaba entregando, porque ella así lo deseaba y porque acababa de preguntarle si le estaba haciendo daño… ¡a él!

—No. No me has hecho daño —apretando la mandíbula, alzó las caderas para ir al encuentro de su humedad, incapaz de creer que ella estuviera consintiendo que le hiciera aquello…

La timidez que había descubierto antes en sus ojos de color avellana pareció florecer en un orgullo femenino cuando empezó a moverse contra él. Le incendiaba el alma saber que él era el único que le había hecho aquello.

—Bésame. Con la lengua.

Ella se inclinó hacia él sin dejar de mover las caderas y presionó la boca contra sus labios, para acariciarle lentamente con la lengua.

Nathaniel cerró los ojos y gruñó. Tierna, juguetonamente, le acarició a su vez la lengua con la suya.

Mientras percutía contra ella una y otra vez, deslizó un dedo entre sus cuerpos para tocar el pequeño y sensible nudo escondido en su sexo. Con cada fuerte embate, procedía a frotar sus húmedos pliegues para asegurarse de que lo sintiera todo.

Ella gimió contra sus labios, con sus muslos temblando a modo de respuesta, y lo acarició con mayor frenesí con la lengua, hundiéndose aún más profundamente en su verga en un esfuerzo por equilibrarse dada su postura, con las manos todavía atadas.

Nathaniel podía sentir el delicioso anhelo que iba creciendo dentro de ella mientras sus caderas se movían cada vez más rápidamente contra las suyas, con una urgencia que hizo que le entraran ganas de morderla.

En un determinado momento, la boca de Imogene abandonó la suya y se puso a temblar. Gritó, tensa, y soltó un gemido.

Consciente de que estaba alcanzando el clímax, Nathaniel apresuró sus embates.

Con la sensación de que el mundo estaba a punto de explotar por los devastadores efectos de un placer que no podía esperar para alcanzar, la levantó en vilo en un esfuerzo por apartarla. Pero, para su sorpresa, ella lo montó entonces con mayor fuerza. Sus músculos internos se cerraron con tal fuerza sobre su verga, que Nathaniel cedió a aquella espiral de éxtasis y se vertió en su interior. Una vez que lo hubo hecho, ya no le importó otra cosa que disfrutar de ello. Rabiosamente se hundió aún más profundamente en ella, intentando dilatar las paredes de su cavidad con el impulso de su verga. La sensación de aquella angostura cerrándose sobre él lo colocó en un estado de delirio que destruyó los últimos restos de su mente racional.

—Cristo…

Se derrumbó sobre las almohadas, incrédulo. Manteniéndose todavía dentro de ella, se incorporó para tomarla de la nuca y acercó su rostro al suyo. Frente contra frente, murmuró con tono recriminatorio:

—Si seguimos así, un bebé será algo inevitable —acomodándola contra su pecho, procedió a desatarle las manos. Le masajeó enseguida las muñecas, en un esfuerzo por disipar cualquier molestia que le hubiera causado el cinturón.

Ella lo abrazó rápidamente y se acurrucó contra él.

—Me pregunto lo que sería tener un hijo propio —musitó—. ¿Te lo has preguntado tú alguna vez? ¿Tener un hijo que fuera tuyo?

Lo había dicho como si quisiera tener un bebé. Él intentó no pensar en lo que un hijo podría hacerle a lo que ya tenían, fuera lo que fuera.

—Los niños me ponen nervioso.

—¿Y eso? —lo miró.

Se quedó callado por un momento.

—Son demasiado vulnerables.

Ella sonrió.

—Yo creo que serías un muy buen padre. Fuerte, y sin embargo sensible. Tienes un fondo de compasión en tu carácter que se revela cada vez en los momentos adecuados. Eso es lo que más admiro de ti. Tu compasión.

Ninguna mujer le había dicho aquello, ni lo había notado tampoco.

Imogene lo abrazó con mayor fuerza.

Era la primera vez que sentía que lo abrazaban de verdad. No con el propósito de la seducción, sino con el propósito de la compañía, del cariño. El cariño de verdad.

Era tan extraño… Todo ello. No solo la manera en que lo abrazaba, sino también el hecho de que hubieran estado hablando de niños. Aquella era una parte de su ser en la que nunca se había permitido entrar. Sobre todo teniendo en cuenta lo que a él le había sucedido de niño.

–Imogene –susurró.

–¿Mmm?

–¿Qué estamos haciendo? ¿Qué es esto?

Se hizo un silencio en la habitación. Por unos momentos, lo único que pudo escuchar fue el rumor de sus respiraciones.

–No lo sé –replicó ella con otro susurro–. Pero siento como si te perteneciera. Como si mi lugar estuviera entre tus brazos.

Dios. Le acarició el cabello, consciente de que le estaba dando la misma respuesta que él se estaba dando a sí mismo.

–Necesitamos hablar en serio.

–¿De qué?

–De nosotros. No puedo dejar que pienses…

Ella deslizó un dedo por su pecho y musitó:

–¿Tengo que entender que no quieres que nos relacionemos así?

¿Por qué le dolía tanto oírselo decir de aquella forma?

–Yo no… Yo no estoy preparado para algo como esto –cerró los ojos–. No estoy preparado para entregarme completamente.

El dedo de Imogene continuaba acariciando su pecho.

–Quizá lo único que necesites sea tiempo. Y yo tengo tiempo para darte. Avísame cuando cambies de opinión, que esperaré lo que haga falta.

La fe ciega que traslucía su voz lo impulsó a apretar su abrazo. Era como si estuviera esperando a que se rindiera. Una parte de su ser quería ceder, pero sinceramente no sabía si esa cesión se quedaría en eso o si se transformaría en una obligación o en… algo más. Era incapaz de desentrañar lo que estaba sintiendo. O, más bien, lo que deseaba o no deseaba sentir.

—Si eso llega a ocurrir alguna vez –murmuró–, lo sabrás.

Ella asintió contra su pecho.

Él soltó un suspiro, consciente de que también tenía que hablar con ella sobre su jornada en Jackson's.

—No me importa que asistas a las jornadas de entrenamiento, Imogene –le confesó–, pero no puedo consentir que veas los combates. Si hoy fallé golpes y encajé otros que no debí encajar fue porque no podía dejar de mirarte. Detestaba la manera en que te cubrías el rostro con las manos, porque sabía que yo era el culpable de aquella reacción. Y yo no puedo soportar eso. Si queremos ganar el título, tenemos que concentrarnos en lo que funcionará y en lo que no. Y si tú asistes a los combates, y yo tengo que preocuparme de ti… no funcionará. ¿Lo entiendes?

Ella no dijo nada.

—Haré todo lo que sea necesario para ganar –le recordó él–. No te fallaré.

Imogene asintió levemente, deslizando una mano por su cuello para terminar hundiendo los dedos en su pelo.

—Si te prometo no asistir a esos combates, tú deberás prometerme que encajarás menos golpes.

—Haré todo lo que pueda.

—¿Nathaniel?

—¿Sí? ¿Qué?

—Hoy he dejado de tomar mi medicación.

¿Por qué tenía la sensación de que se lo estaba diciendo porque deseaba que se sintiera orgulloso de ella? La estrechó con fuerza contra su pecho.

—Me alegro de oírlo. Esperemos que los desmayos cesen de una vez.

—Sí. Esperemos –se interrumpió de nuevo–. ¿Nathaniel?

–¿Sí?

–Mañana por la tarde, después del entrenamiento, y de tu baño y de la cena, ¿me subirás al tejado de nuestra casa y bailarás conmigo, como dijiste que harías en la «apuesta endiablada»? Porque eso me gustaría mucho.

¿Cómo podía acordarse de las cosas que le había dicho? ¿Incluso de las cosas que él no quería que recordara?

–¿Es eso lo que quieres?

–Sí.

–Entonces está hecho.

Volvió a acunarla en sus brazos, sin añadir nada más.

Aunque deseaba creer que podría haber muchas más noches como aquella, era de la clase de hombres que se habían criado no creyendo en otra cosa que en golpes. En golpes recibidos. Extrañamente, sin embargo, estaba aprendiendo a creer en algo más. En ella.

Capítulo 20

*Fue un trabajo inmenso, un esfuerzo de lo más arries-
gado y una ciencia superlativa, y que solamente eso le
proporcionara la victoria.*

P. Egan, Boxiana (1823)

*Día siguiente, once y cuarto de la noche
El tejado de Berkeley Square, 18*

Mientras Imogene miraba con expresión soñadora a
Nathaniel, con su rostro en sombras a apenas unos centímetros del suyo, balanceándose ambos, más que bailar,
en silencio bajo el cielo salpicado de estrellas, un extraño
sentimiento de anticipación se apoderó de ella. Uno que
jamás antes había experimentado.

El calor con aroma a jabón que irradiaba su cuerpo duro
y musculoso, y la manera en que la brisa agitaba su cabello todavía húmedo, despertaban un ardiente anhelo en su
alma. La clase de anhelo que, lejos de atreverse a cuestio-
nar, la instaba a entregarse por completo.

En su silencio, su mano enorme abandonó la suya.
Aquel firme brazo rodeó entonces su encorsetada cintura
para atraerla hacia su pecho. La intensidad de su abrasa-

dora mirada parecía atraparla con la misma fuerza que lo hacía su brazo.

La forma en que la estaba mirando, como si realmente la tuviera por la mujer más hermosa del mundo, la hacía gozar con su condición de mujer.

La brisa liberó algunos mechones de su moño, que fueron a caer sobre su mejilla. Él alzó la otra mano para apartárselos suavemente. La acariciaba con la mirada mientras sus dedos resbalaban por un lado de su cuello.

El corazón le atronaba implacable en el pecho, consciente como era de que eso que estaba sintiendo era precisamente amar a un hombre. Sentirse maravillosamente feliz solo de mirarlo.

—Hoy encajaste menos golpes de Jackson —susurró—. Apenas te tocó.

Sus cálidos dedos se movieron para delinearle tiernamente la barbilla.

—Lo intentó —repuso con tono suave.

Ella esbozó una sonrisa.

Un músculo latió en su mandíbula. Lentamente inclinó la cabeza y, con los párpados entornados, concentró la mirada en su boca.

Imogene le ofreció entonces sus labios, esperando.

El cielo nocturno pareció tambalearse.

Sintió el contacto de su boca como si fuera la caricia ardiente de una pluma. Y el contacto de su húmeda lengua delineando morosamente el contorno de su boca, dibujando su labio inferior y luego el superior con lento detalle.

Se tambaleó contra él, cerrados los ojos, disfrutando de la sensación de aquella lengua mientras descendía juguetona hasta su barbilla.

Él la fue guiando hacia la chimenea de ladrillo hasta apoyarla suavemente sobre su rugosa superficie. Soltándola, se apoyó también en la chimenea, a su lado.

—¿Cómo eras de niña?

Imogene abrió los ojos y giró la cabeza para mirarlo, descubriendo que había apoyado su oscura cabeza en el ladrillo y tenía levantada la vista al cielo.

Era como si estuviera intentando conectarse con su alma a través de la contemplación de las estrellas.

—Era una niña rara —respondió—. Siempre estaba apartando los ingredientes de mi plato, para que no se mezclaran. En el momento en que eso ocurría, me negaba a comer. Eso ponía muy nerviosa a nuestra cocinera, te lo puedo asegurar. Siempre clasificaba mis libros por orden alfabético y me disgustaba ver las páginas dobladas o arrugadas. Tenía todas mis muñecas organizadas por el color del pelo y siempre jugaba sola. Así que, para contestar a tu pregunta, era una niña muy rara. Y sigo siendo rara, me parece.

Él se sonrió, inclinándose hacia ella.

—Al menos tú no tienes la manía de atar a las mujeres.

Sintiendo que le ardían las mejillas ante aquel recordatorio sobre su necesidad de atarla cada vez que quería poseerla, Imogene le preguntó:

—¿Todos los hombres hacen eso?

Él volvió a apoyar la cabeza contra la chimenea de ladrillo y se quedó mirando la noche estrellada.

—No.

—¿Por qué lo haces tú?

—Me gusta.

—¿Por qué?

Se encogió de hombros.

—Me gusta estar al mando.

Ella vaciló.

—¿Es que no cedo ante ti lo suficiente?

Una ronca carcajada escapó de su garganta.

—Más de lo que deberías.

–¿Entonces por qué sigues sintiendo la necesidad de atarme?

Su diversión desapareció de golpe y la miró muy serio.

–A ti no te gusta, ¿verdad?

Imogene se encogió de hombros.

–No es eso. Me gustaría ser capaz de tocarte, eso es todo.

Él se removió contra la chimenea.

–Yo nunca me he relacionado con una mujer sin atarle las manos. Llevo haciéndolo desde que tenía dieciséis años.

Ella se lo quedó mirando fijamente.

–¿De veras? Y eso… ¿es normal?

–No –musitó–. Es simplemente que me siento más cómodo cuando estoy al mando. De esa manera, sé que nada puede salir mal.

–¿Y qué es lo que esperas que salga mal?

Se encogió de hombros.

–No puedo explicarlo. Es más bien una sensación. Las ataduras me permiten no pensar en nada más. Me permiten dejarme llevar.

Ella se mordió el labio inferior por un momento y finalmente le confesó:

–No me importa saber que eso te agrada. Te dejaría hacerme lo que quisieras con tal de que te gustara.

Otra ronca carcajada escapó de la garganta de Nathaniel.

–Vaya, ahora necesitaré enseñarte a ser un poco menos sumisa, o pasaremos a los látigos y a las cadenas, o a quién sabe qué más.

Imogene le dio un codazo.

–Tengo algo más de respeto por mí misma que eso. Si me someto a ti es porque quiero. Y solo sexualmente.

–Él chasqueó la lengua.

—Eso no es completamente cierto. Te sometes a mí incluso cuando no quieres. Lo he visto. Me dejas que tome un completo control. Completo.

—Eso no es verdad.

—Lo es. Si yo quisiera desnudarte aquí mismo, en el tejado, sabes que me dejarías.

Ella se lo quedó mirando fijamente.

—No.

Él se apartó entonces de la chimenea y, volviéndose hacia ella, apoyó una mano a un lado de su cabeza.

—¿No? —agachándose, la miró a los ojos y estiró la otra mano para levantarle las faldas del vestido. Sosteniéndole la mirada, fue subiendo la mano por su muslo.

Ella no podía respirar, de la opresión que sentía en el pecho.

Nathaniel continuó subiendo los dedos por la cara interna de su muslo y, sin previo aviso, introdujo uno en el interior de su sexo.

—Ya lo ves. Lo harías. Me entregas el control constantemente.

Ella se quedó sin aliento, apretando las manos contra la rugosa superficie del ladrillo. Su cuerpo entero latía de anticipación y le temblaban las piernas en su esfuerzo por sostenerse.

—No estás siendo justo.

Él suspiró.

—La vida no es siempre justa —retirando el dedo y la mano, volvió a bajarle las faldas. Para su asombro, la obligó a darse la vuelta y, apoderándose de sus manos, se las alzó por encima de la cabeza para apoyarlas sobre la chimenea de ladrillo—. Mantén las manos así. Y no te muevas.

Acto seguido, Imogene sintió de nuevo el contacto de aquellos dedos en la espalda mientras procedían a desabrocharle el vestido, desde los hombros hasta la cintura.

Incrédula, jadeante, se volvió para mirarlo.

—¿Qué estás haciendo?

—Desnudándote. ¿No es obvio? —terminó de desabrocharle el vestido y, retirándole las manos del ladrillo, le sacó las mangas para descubrir el corsé y la camisola que llevaba debajo. Con un rápido tirón, le bajó luego las faldas de manera que la prenda entera cayó finalmente a sus pies.

Ella se quedó sin aliento, mirando a su alrededor los otros tejados en sombra y las incontables ventanas iluminadas por las velas. Intentó agacharse para recoger el vestido.

—¡Esta no es manera de demostrar tu argumento!

Pero él estaba pisando el vestido con sus botas, de manera que le resultó imposible recogerlo del suelo.

—El mundo real no regala favores, Imogene.

Ella lo maldijo por haberle hecho tomar conciencia del poco control que tenía sobre sí misma.

—Ya me lo has dejado claro. ¿Puedo recuperar mi vestido?

Nathaniel se inclinó hacia ella.

—Demuéstrame que no te gusta lo que te estoy haciendo. No me digas que no te gusta. Pelea por recuperar tu vestido. Vamos. Pégame. Haz lo que necesites para recuperarlo.

Ella alzó la barbilla, con el corazón acelerado.

—No voy a pegarte. Por mucho que quiera recuperar mi vestido.

—¿De veras? ¿Y si yo hago esto? —empezó a girar la bota sobre el vestido, aplastándolo contra el suelo.

Imogene lo señaló con el dedo, incrédula.

—¡Estás arruinando la seda! Es mi vestido favorito.

—¿Crees acaso que me importa? —le sostenía la mirada, sin levantar la bota—. ¿Qué vas a hacer al respecto? —y procedió a pisar el vestido también con la otra bota.

El mundo entero estaría probablemente contemplándolos. Y con ella en camisola, durante todo el tiempo. Empujándolo con fuerza, desesperada por que dejara de pisarle el vestido, puso en acción todos sus músculos en su esfuerzo por apartarlo.

Solo que él no se apartaba.

Lo cual la enfureció todavía más. Apretando los dientes, tomó impulso y le propinó un codazo. Directamente en el estómago. Un poco más fuerte de lo que había pretendido. Se quedó paralizada.

Él se apartó por fin y aplaudió por lo bajo.

—Bravo. Has lanzado tu primer golpe. ¿Cómo te has sentido?

—Mal —se apresuró a recoger su vestido, extrañamente complacida consigo misma por haber ganado la batalla. Se lo puso rápidamente—. Sí, soy un poco sumisa. ¿Y qué pasa?

—¿Que qué pasa? Voy a enseñarte a levantar los puños cuando sea necesario. Porque hay ocasiones en que uno puede ser sumiso y hay otras en que no. Admítelo. Te gustó ganarme y recuperar tu vestido, ¿no?

—Un poco —quizá incluso algo más que un poco. Le gustaba la sensación de control que le había proporcionado recuperar el vestido. Estaba tan acostumbrada a depender de los demás, que saber que podía depender de sí misma resultaba estimulante. Y todo gracias a Nathaniel.

Aunque lo de luchar físicamente no lo tenía tan claro. No le parecía natural. Ni respetable.

—¿No merezco que me des las gracias? —le preguntó él.

—¿Por qué?

—Por haberte ayudado a lanzar tu primer golpe.

—No creo yo que deba sentirme agradecida por algo así.

—Entiendo —girando sobre sus talones, Nathaniel caminó hasta el borde del tejado y se tendió allí mismo, en la pendiente que terminaba en una caída de más de diez metros.

Imogene sintió que el corazón se le salía del pecho.

–¡No hagas eso! ¿Qué estás haciendo?

Él alzó la cabeza para mirarla, pero permaneciendo obstinadamente en el mismo sitio.

–Dame las gracias –exigió con una sonrisa, colgando esa vez un brazo fuera del borde, en el vacío.

Aquel hombre estaba loco.

–Tú... –con el vestido abierto todavía por la espalda y intentando sujetárselo para que no se le cayera, se dirigió apresurada hacia él–. ¡Ven aquí! Esto no tiene ya ninguna gracia. ¡Me estás asustando!

Suspirando, él rodó hacia ella.

–Evidentemente tenemos mucho trabajo por delante.

Imogene cayó de rodillas y lo agarró del abrigo, apretándolo con fuerza contra sí. El corazón seguía latiéndole acelerado de pura perplejidad. Lo sacudió.

–¡Que no se te ocurra volver a hacer eso! ¿Me oyes?

Él se echó a reír.

–Al menos sé que te gusto lo suficiente como para que no me empujes...

Casi dos semanas después, seis y cuarto de la tarde
Jackson's

Nathaniel se quitó los guantes de cuero y se quedó muy quieto. Por muy disparatado que fuera el pensamiento, estaba empezando a creer en algo llamado serendipia. No podía explicarlo, pero era como si todo lo que le había sucedido en la vida hasta el momento hubiera estado dirigido hacia una sola cosa: Imogene.

La mujer de mirada brillante y entusiasta que se hallaba sentada en aquel momento en el banco, contra la pared. La mujer que había pasado, bien que lentamente, de taparse los ojos con las manos en aquella primera semana de entrenamiento, a olvidarse de sí misma y a lanzar ganchos al aire sin moverse del banco, haciendo ondear las amplias mangas de encaje y satén de su vestido. Y a gritar ocasionalmente: «¡más fuerte!», sobresaltando a los demás hombres hasta el punto de hacerles fallar algún que otro golpe.

Era adorable.

Y él tenía que hacer algo al respecto.

Consciente de que no había nadie más en el club, aparte de Jackson, ella y él mismo, se volvió hacia su entrenador. Jackson estaba colgando en su lugar los guantes del grupo que acababa de marcharse.

—Entréguele a Imogene unos guantes —le pidió en voz baja—. Ella y yo vamos a entrenar.

Volviéndose hacia él, Jackson alzó las cejas casi hasta la línea de nacimiento de su pelo gris. Desvió la mirada hacia Imogene, que seguía sentada en el banco, con su vestido de encaje y satén rosa, el bonete y un libro al lado. Jackson resopló.

—Si cualquiera que pase por delante de esas ventanas ve a una mujer boxeando en mi club, me cerrarán el negocio para siempre.

Nathaniel señaló las contraventanas.

—Cierre las contraventanas, deme la llave y yo me aseguraré de cerrar bien el local para que usted pueda marcharse tranquilo. Pasaré a devolverle la llave de camino a casa. En todo caso, la jornada de hoy ha terminado.

—Sí, pero…

—¿Se ha fijado que lleva toda la semana pegándole al aire? Dele una oportunidad de desahogarse. Es ella quien está haciendo posible todo esto. Para todos nosotros.

Jackson se lo quedó mirando fijamente durante un buen rato, hasta que le lanzó un par de guantes.

—No se los ponga antes de que yo cierre las contraventanas.

Nathaniel cazó los guantes al vuelo.

—Sí, señor.

Jackson sacudió nuevamente la cabeza y se dirigió a la salida. Después de cerrar la puerta a su espalda, desplegó las contraventanas y las colocó en su lugar, oscureciendo de esa manera la sala de entrenamiento. Afortunadamente, todos los fanales estaban ya encendidos.

Trotando hacia la puerta, Nathaniel echó el cerrojo y se volvió luego hacia Imogene. Mientras caminaba hacia ella, sostuvo los guantes suspendidos de las cuerdas con gesto teatral.

—Te presento a tus nuevos amigos. Guante izquierdo y guante derecho.

Ella bajó la barbilla, sin moverse del banco.

—Esos no son mis amigos. Son los tuyos.

Él sonrió y se detuvo ante ella, señalando sus manos con un dedo.

—Llevo observándote toda la semana. Se te ilumina la cara cuando los hombres se atan los guantes. Ahora solo estamos tú y yo. Así que levanta esas manos y empecemos.

Ella se escondió las manos detrás de la espalda, enterrándolas en los pliegues del vestido.

—No debería.

Arrodillándose ante ella, Nathaniel le dio un golpecito en la rodilla con su mano libre y le sostuvo la mirada.

—Sé que quieres hacerlo. Vamos —seguía sosteniendo los guantes de boxeo de las cuerdas, balanceándolos delante de su cara.

Ella se mordió el labio, con la mirada clavada en los guantes.

–¿Puedo hacer algo así? ¿Pese a ser una mujer?

–Sí. Jackson ha cerrado las contraventanas y el club está oficialmente cerrado. Solo tienes que asegurarte de no causarle problemas a Jackson difundiendo esto entre tus amigas...

–Yo no tengo amigas. Así que en realidad no tenemos nada de qué preocuparnos, ¿verdad? –soltó una risita y recogió los guantes, que dejó en su regazo–. ¿Y ahora qué?

Él se echó a reír.

–Te los pones, claro.

–Ya lo sé, pero... ¿cómo? ¿Da igual la mano que va con cada uno?

Él tocó entonces el guante derecho y señaló su mano derecha.

–Este va con esta. Y el otro con la otra. Una vez que te los pongas, te los ataré.

Ella asintió y rápidamente se puso cada guante. Cuando terminó, los alzó y los miró con expresión incómoda, con las cuerdas cayendo hasta sus codos.

–¿No son un poquito pesados?

–Están hechos para algo más que proteger las manos durante el combate. Ese peso sirve para reforzar el trabajo muscular en los entrenamientos –inclinándose hacia ella, le ató las cuerdas con fuerza y apretó los nudos. Siempre disfrutaba atándole las manos. Incluso calzarle los guantes resultaba increíblemente erótico.

Ella le sostuvo la mirada, sonriendo levemente.

–¿Tengo que pegarte? ¿Fuerte?

Se le escapó una carcajada mientras soltaba las cuerdas.

–Sí. Tan fuerte como quieras.

Imogene alzó una mano y le dio un golpecito en un hombro con la parte redonda del guante.

–Será mejor que te calces tú también los guantes. A no ser que quieras que te quite el título.

A Nathaniel se le escapó otra carcajada. Últimamente no hacía otra cosa que reír. Y ella era la culpable.

—Al *ring*.

—¡Sí, señor! —se levantó rápidamente del banco y se dirigió hacia el cuadrilátero, manteniendo los guantes por encima de su cabeza.

—No tienes que levantarlos tanto —le gritó él—. La idea es que protejan la cara, que no el peinado.

—Oh. De acuerdo —se volvió y bajó los guantes, a la altura de la barbilla—. Así. Como tú.

Algo en la manera en que lo dijo le hizo contener la respiración. Solo entonces, Nathaniel se dio verdadera cuenta de la atención con que lo había estado observando.

Le encantó saberlo. Porque el boxeo era como una prolongación de todo lo que era y lo que siempre sería, y que ella hubiera reconocido aquel aspecto de él, a pesar de su brutalidad, resultaba algo no ya entrañable, sino conmovedor.

Acercándose, rodeó el cuadrilátero y se plantó ante ella. Aquello iba a ser divertido. Alzó los puños desnudos.

—¿Lista para atacar?

Con los guantes levantados a la altura de la barbilla, miró sus manos.

—¿Qué pasa con tus guantes?

—¿Qué? —mantenía alzados los puños—. ¿Es que no confías en mí?

Imogene chocó sus guantes, uno contra otro.

—La pregunta es: ¿confías tú en mí? Ese es un desafío que estoy deseoso de aceptar —empezó a rodearla—. Vamos. Atácame, ricura.

Ella frunció los labios.

—Al menos procura fingir que soy uno de los muchachos. No les llamas «ricura» mientras combates con ellos, ¿verdad?

Él arqueó una ceja.

–Si lo parecieran, lo haría.

–Eso se merece una compensación, milord –endureciendo los rasgos, genuinamente concentrada, se adelantó para lanzarle un gancho.

Nathaniel lo esquivó, impresionado por la rapidez con que se había movido. Soltó un silbido de admiración.

–Muy bueno. Vuelve a hacerlo.

Para cuando terminó la hora, ambos estaban sudando. Y él estaba absolutamente admirado. Imogene había aguantado de firme, sin pedirle que descansaran ni una sola vez. De repente se había convertido en una pequeña boxeadora. Su pequeña boxeadora.

–Último golpe –gritó–. Y que impacte esta vez. Tienes que sentir el golpe repercutiendo en tu brazo –se situó más cerca. Mucho más de lo que normalmente hacía con cualquier oponente.

–¿Estás seguro de que quieres que golpee de verdad?

–Sí. Vamos. Atácame.

–¿Y si te pego con demasiada fuerza?

Le entraron ganas de besarla.

–No seas ridícula. Si no puedo encajar un golpe tuyo, no debería dedicarme a esto.

Ella se quedó sorprendida.

–¿Eso ha sido una pulla a mi condición femenina?

A él le entraron todavía más ganas de besarla.

–¿Servirá eso para que me ataques de una vez?

–De hecho, sí. Porque las mujeres podemos golpear con tanta fuerza como los hombres, si nos dan la oportunidad.

–Entiendo. Pues sí, es una pulla. Las mujeres no sabéis pegar.

–Oh, vaya, eso se merece un golpe. Mira esto –con gesto concentrado, le lanzó un directo de derecha a la cabeza.

Nathaniel no se movió a propósito y dejó que el golpe

le rebotara en la cabeza. Cuando sintió la impresionante fuerza del impacto dado su poco peso y baja estatura, exclamó con tono exagerado:

–¡Uf! –y cayó fulminado al suelo.

–¡Nathaniel! –gritó ella mientras se apresuraba a arrodillarse a su lado–. ¿En serio que te he pegado tan fuerte? ¿O te has caído a propósito?

Él reprimió una carcajada y rodó sobre su espalda hasta quedar boca arriba.

–Ambas cosas –estirando los brazos, la atrapó de la encorsetada cintura para tumbarla encima de sí–. Has ganado el asalto, dado que no puedo levantarme. Y ahora, elige el premio. Te daré todo lo que quieras. Lo que sea. Y hablo en serio. Piensa bien en ello. Me encuentro en una posición bastante vulnerable. Algo extraño en mí, por cierto.

Ella le sonrió. De su cabello recogido se habían desprendido varios rizos, que en aquel momento se balanceaban sobre su rostro.

–¿Me concederás cualquier cosa que te pida? ¿Cumplirás tu palabra?

Él asintió, recorriendo su rostro con mirada adoradora: desde aquellos luminosos ojos color avellana hasta su cabello resplandeciente, ya medio suelto.

–Lo que sea. Porque estoy absolutamente impresionado. ¿Qué es lo que quieres?

Ella se inclinó sobre él, acariciándole la nariz con la suya, y susurró:

–A ti. ¿Puedo quedarme contigo? ¿Para siempre, mi señor?

Quedó inmóvil bajo su cuerpo, escrutando su rostro. Parecía como si lo hubiese dicho en serio. Alzó las manos hasta su rostro, nariz contra nariz.

–¿Y qué es lo que harías conmigo si me entregase a ti para siempre? –le preguntó él en voz baja.

—Dedicaría cada momento a adorarte. De la forma que te mereces.

Era como si le estuviera confesando su amor. Como si él se mereciera ser amado.

Acunándole con fuerza la cara entre las manos, la besó con pasión, no solamente deseoso de la idea que ella le había sugerido, sino necesitado de realizarla. Resultaba obvio que estaba acabado. No lo había visto venir.

Capítulo 21

Juega bien tu papel. ¡Es en ello donde descansa el honor!

P. Egan, Boxiana (1823)

La Casa Wentworth
Dos semanas después. Tarde.

Disculpándose con un viejo caballero cuya manera de arrastrar las palabras traicionaba la ingesta de demasiado coñac, Imogene contempló a los elegantes invitados que conversaban discretamente en el pequeño encuentro. El duque de Wentworth, como cuñado suyo que era, siempre solícito, había decidido dar una fiesta íntima para unos pocos elegidos la víspera del primer combate de Nathaniel por el título de campeón. Aunque el duque no se había sentido nada complacido de que Nathaniel representara el papel de «boxeador aristócrata», lo apoyaba en su decisión y se esforzaba además por hacerlo público.

Extrañamente, hacía un buen rato que no veía a Nathaniel. En algún momento había desaparecido entre la pequeña multitud. Deteniéndose, de repente lo descubrió en compañía de su sobrino, apoyados los dos en la pared más alejada y conversando muy concentrados.

Ataviado con un traje negro de noche, de chaleco bordado y pañuelo de seda, con su oscuro pelo peinado hacia atrás con gomina, Nathaniel tenía un aspecto más gallardo que nunca. La naturalidad con que apoyaba sus anchos hombros en la pared, con la cabeza ligeramente ladeada, parecía acentuar su elegancia.

Resultaba asombroso verlo tan cómodo en un ambiente social en el que se había resistido tanto a participar. En un principio le había preocupado que el duque y su hijo pudieran no aceptar sus aspiraciones pugilísticas, pero ellos mismos le habían demostrado su error.

Ambos lo apoyaban completamente.

Imogene sonrió, todavía observándolo. Parecía tan diferente del hombre que había conocido la primera vez que se vieron… Más cómodo y natural consigo mismo y con el mundo. A veces le gustaba pensar que había sido ella la responsable de aquel cambio.

En medio de la conversación, Nathaniel desvió la mirada hacia ella. Con una leve sonrisa de sus labios carnosos y la mirada de admiración que lanzó a su vestido color *chartreuse*, inclinó la cabeza como saludándola galantemente desde el otro lado de la sala.

El estómago le dio un vuelco. La increíble sensación de ser admirada y apreciada por un hombre como él de aquella forma, era algo que sabía que la acompañaría durante el resto de su vida.

Había veces en que se preguntaba por la naturaleza de lo que estaba sucediendo entre ellos. Eran socios y compañeros en todo y sin embargo… no lo eran. Ella seguía esperando dolorosamente a que le expresara de manera verbal que la adoraba tanto como ella lo adoraba a él.

Removiéndose contra la pared, Nathaniel volvió a fijar la mirada en Yardley y le dijo algo que recibió como respuesta un ligero movimiento de cabeza, medio divertido.

Consciente de que debía dejar a Nathaniel tiempo a solas con su sobrino, suspiró y dio una vuelta por la sala, intentando buscar a alguien con quién hablar. Con solo una veintena de personas presentes, en comparación con los centenares que solían asistir a las fiestas o bailes, se sentía mucho más cómoda en aquel ambiente.

Nunca le habían gustado las multitudes.

Una bonita pelirroja ataviada con un elegante vestido de satén y encaje rosa, se acercó de repente a ella, sobresaltándola y obligándola a detenerse.

La mujer sonrió maliciosamente y le confió con tono cómplice y acento americano–irlandés:

–Soy la señorita Tormey. Vamos a ser parientes, usted y yo…

–¿Perdón?

Intentando abrir su abanico con un rápido movimiento de su mano enguantada, la señorita Tormey puso los ojos en blanco cuando se dio cuenta de que no se había abierto. Obligada a hacerlo con las dos manos, gruñó:

–Nunca se abre como tiene que abrirse. No me extraña que los hombres no se molesten en llevarlos. Yo solamente lo uso porque lady Burton no cesa de repetirme que el abanico sirve para que la gente no pueda leerte los labios… que es lo que ustedes los Brits hacen todo el tiempo –colocando estratégicamente el abanico ya desplegado sobre el rostro, la señorita Tormey se inclinó hacia ella–. Robinsón y yo anunciaremos nuestro compromiso esta noche. Dentro de una hora, más o menos. Quería que lo supiera, ya que vamos a formar parte de la familia.

Imogene parpadeó sorprendida.

–Er… felicidades –consciente de que no tenía la menor idea de lo que estaba diciendo aquella mujer, preguntó–: ¿Quién es Robinsón?

La señorita Tormey sonrió, con un brillo de alegría en sus ojos verdes.

–Lord Yardley. Robinsón es su sobrenombre, por decirlo así. Ya sabe, Robinsón Crusoe. El protagonista del libro –la sonrisa se borró de repente de sus labios y adoptó una expresión pensativa–. En realidad, leí el libro por primera vez la semana pasada. No me gustó mucho. Con tanto caníbal y tanto pirata, no se puede componer lo que llamo una buena historia. Ni siquiera había una historia de amor. En mi opinión, los hombres deberían dejar de escribir libros. Con ello no solamente pierden su tiempo, sino también el nuestro.

Imogene disimuló una carcajada. La señorita Tormey le gustaba mucho.

–¿De manera que usted y lord Yardley se van a casar?

La señorita Tormey asintió al tiempo que se apartaba sus tirabuzones color fresa de la cara.

–Sí. Nos habríamos casado hace semanas, pero ustedes los aristócratas se mueren por la formalidad y todo eso. Ba, ba, ba…

¿Ba, ba, ba? A Imogene se le escapó otra carcajada.

–Bueno, felicidades. Mediante su boda con Yardley, usted y yo formaremos efectivamente parte de la misma familia. Nathaniel está muy encariñado con su sobrino. Siempre está intentando sacar tiempo no ya solo para él, sino también para el duque, entre entrenamiento y entrenamiento. Resulta enternecedor ver lo bien que se llevan todos.

–Esperemos que eso dure, ¿no le parece? Porque si no es así, usted y yo tendremos que fastidiarnos –la señorita Tormey se inclinó nuevamente hacia ella, todavía escondiendo sus respectivos rostros detrás de su abanico–. ¿Sería posible que usted y yo llegáramos a conocernos mejor? Necesito algo más que compañía masculina.

Imogene la tomó entonces suavemente del brazo.

–A mí me gustaría mucho. ¿Podríamos tomar el té durante las próximas semanas?

La señorita Tormey arqueó una rojiza ceja.

–¿Qué tal whisky en lugar de té? Voy a necesitarlo, sabiendo como sé que voy a tener que vivir en Londres durante el resto de mi vida.

Imogene reprimió otra carcajada.

–Yo nunca he tomado whisky, pero estoy segura de que si usted puede tomar un sorbo, yo también.

–Oh, el whisky no se bebe a sorbos, mi aristocrática amiga. Se lo traga una de golpe. Yo le enseñaré cómo –la señorita Tormey señaló con la cabeza el otro extremo de la habitación–. Nunca imaginé que ese bárbaro terminaría casándose alguna vez. ¿La está tratando bien?

El corazón de Imogene dio un vuelco cuando vio a Nathaniel caminando decidida hacia ellas.

–Maravillosamente bien –logró pronunciar.

–Me alegro de escucharlo –la señorita Tormey cerró de golpe su abanico–. Tengo que escabullirme. Dudo que ese hombre se esté acercando con la intención de verme a mí. Ya haremos lo del whisky en alguna ocasión. Una vez que esté oficialmente comprometida, claro. Tengo entendido que la sociedad suele ser más indulgente con las mujeres casadas. Gracias a Dios. Porque no puedo seguir soportando esto –se retiró para dirigirse hacia lord Yardley, que le estaba diciendo algo por señas desde el otro lado de la sala. Llevándose el abanico a la boca, retomó su silencioso código de comunicación.

Imogene reprimió una sonrisa. Aquellos dos formaban una pareja adorable.

Nathaniel se plantó en ese momento ante ella, juntando las manos detrás de la espalda.

—Veo que ya has conocido a Georgia.

Imogene alzó la mirada hacia él.

—¿Georgia? —parpadeó sorprendida—. ¿Debo entender que la conoces lo suficientemente bien como para llamarla por su nombre de pila?

—Puedes decirlo así —respondió Nathaniel—. Ella vivió en el mismo distrito de Nueva York que yo. Al parecer, Yardley y ella van a anunciar su compromiso esta noche. El pobre muchacho… Ya no tiene salvación.

—Pues yo creo que todo ha sido para bien. Ella me parece una mujer increíblemente ingeniosa y espontánea. Me gusta.

Él esbozó una mueca.

—Espero que no demasiado. Ya es bastante malo que Yardley vaya a casarse con ella. Lo último que necesitaría sería perderte a ti también por culpa de sus travesuras.

Una sonrisa asomó a los labios de Imogene.

—¿Perderme a mí gracias a sus travesuras? —se burló—. ¿Y quién dice que me tengas que perder? Todavía no te has comprometido conmigo. Yo sigo esperando a que lo hagas.

Nathaniel apretó la mandíbula y la observó con expresión ardiente por un momento.

—Tú y yo necesitamos resolver eso.

Ella entreabrió los labios y, por un instante, se quedó demasiado perpleja para responder.

—¿Estás hablando en serio?

Inclinándose hacia ella, él murmuró en voz baja:

—Reúnete conmigo arriba. Te estaré esperando —retirándose, intercambió unas palabras con algunos invitados sin detenerse y abandonó el salón, para desaparecer en el corredor iluminado.

Ella miró a su alrededor, con el corazón latiendo a toda

velocidad. ¿Qué diantres podría tener Nathaniel en mente? Seguro que no podía ser... eso. Soltó un suspiro exasperado y juntó sus manos enguantadas, incapaz de mantener los dedos quietos. Nadie parecía haberse dado cuenta de que él había abandonado la habitación.

Ganando unos pocos minutos más, se fue acercando poco a poco a la doble puerta abierta, mientras simulaba interesarse por una pintura de pared... hasta que logró escabullirse del salón e internarse en el corredor.

Recogiéndose las faldas, subió apresurada la escalera principal y se detuvo en el rellano.

—¿Nathaniel? —susurró a oscuras.

Una mano que surgió de detrás de una esquina del rellano la agarró de un brazo, haciéndole soltar un grito. Y se encontró de repente aprisionada por detrás por un cuerpo grande y musculoso.

El corazón le dio un vuelco. Era Nathaniel.

—Buenas tardes, esposa mía —gruñó una voz ronca a su oído mientras se veía arrastrada hasta una habitación en penumbra, contigua a la escalera.

Un violento temblor le robó toda capacidad de pensar. Nunca se había referido a ella como su «esposa».

—Buenas tardes... marido.

Él cerró la puerta con una mano, mientras apretaba con la otra su trasero contra la muy notable erección que Imogene podía sentir a través de sus faldas.

—Te he echado de menos.

Se vio acorralada de pronto contra la puerta, respirando de manera irregular.

Él le alzó las faldas hasta la cintura.

—Deja las manos donde están. No tengo con qué atarte.

Ella se quedó mirando el panel de madera, incrédula, mientras sus cálidas manos se apoderaban de su trasero al descubierto.

Nathaniel deslizó luego los dedos por sus muslos desnudos.

—Esta es mi idea de una fiesta de verdad.

Incapaz de respirar bien, Imogene jadeó:

—No deberíamos hacer esto, ¿sabes? La gente descubrirá nuestra ausencia.

—Déjales que lo hagan —murmuró él mientras deslizaba la punta de la lengua por un lado de su cuello—. Estamos casados. ¿O es que te habías olvidado?

Imogene cerró los ojos contra la excitante sensación de su lengua. Sintió sus manos desabrochándose el pantalón. Resultaba un punto abrumador saber que la deseaba lo suficiente como para hacer el amor justo allí, encima del salón donde se estaba desarrollando una respetable reunión social.

—¿No puedes esperar hasta que lleguemos a casa?

—No —separándole los muslos con una rodilla, presionó la punta de su miembro contra su sexo—. Pregúntame por qué estamos haciendo esto.

Ella tragó saliva, sintiéndose desfallecer por la necesidad que sentía de él.

—¿Por qué estamos haciendo esto?

Él se hundió entonces en su humedad, por detrás.

Ella perdió el aliento, golpeando levemente la madera de la puerta con las manos.

—En el instante en que alcances el clímax —murmuró Nathaniel, acercando los labios a su oído—, te diré por qué estamos haciendo esto —sujetándola de las caderas, empezó a deslizarse lentamente dentro de ella, empujando y retirándose.

Imogene jadeó, esforzándose por recuperar el control, con el pulso latiendo acelerado en el cuello y el corazón amenazando con estallarle en el pecho mientras él se hundía una y otra vez en ella.

Sintió que el centro mismo de su ser se apretaba contra aquellos agresivos, fluidos embates. Se tambaleó contra la puerta cuando él empujó todavía con mayor fuerza. Instintivamente apretó la espalda y el trasero contra su cuerpo, deseosa de sentir aún más su erección.

La irregular respiración de Nathaniel se fundía con la suya en el silencio de la habitación. Cada profundo embate les hacía jadear a los dos.

El mundo pareció bascular y el clímax la arrasó por dentro. Reprimió un gemido, temblando bajo aquellos implacables embates.

Poco después Nathaniel se quedaba inmóvil, profundamente enterrado en ella, aplastados los dos contra la puerta, y gruñía en voz alta mientras vertía su semilla en su interior. Respirando aceleradamente, inclinó la cabeza y le mordisqueó la nuca.

–¿Serás mía?

Imogene abrió los ojos de golpe. Tragó saliva y, con la mejilla todavía pegada a la puerta, susurró:

–¿Para siempre?

Él se separó lentamente y volvió a bajarle las faldas. Se las alisó cuidadosamente y la besó de nuevo antes de apartarse.

–Para siempre.

Asombrada, se volvió hacia él cuando se estaba abrochando el pantalón para quedárselo mirando fijamente. La idea de que fueran a pasar juntos el resto de sus vidas llenaba su corazón de un inesperado anhelo.

–¿Por qué? –quería oírselo decir. Quería oírle decir que estaba tan locamente enamorado de ella como ella de él.

–Verte esta noche me ha hecho darme cuenta de algo.

–¿Sí? ¿Qué?

–Que detesté verte abandonar la sala. Que detesté que no me miraras. Que detesté no ser capaz de tocarte en público –terminó de abrocharse el pantalón y se ajustó la chaqueta–. Creo que ha llegado la hora de anunciarte que estoy absolutamente encandilado contigo.

Imogene reprimió una sonrisa.

–¿De veras?

–Así es –la tomó de la mano y abrió la puerta con la otra–. Lo suficiente como para desear tener hijos contigo.

Imogene trotó entusiasmada detrás de él mientras se dejaba guiar por el corredor. Bajó la voz.

–¿Cuántos hijos quieres tener?

–Tantos como tú estés dispuesta a darme –repuso, encaminándose con ella hacia la escalera. Inclinándose, le dio un beso en la mejilla–. Y ahora, baja tú primero. Yo me reuniré contigo dentro de unos minutos, para que todo esto no parezca tan obvio.

Imogene se volvió hacia él, contemplándolo embelesada en el corredor en penumbra.

–Te adoro.

Acercándose de nuevo, Nathaniel la tomó de la cintura para atraerla bruscamente hacia sí. Apoyó la frente contra la de ella.

–Y yo a ti.

Casi se estaba derritiendo en sus brazos.

–¿En serio?

–En serio –deslizó los labios por su frente–. Adoro lo que me haces sentir.

Maravillosamente feliz, Imogene frotó la nariz contra su pecho por un momento, antes de apartarse para señalar con el pulgar las escaleras.

–Creo que debería bajar. Solo Dios sabe lo que estará pensando el salón entero.

Él le puso una mano en la nuca y la miró.

–Que te esté pidiendo que convirtamos lo nuestro en algo permanente no cambiará nada entre nosotros, ¿verdad?

Ella sonrió.

–Yo no lo permitiré.

Nathaniel dejó caer la mano.

–Bien.

Mientras se dirigía a la escalera, contoneó las caderas a propósito lo mejor que pudo y le comentó por encima del hombro:

–Dicho todo esto, no creas que vas a comprar a esta inversora con unas cuantas palabras de adoración. Todavía tienes un título que conquistar.

Capítulo 22

¡Temblad!

P. Egan *Boxiana* (1823)

Nueve semanas después. Media tarde.
18 Berkeley Square

La popularidad de Nathaniel en la comunidad pugilística había alcanzado una cota sin precedentes que se había traducido en la venta de hasta la última entrada, a guinea y media, para el combate Terry-Atwood en Covent Garden. Nathaniel ya había vencido a Norley, a Gill y a Hatchet. Solamente le quedaba tumbar a Terry y la siguiente pelea sería ya por la conquista del título en sí.

Quedarse sentada en el salón de su casa a una hora en la que todo el mundo en Londres, incluido su propio hermano, se estaba reuniendo para asistir al combate Terry-Atwood, estaba matando a Imogene.

Había tenido que quedarse en casa, como hacía siempre que se celebraba un combate de verdad. Aunque nunca quería, lo hacía solamente porque Nathaniel se lo pedía. Todo lo que hacía últimamente era por él y únicamente por él.

Y él lo sabía.

Le había cambiado la vida de múltiples y maravillosas maneras. Ya nunca se sentía sola. Y aunque ninguno de los dos había pronunciado la palabra «amor», sabía que él la amaba tanto como ella lo amaba a él.

Desde que cesó de tomar su medicación, ya no se sentía mareada y no se había desmayado ni una sola vez. Ni una. Era increíble.

Se sentía… maravillosamente bien.

Al menos hasta que había comenzado a vomitar, debido a la náusea que la acometía cada vez que comía algo. En un principio le pareció extraño, hasta que se dio cuenta de que sus reglas habían cesado y lo comentó con su doncella. Resultaba obvio que estaba encinta. Aunque su vientre todavía no lo había evidenciado, sabía que tenía que estar embarazada. Era algo tan excitante que la llenaba al mismo tiempo de inquietud. Había decidido que lo mejor era comunicárselo después del combate de aquella noche: De esa forma no estaría tan distraído con la noticia.

No podía negar que adoraba la vida que llevaba con Nathaniel. Cada noche, después de su entrenamiento, del baño y la cena que la cocinera siempre les tenía preparada, él se acostaba con ella y le hablaba de sus progresos, así como de lo mucho que estaba aprendiendo con Jackson. Su voz era siempre deliciosamente ronca y llena de entusiasmo. A veces se quedaban dormidos abrazados, y otras permanecían despiertos, amándose: entonces desaparecía la ropa y las palabras no constituían una necesidad, ni una opción.

Era algo glorioso.

Él era glorioso.

Y sí, estaba locamente enamorada del hombre.

Durante el día, cuando no estaba en Jackson's asistiendo a los entrenamientos de Nathaniel, solía visitar a la extravagante pero siempre fabulosa señorita Tormey o a su hermano Henry, que ya había empezado a preparar su divorcio y contratado un abogado. Imogene también solía ocuparse en aceptar o rechazar infinitas invitaciones a cenas o reuniones, a la vez que leía todo tipo de periódicos y gacetas en busca de alguna noticia relativa a Nathaniel.

Consideraba una prioridad asegurarse de que nada, ningún artículo o noticia impresa, pudiera perjudicar su creciente popularidad.

En aquel momento se instaló en una silla al pie de la ventana para disfrutar de una mejor luz y se dispuso a hojear la última crónica deportiva. Buscó en seguida la sección de *Comentarios*, preguntándose si habrían publicado algo sobre Nathaniel, y se levantó de golpe.

Sí que había algo.

Era un comentario escrito ni más ni menos que por el señor P. Egan, en persona. Desorbitó los ojos. El señor P. Egan. Se trataba precisamente de lo que Nathaniel y el señor Jackson habían estado esperando ardientemente. Un comentario del eminente estudioso del boxeo.

Solo esperaba que fuera bueno…

Acercándose el periódico a los ojos, leyó en voz alta:

—«El honorable lord Atwood, más conocido como "El heredero perdido" en el mundo del boxeo, ha excedido incluso las expectativas de este observador del pugilismo, que ha asistido con contento a todos sus combates. Lo que repetidamente ha sido elogiado de él es que se trata de un hombre poseedor no solo de una fuerza colosal, sino de un alto grado de conocimiento científico y de un impresionante dominio de sí mismo. Se afirma muy bien sobre sus piernas, se lanza sin miedo contra su rival y utiliza ambos puños con igual rapidez, con golpes certeros bien tirados desde el hombro y en los que vuelca todas sus energías. En el presente, lo contemplo como una *rara avis in terris*.

Para aquellos poco familiarizados con la lengua latina, para su propia vergüenza, me permito traducirlo: "un ave rara en la tierra". Si existe alguien capaz de conquistar el título de Campeón de Inglaterra, ese es nuestro heredero perdido. Que se sepa que, como siempre, he sido yo el primero en dar cuenta de ello por escrito.»

Imogene saltó de la silla a la vez que soltaba un chillido de alegría, agitando el periódico como una loca. Si el señor P. Egan pensaba que Nathaniel iba a conquistar el título, eso dejaba de ser una posibilidad para convertirse en algo que iba a suceder.

¡Iba a suceder!

Un borroso movimiento en la calle hizo que Imogene se volviera bruscamente hacia la ventana. Se quedó paralizada cuando un negro carruaje lacado tirado por enormes sementales del mismo color se detuvo ante la puerta de su casa.

Un criado apareció al pie del coche, desplegó la escalerilla y ayudó a bajar a una dama menuda y velada, ataviada con un elegante vestido mañanero de color verde claro.

Mientras los caballos piafaban inquietos, la dama, cuyo rostro quedaba misteriosamente oculto bajo un velo de encaje negro, volvió la cabeza hacia ella. Aunque Imogene no podía ver sus ojos ni su cara, sintió la penetrante mirada de la mujer directamente a través de la ventana.

Era como si la misma imagen de la muerte hubiera acudido a visitarla.

El periódico escapó flotando de entre sus dedos para posarse sobre el suelo con un susurro. En el estómago se le formó un nudo que no tenía nada que ver con el bebé mientras veía a la mujer recogerse las faldas para subir los escalones de la entrada.

Sonó la campanilla de la puerta.

Presa del pánico, desvió la mirada hacia el umbral del salón, mientras el mayordomo se dirigía a abrir.

Se le cerró la garganta y, aunque sintió el impulso de advertir al mayordomo de que no abriera, fue incapaz de moverse, de pensar, de pronunciar palabra alguna.

Instantes después, el mayordomo retornó con una bandeja de plata y le presentó la tarjeta.

Imogene vaciló y se inclinó sobre la bandeja, reacia a tocarla. En la marfileña tarjeta de visita se podía leer el nombre: *lady Sumner*.

Alzó la mirada, absolutamente asombrada. «Dios mío», exclamó para sus adentros. Era la madre de Nathaniel.

–¿Estáis en casa, señora? –inquirió el mayordomo.

Intentó tragar el nudo que le atenazaba la garganta y asintió.

–Yo… Sí. Estoy en casa. Hágala pasar de inmediato.

–Sí, señora –dijo el mayordomo, y se retiró.

Imogene esperó en medio del salón, con el corazón latiendo tan errático como sus pensamientos. Después de que los Sumner hubieran faltado a la boda y dejado de responder a las sucesivas cartas e invitaciones que ella misma les había enviado, pese a la resistencia de Nathaniel y a sus recomendaciones acerca de que era mejor dejar el asunto en paz, ¿qué era lo que había impulsado a su madre a romper el silencio?

La velada figura que había visto a través de la ventana apareció de pronto en el umbral.

–¿Está él aquí? –preguntó con tranquilidad pero con un tono majestuoso, desde detrás del velo.

Imogene juntó las manos en un esfuerzo por permanecer tranquila y atravesó la habitación, dirigiéndose a su encuentro.

–No, milady. No está y no volverá hasta la medianoche. Habitualmente se reúne con mi hermano y con la comunidad pugilística después de cada combate.

Lady Sumner se recogió el velo con sus manos enguantadas y, con un ligero temblor, se lo levantó para doblarlo sobre su bonete, revelando un cabello gris bellamente arreglado. Unos impresionantes ojos azules, que en seguida le recordaron a Nathaniel, se clavaron en ella.

Imogene contuvo el aliento. Nada la había preparado para lo que estaba viendo.

Todo el lado izquierdo del rostro de la pobre mujer, incluido el ojo y la comisura de la boca, parecía colgar sin vida, como aquejado de una parálisis.

—Me disculpo por el estado de mi cara —dijo lady Sumner con tono pragmático.

Imogene sacudió la cabeza.

—Por favor, no… no os disculpéis, milady. Para mí es un honor estar en vuestra presencia. Esperaba que nos visitaríais al final. Nathaniel es muy orgulloso y se negaba a visitaros dado que no había recibido respuesta a las varias cartas que os envió. Aunque no lo ha admitido hasta la fecha, yo sé que se sintió increíblemente dolido por vuestro silencio.

Lady Sumner desvió la mirada y clavó los dedos de su mano enguantada en el lado enfermo de su rostro, como lacerándose una carne ya desfigurada.

Imogene tragó saliva, alarmada.

—¿Os encontráis indispuesta, milady?

La mano de lady Sumner cayó de golpe y, esa vez, clavó los dedos en su otro brazo, que se apretó con fuerza.

—No quería tener esperanzas —su voz sonaba débil, casi fantasmal—. Lo dudaba. Sumner también me hizo dudar. Insistía en que no era posible. Hasta que vi un boceto suyo en la crónica deportiva de esta mañana que Wilkinson insistió en que viera. Nada más verlo, yo… yo lo supe. La abrumadora e inexplicable sensación de que estaba mirando una versión adulta de mi hijo se apoderó de mí. Fue como si… —se le escapó un sollozo. Se llevó de nuevo la mano a su rostro arruinado, sacudidos los hombros por la emoción.

Imogene se apresuró a acercarse a la mujer, con la vista nublada por las lágrimas. Acogiéndola en sus brazos, la estrechó contra sí.

—Lo siento tanto…

La mujer lloró contra su pecho.

—Necesito que sea él.

Imogene continuó acunando a la mujer en sus brazos, meciéndola tiernamente.

—Indudablemente, es él. Yo no tengo ninguna duda.

La dama se apartó de ella, usando las puntas del velo para secarse los ojos.

—Todavía tengo que aceptar que algo de todo esto sea verdad —volvió a ocultarse bajo el velo—. Haced que me visite mañana por la mañana. Cuanto antes, mejor. Decidle que lo espero ardientemente —la mujer asintió con la cabeza y volvió a tomarle las manos—. Perdonadme por no haber asistido a la boda. ¿Sois felices los dos?

Imogene sonrió.

—Sí. Lo somos. Mucho.

—Bien —lady Sumner le estrechó la mano—. ¿Cómo es? ¿En qué clase de hombre se ha convertido? ¿Es un hombre bueno? ¿Alguien de quien pueda sentirme orgullosa?

Imogene sintió que se le encogía el corazón.

—Desde luego que lo es. Es eso y más, milady. Aunque yo diría que sigue torturado por lo que pasó. No soporta los espacios pequeños y cerrados y, a veces, se encierra en el silencio ante ciertos temas de conversación. A pesar de ello, se las arregla para superarlo. Yo creo que el boxeo le ayuda a conseguirlo.

Aquellos dedos se hundieron en aquel momento con fuerza en la mano de Imogene, alarmándola.

—No debería boxear —murmuró—. Puede resultar herido… decidle que lo deje. Decidle que no lo toleraré.

Imogene se la quedó mirando fijamente, deseosa de librarse de aquellos dedos duros como garfios. Entendía la preocupación de lady Sumner, pero percibía algo terriblemente extraño en su actitud.

—Os suplico que me soltéis la mano.

Lady Sumner aflojó la presión de sus dedos.

—¿Os ha mencionado alguna vez a mi esposo? ¿Le culpa a él de algo?

A Imogene se le cerró la garganta. Aunque Nathaniel había aludido varias veces a ello, no le correspondía a ella decirlo.

—Yo no sé nada, milady, ya que él se niega a hablar del asunto. Lo único que sé es que vuestro hijo ha sufrido enormemente.

—Mi hija siempre creyó que estaba vivo, hasta el día en que exhaló su último suspiro. Siempre lo creyó, al contrario que yo —lady Sumner soltó la mano de Imogene y sollozó—. Qué mala madre debo de ser para haber dejado de creer en mi propio hijo…

—Sshh. No. No digáis tales cosas. Habéis soportado demasiado al…

—Yo lo traicioné al no creer en él. Decidle que me visite por la mañana. Decidle que debo verlo y abrazarlo. Decídselo, por favor.

Imogene se esforzó por no llorar, percibiendo como percibía que aquella mujer estaba absolutamente destrozada. Todo aquello era tan triste…

—Se lo diré.

Lady Sumner alzó entonces una mano y tocó la mejilla de Imogene con sus dedos enguantados.

—Tenéis un rostro muy bello —murmuró—. Yo también era bella. De joven —de repente se quedó callada—. Ahora ya no tengo nada. Ni el amor de mi esposo, ni siquiera una cara…

—Tenéis el amor de vuestro hijo. Y os prometo que él irá a visitaros mañana por la mañana.

–Sí. Decidle que lo estaré esperando con pasteles de fresa, aquellos que le gustaban tanto. Eran sus favoritos –lady Sumner asintió con la cabeza–. Mi esposo no se creyó que era nuestro hijo. Pero yo lo convenceré. Decidle eso a Nathaniel, también –apartándose, la dama se volvió lentamente y desapareció por el pasillo sin despedirse.

Las lágrimas cegaban a Imogene mientras se llevaba una mano al vientre, perpleja por lo que acababa de suceder, en medio del silencio del salón. Lady Sumner no le parecía en absoluto una mujer que estuviera en sus cabales.

Fuera lo que fuera que Nathaniel había soportado, y lo que había hecho su padre, el misterio estaba a punto de revelarse. Solo esperaba que eso no lo destruyera a él, o a ella.

Capítulo 23

Sus habilidades pugilísticas, quizá, habrían quedado para siempre oscurecidas ante el mundo y ante sí mismo, contento con arrastrar una vida de rústica insipidez, si las sonrisas del bello sexo no hubieran despertado su bravo corazón para ponerlas en movimiento.

P. Egan, Boxiana (1823)

Covent Garden

Era como si el hombre estuviera hecho de hierro.

De la garganta de Nathaniel escapó un rugido de determinación, que al instante quedó ahogado por los gritos de la multitud. Terry apenas se tambaleó bajo el brutal puñetazo que él le había dirigido contra una sien.

Atacando de nuevo, Nathaniel le propinó un directo y pudo sentir como su puño penetraba finalmente entre aquellas manos levantadas a modo de defensa. Aplastando la nariz de Terry con un crujido que repercutió en sus nudillos y en su brazo, sintió las salpicaduras de sangre en el pecho.

Lo tenía.

Nathaniel golpeó a su oponente de manera repetida, en

la mandíbula y en las sienes, decidido a tumbarlo de una vez.

Terry se tambaleó hacia atrás, con la cara destrozada por un combate que había superado con creces los sesenta asaltos. Hasta que de pronto se derrumbó blandamente sobre las tablas del suelo.

—¡A la línea! —gritó el árbitro, con los gritos de furia y alegría de la multitud ahogando casi sus palabras—. ¡Treinta segundos! ¡Empiezo a contar!

Trotando de vuelta a su sitio marcado con tiza en el suelo, Nathaniel esperó con los puños levantados a que el árbitro terminara de contar el tiempo. Le ardía la piel hinchada bajo el sol de la tarde por los golpes recibidos, y aunque sentía el deseo de su mente por abandonar su cuerpo, sabía que tenía que permanecer concentrado.

El ayudante de Terry saltó de su esquina y le gritó que se levantase, sacudiéndolo repetidas veces.

—¡A la línea, Terry! ¡Terry! ¡Por el amor de Dios, a la línea! ¡No dejes que ese canalla se quede con todo!

Rodando sobre su espalda, Terry se quedó momentáneamente mirando el cielo de la tarde, con el pecho subiendo y bajando como un fuelle.

—Quédate tumbado —masculló Nathaniel por detrás de los puños con los que seguía protegiéndose el rostro—. Quédate tumbado, maldito seas. Necesito el dinero más que tú.

—¡Treinta! —tronó el árbitro mientras señalaba con el dedo a Nathaniel—. ¡Y aquí termina la pelea! ¡Proclamo vencedor a Atwood y aspirante al siguiente y último combate por el título de campeón!

Nathaniel dejó caer pesadamente las manos a los lados y cerró los ojos mientras los vítores resonaban en su cabeza y en su alma. Lo había conseguido. Una parte de él no podía creerlo. Había tumbado a un hombre que, hasta la fecha, no había sido derrotado por nadie. Y el título de campeón estaba a la vuelta de la esquina.

Era como si el mundo, por fin, se hubiera arrodillado a sus pies.

Por fin.

Abriendo de nuevo los ojos, se giró hacia la multitud. Weston recogió un cubo de agua de la esquina y se lo lanzó a modo de celebración.

—¡Por el próximo campeón de Inglaterra! ¡El título es tuyo! ¡Estoy condenadamente seguro de ello!

La sensación del agua fría corriendo por su cara y su cuerpo lo llenó de alivio. Pasándose una mano por el rostro, soltó una carcajada que no llegó a escuchar y contempló la entusiasta multitud compuesta por varios centenares de hombres.

Era impresionante saber que se habían congregado allí por él.

Se detuvo cuando vislumbró al duque y a Yardley, sonriéndole ambos entre el gentío que se apretujaba detrás de la cuerda que separaba a la multitud del *ring*.

Habían acudido a verlo. Como siempre.

Sonriendo a pesar del dolor, alzó un puño en el aire hacia ellos, en su honor.

Yardley y el duque alzaron y agitaron también sus puños, en un mensaje de mutuo apoyo.

En aquel instante, mientras desfilaba por el escenario de madera con los brazos en alto, agradeciendo los coros de la multitud que gritaba: «¡Atwood! ¡Atwood!», todo le pareció posible.

Aunque tenía una larga noche por delante, incluido un interrogatorio a manos de Weston y Jackson y una lúdica celebración con la sociedad pugilística al completo, no podía esperar para regresar a casa e informar de su victoria a la mujer que lo había hecho todo posible. A la mujer que había hecho que su vida mereciera la pena y que además era suya, toda suya.

Reprimiendo una tensa sonrisa, se inclinó sobre la cuerda y estrechó las infinitas manos que se tendían hacia él.

Nada en la vida podía ser mejor que aquello.

Capítulo 24

*Por muy doloroso que resulte, es nuestro deber no ne-
gar nunca la verdad.*

P. Egan, *Boxiana* (1823)

Dos y treinta cuatro minutos de la madrugada

Después de que su ayuda de cámara le hubo vertido varias palanganas de infusión de narciso bien caliente sobre
sus hombros y su espalda, llenos de moratones, Nathaniel
se enrolló una toalla húmeda a la cabeza para aliviar las
heridas de la cara y se metió en la bañera de cobre. Aquello
fue como yacer en el paraíso.

–Puedes retirarte –le dijo al criado–. Y gracias por haberte quedado levantado hasta tan tarde para atenderme.

–Por supuesto, milord. Ha sido un honor para mí. Felicidades de nuevo y buenas noches –su ayuda de cámara
procedió a recogerlo todo, excepto la bata de Nathaniel y
una toalla seca, que dejó en una silla junto a la bañera, y se
marchó obediente, cerrando la puerta a su espalda.

Nathaniel se recostó en la bañera y cerró los ojos, disfrutando del silencio y de la sensación de descanso. Aquello era lo mejor de la pelea. La sensación de haberlo con-

quistado todo y de ser capaz de gozar de ello en la intimidad de su baño y de su hogar.

No echaba de menos Nueva York. En absoluto.

De repente la puerta se abrió con un crujido. Nathaniel oyó un leve rumor de pasos y un nuevo crujido de la puerta al cerrarse.

—¿Nathaniel?

Una sonrisa asomó a sus labios cuando escuchó la dulce voz de Imogene. Ni siquiera se molestó en abrir los ojos o retirarse la toalla de la cabeza. Aquella hermosa voz se bastaba a sí misma para que se regocijara en ella.

—Debería advertirte, ricura, que estoy desnudo. La única prenda que me cubre ahora mismo es la toalla que me cubre la cabeza.

—Lo sé —repuso ella con la misma dulzura.

Él esbozó una mueca, pero sin abrir los ojos ni moverse.

—Intenta no aprovecharte de mí. Ahora mismo me siento bastante indefenso. No sería capaz de defenderme.

Los pasos se fueron acercando.

—A juzgar por tu buen humor, entiendo que ganaste el combate.

Podía percibirla muy cerca ya de la bañera.

—Desde luego que sí —murmuró a través de la toalla. Se estiró a placer—. Empieza a pensar en lo que vamos a hacer con todo ese dinero cuando dentro de tres semanas me haga con el título. Yo estoy pensando en enviar varios miles en billetes a Matthew, en Nueva York. No he vuelto a saber nada de él, lo que probablemente quiere decir que necesita el dinero. Una vez que nos hayamos ocupado de él, propongo que viajemos un poco. Me encantaría pasar unos cuantos meses en España. Tengo entendido que allí los hombres se enfrentan a los toros en la arena. Ese espectáculo sí que sería digno de ver. ¿Qué te gustaría hacer a ti? ¿A dónde te gustaría ir?

Extrañamente, no respondió nada. Ni una palabra.

Aquello le sorprendió. No era propio de ella. Habitualmente, cuando Imogene entraba en la sala de baño para sentarse junto a él mientras se bañaba, no dejaba de soltar exclamaciones de alegría y de hablar del combate y del dinero que ganarían.

Abriendo los ojos, se alzó la toalla del rostro y la miró.

Vestida con un sencillo camisón blanco, con su larga trenza reposando sobre un hombro, estaba arrodillada al pie de la bañera. Tenía la barbilla apoyada en el borde de cobre, que sujetaba con las dos manos. Esbozó una mueca cuando vio las costras que tenía Nathaniel en las sienes, los pómulos y la nariz.

—Nunca me acostumbro a verte herido.

Él se inclinó hacia ella, maravillado una vez más de su belleza. Le recordaba la primera vez que se conocieron. Imogene en camisón y con una sencilla trenza.

—Ah, pero me conoces. Curo muy rápido —estiró una mano para acariciarle la mejilla con la punta de un dedo—. ¿Te encuentras bien? Pareces algo callada.

Ella asintió levemente y le sostuvo la mirada con sus ojos de color avellana brillantes por las lágrimas. Sus carnosos labios temblaban. Un sollozo medio ahogado se le escapó y, de pronto, las lágrimas estaban corriendo por su rostro.

—Yo… yo-yo te he esperado toda la no-noche.

Se medio incorporó en la bañera, perplejo. El corazón se le disparó, porque nunca la había visto llorar. Y estaba tartamudeando. Había pasado mucho tiempo desde la última vez que lo había hecho.

—¿Qué te pasa?

Imogene se pasó una mano por la cara con dedos temblorosos.

—Tu madre me visitó ho-hoy. Mientras estabas en el co-co-combate.

Nathaniel entreabrió los labios de asombro. Después de meses de silencio y misivas sin contestar, finalmente su madre había hecho acto de aparición. ¿Pero qué quería decir eso? ¿Y por qué ahora?

–¿Qué te dijo? ¿Y por qué estás llorando? ¿Se mostró irrespetuosa contigo?

Ella negó con la cabeza mientras volvía a secarse las lágrimas con la mano.

–No. Pero la experiencia fue abrumadora. No parecía mentalmente sana, Nathaniel. Lo que es más, me preguntó si de alguna manera tú… culpabas a tu padre de tu desaparición, de lo que te ocurrió. Me dio la impresión de que sabía algo.

Nathaniel cerró los ojos y volvió a recostarse en la bañera. Todo estaba empezando a desenredarse.

Imogene se quedó callada durante un buen rato.

–¿Qué te sucedió, Nathaniel? ¿No crees que ya va siendo hora de que lo sepa?

«Dios mío», exclamó él para sus adentros. No estaba de humor para aquello. Abriendo de nuevo los ojos, se la quedó mirando fijamente.

–Estoy intentando recuperarme de un combate. Estoy intentando descansar.

Una expresión obstinada se dibujó de pronto en sus rasgos llorosos.

–Tu madre insiste en que la visitemos mañana por la mañana y, en verdad, el pensamiento me aterra. ¿Y ahora tú pretendes meterme en un embrollo del que yo nada sé? ¿Es esa tu intención?

Irritado, la señaló con un dedo.

–Tú no irás conmigo. Eso que quede claro.

–No. Estoy decidida a apoyarte en lo que sea que esté sucediendo.

–Estás traspasando los malditos límites. Te quedarás aquí en casa, que es donde tienes que estar.

—Yo no…

—Cuando te digo que hagas algo, Imogene, lo haces. ¿Entendido? Lo haces.

La alarmada expresión de Imogene dio paso al dolor.

—No me hables así.

Ver cómo se descomponía su rostro le produjo a Nathaniel el mismo efecto que si le cortaran la garganta. Pero también sabía que no podía exponerla a los más oscuros secretos de su vida.

—Lo siento. No debí haber dicho eso. Se trata simplemente de mi embrollo, que no del tuyo.

Sus ojos de color avellano relampaguearon.

—No, deja de ser tuyo desde el momento en que me causa dolor. ¿Es que no lo entiendes? ¿No entiendes lo que siento por ti? ¿O es que estás tan absorbido por tu boxeo que no has notado que siento verdadera adoración por ti?

Nathaniel tragó saliva, bajando la mirada. Lo había notado. La manera en que lo miraba era distinta. La manera en que físicamente se sometía a él era diferente. Y era diferente por causa de eso, también.

—¿Estás enamorada de mí?

Imogene no respondió.

Él escrutó su rostro ruborizado, con una opresión en el pecho.

—Yo sé que sí. Y quiero que me lo digas. Porque yo también estoy dispuesto a decírtelo. Estoy enamorado de ti. Y lo sé desde hace algún tiempo.

Ella lo miraba, pero seguía sin decir nada.

Nathaniel apretó la mandíbula.

—Acabo de decirte que estoy enamorado de ti.

Imogene continuaba mirándolo en silencio.

—¿No tienes nada que decirme? —le espetó él con el corazón acelerado.

Imogene cerró entonces los ojos.

—¿Qué puedo decirle a un hombre que afirma que me ama pero se niega a confiar en mí?

—¿De qué diablos estás hablando? Yo confío en ti. No hay nadie en quien confíe más.

Ella sacudió la cabeza y volvió a abrir los ojos.

—No. Si confiaras en mí, serías capaz de contarme lo que te pasó.

Nathaniel se volvió bruscamente hacia ella, agitando el agua de la bañera.

—Si te revelara esa parte de mí mismo, Imogene, eso cambiaría la manera en que me miras ahora. Y yo no quiero eso. No lo necesito. He tenido que arrastrarme durante toda mi vida para llegar a donde estoy. Estoy harto de arrastrarme. Harto.

La expresión de Imogene se suavizó.

—Yo no dejaré que te arrastres —volvió a apoyar la barbilla en el borde de la bañera, mirándolo a los ojos—. Estoy aquí para ayudarte de la misma manera que tú me ayudaste a mí. El amor no es un momento, Nathaniel. Es todos los momentos. Incluido el que más temes.

Le sostuvo la mirada, casi sin aliento. Una parte de él lo urgía a pronunciar todas las palabras que todavía tenía que compartir con ella. Como lo bella que era en cuerpo y alma. O la manera en que su sonrisa le hacía sonreír cada vez. O que jamás la heriría de la forma en la que le habían herido tantas veces a él, a lo largo de su patética vida.

Mientras pensaba en todas aquellas cosas, comprendió que no podía ocultarle lo que le había sucedido. Aquello iba más allá de un simple amor. Era amor verdadero.

Algo que jamás había imaginado que conocería alguna vez.

Desvió la vista, inspiró profundo y soltó el aire lentamente. Si no le contaba la verdad, ella se apartaría de él. Y si le contaba la verdad, ella también podría apartarse de él. Fuera como fuere, estaba condenado.

Recostándose de nuevo en la bañera, se colocó sobre la cabeza la toalla que había quedado flotando en el agua, para así no tener que mirarla, y murmuró:

—Pregúntame lo que quieras.

Ella vaciló. Sus dedos se deslizaron delicadamente por su hombro, evitando los cardenales.

—Mi hermano me comentó que nunca hubo ningún grupo de patriotas americanos.

Nathaniel intentó mantener un tono inexpresivo.

—No. En realidad fue un aristócrata veneciano de diecisiete años. Apenas siete mayor que yo.

Los dedos de Imogene se detuvieron de repente sobre su piel.

—¿Quién era?

—Un amigo íntimo de mi padre. Aunque joven, Casacalenda tenía un alma vieja. A los quince años, pese a que él intentó impedirlo, su hermana fue asesinada por su propio padre, que montó en cólera cuando se enteró de que un criado la había dejado encinta. Su padre fue colgado por ello por el tribunal de Venecia, lo cual dejó a Casacalenda como único heredero del título y la propiedad. Casacalenda quiso escapar de la mirada pública y del trauma cambiando Venecia por Nueva York, donde decidió quedarse hasta que alcanzase la mayoría de edad. Desde entonces, toda su pasión fue intentar encontrarse a sí mismo.

—¿Por qué te secuestró? ¿Qué fue lo que te hizo?

—Puede que te resulte difícil de creer, pero me trató excepcionalmente bien. Él y yo nos hicimos amigos y, de alguna manera, llegamos a compartir una común desgracia: mi padre.

Imogene se removió junto a la bañera, acercándose más a él.

—Si eso fue así, ¿cómo es que te mantuvo encerrado en un sótano?

Nathaniel se recolocó la toalla sobre la cabeza, nervioso, en un esfuerzo por distanciarse de lo que estaba a punto de decirle.

—Casacalenda temía que me marchara. Él no tenía familia ni amigos. Yo me convertí en su amigo y confidente. Por morboso que parezca, yo era lo único que tenía. Así que me tuvo cinco años encerrado en un sótano.

Imogene se quedó sin aliento.

—¿Te mantuvo encerrado durante cinco años en un sótano solo para tenerte a su disposición? ¿Por qué habría de hacer tal cosa? No lo entiendo.

Nathaniel se quedó callado durante un buen rato antes de responder en voz baja:

—Lo que voy a decirte debe permanecer entre nosotros. ¿Entiendes? Nadie, y menos aún mi madre, debe saberlo nunca.

—No se lo diré a nadie. Te lo juro.

Se medio incorporó en la bañera, agradecido de no tener que mirar a Imogene gracias a la toalla que le cubría el rostro.

—Casacalenda y mi padre se conocieron por casualidad en un burdel a la llegada de este último a Nueva York. A mi padre le atraían las formas de vida marginales, prohibidas. Allí donde había mujeres de mala reputación, allá estaba él. Los dos hombres se hicieron grandes amigos y no tardaron en compartirlo todo: mujeres, opio, juegos, todo.

Ella lo escuchaba en silencio, expectante.

Sin poder creer todavía que le estuviera contando todo aquello, Nathaniel continuó:

—Una noche, mi padre, que había tomado demasiado opio, agarró a Casacalenda y comenzó a besarlo y a desnudarlo. Mi padre sabía que Casacalenda alternaba con hombres y cedió a una inclinación que siempre había tenido pero que nunca había querido reconocer: su preferencia por el sexo masculino. Para finales de aquella noche aquello devino en emparejamiento y en el comienzo de una apasionada relación que duraría más de dos meses. Mi padre, que se había pasado la vida reprimiendo sus verdaderos impulsos, por causa de su título y de su estatus social, entró en pánico cuando se dio cuenta de que se había enamorado de un hombre. En consecuencia, intentó abandonar Nueva York y cortar por tanto la relación. Casacalenda se negó a dejarlo marchar y se presentó en la puerta de su casa prácticamente cada noche, decidido a obligarlo a que lo recibiera. Yo, que en aquel entonces no tenía más de diez años, solo podía ver una cara de la moneda. Dado que mi padre se mostraba desanimado, y que mi madre y mi hermana estaban tan afectadas como yo de ver a un desconocido apostado cada día en la puerta de casa, decidí asustarlo esgrimiendo una pistola. Solo que el plan no salió según lo planeado. Yo tenía diez años y era estúpido. Cuando mi pistola falló, Casacalenda me metió a la fuerza en un carruaje y decidió usarme como rehén para conseguir que mi padre se dignara verlo —Nathaniel sacudió la cabeza, consumido por la amargura—. Días después le entregó a mi padre un mensaje, diciendo que solo me devolvería a cambio de una de dos cosas: admitir ante el mundo que estaba enamorado de un hombre o abandonar a su esposa para que ellos dos pudieran estar juntos. Nunca he conocido a nadie tan obsesionado con otra persona como para engañarse tanto. Casacalenda exigió que la decisión que tomara mi padre le fuera entregada en persona. Así que un día me vi sentado en un carruaje, con las manos atadas y al lado de Casacalenda, en las afueras de Broadway, esperando a que mi padre apareciera y luchando contra el terror que me producía estar en las manos de un hombre absolutamente imprevisible. Yo estaba seguro de que mi padre cedería a los deseos de Casacalenda, de una manera u otra. Yo era su heredero. Su orgullo. Su único hijo.

Imogene seguía escuchándolo expectante. Nathaniel tragó saliva y echó la cabeza hacia atrás, de manera que la toalla quedó colgando sobre sus hombros.

—Pero mi padre nunca apareció —murmuró, emocionado—. Fue algo tan traumatizante para Casacalenda como para mí. Yo no podía creerlo. Y Casacalenda tampoco. Mi padre nos abandonó a los dos para proteger su buen nombre y ni siquiera informó a las autoridades de la misiva recibida, no fuera a descubrirse que era un sodomita. Casacalenda quedó tan afectado, que me encerró en un sótano diciendo que necesitaba tiempo para pensar en lo que haría a continuación. Aquel intervalo se transformó en cinco largos años porque él sabía que yo era todo lo que podía conseguir de mi padre. Y porque sabía también que si me soltaba, mi padre podría llegar a hacerme daño, porque yo estaba al tanto de lo suyo y de su relación. Así que, al final, un completo desconocido acabó queriéndome más que mi propio padre. Al final… —las lágrimas lo vencieron. Cerró los ojos con fuerza y ya no pudo decir nada más, por temor a que le fallara la voz.

De repente, un pie y luego otro se hundieron en el agua a cada lado de sus muslos desnudos, sobresaltándolo. Al abrir los ojos, descubrió que Imogene se había metido en la bañera y le estaba alzando la toalla del rostro, obligándolo a que la mirara. Se había agachado en el agua, con las faldas de su camisón flotando hasta la cintura como si nada más le importara excepto él. Tiernamente le acunó la cara entre las manos, con las mejillas bañadas de lágrimas.

—¿Por qué no volviste con tu familia? —susurró con voz rota—. ¿Al menos cuando te hiciste adulto y por tanto capaz de protegerte a ti mismo?

—Si hubiera vuelto —susurró a su vez—, habría acarreado la desgracia a todos y a todo. La sodomía se castiga con la horca y la alta sociedad habría desterrado a mi hermana y a mi madre de su seno si el más leve rumor hubiera llegado a oídos de alguien. Temía también que pudiera ser capaz de asesinar a mi padre, debido al odio que me embargaba. Por todo ello, me quedé... lejos. Pensé que era lo mejor.

Ella escrutó su rostro, acunándoselo todavía entre sus manos.

—Te amo. Te amo todavía más después de saber que antepusiste a tu familia a tu propio bienestar. Tú me das fuerza y orgullo, el orgullo de ser tu esposa. ¿Lo sabías?

Nathaniel se quedó sin aliento mientras le tomaba el rostro y la estrechaba con fuerza contra su pecho desnudo, a pesar del dolor que laceraba su cuerpo. Se sentía como si alguien hubiera levantado un peso enorme no ya de sus hombros, sino de su vida entera.

—Dilo otra vez —musitó—. Necesito oírte decir de nuevo que me amas.

Ella apretó la mejilla contra su pecho.

—Te amo. Infinitamente. Locamente. Y pienso decírtelo cada momento de mi vida y de todas las formas posibles.

Incapaz de contener la emoción acumulada, y sintiéndose como si fuera a estallar si no le demostraba lo salvajemente enamorado que estaba de ella, Nathaniel le alzó la cabeza y se apoderó de su boca. Entreabriéndole los labios con los suyos, le hizo el amor con la lengua. Mientras tanto, su miembro se iba endureciendo y presionando contra sus húmedos muslos.

De repente, Imogene introdujo una mano entre ellos y, acercando la punta de su verga a su sexo, se dejó caer firmemente, hasta el fondo. Nathaniel se quedó sin aliento, incrédulo, cuando ella empezó a montarlo con fuerza, salpicándolo todo de agua.

Lo único que pudo hacer fue... dejarse hacer.

Ella estaba al mando.

Imogene interrumpió el beso y se aferró a los bordes

de la bañera para alcanzar un mayor impulso, con todo el camisón empapado.

—Confía en mí. A partir de este momento, ya no volverás a atarme las manos. ¿Entiendes?

Había desaparecido el alma tímida que había conocido en un principio.

Imogene, su Imogene, era ya toda una mujer.

Y era suya.

—Lo entiendo. Completamente —así era, y estaba sorprendido de lo muy poco que sus manos sin atar lo afectaban. Agarrándola de la cintura, dejó que lo montara a su gusto, con el placer imponiéndose a cualquier dolor que pudiera quedarle como consecuencia del combate de aquella noche. Apretando los dientes, se concentró en retrasar su placer hasta que ella encontrara el suyo.

Entre jadeos y golpes de cadera, la urgió a continuar, a moverse más rápido, mientras el agua seguía desbordando la bañera.

De repente ella echó la cabeza hacia atrás y gritó, intentando mantenerse erguida al tiempo que se cerraba sobre él.

Nathaniel vertió su semilla en su calor al tiempo que se sumergía en el éxtasis. La sensación fue tan deslumbrante y tan intensa que ni siquiera pudo gruñir, presa de un placer que borró el dolor de cada moratón, cada arañazo y cada corte que laceraba su cuerpo. Se hundió en el agua, dejando que el nivel le llegara hasta la barbilla, y cerró los ojos, deleitado con la suma felicidad que le producía saber que ella lo amaba.

Imogene se inclinó entonces lentamente hacia él. Sus húmedos labios le besaron la frente varias veces.

Sonrió, pero no se movió ni abrió los ojos. Todo era perfecto en aquel momento. Nada existía salvo ella, él y la perfección.

—¿Nathaniel? —murmuró entre tiernos besos.

—¿Mmm? —seguía sin moverse, ni abrir los ojos.

–Vas a ser padre.

Nathaniel abrió los ojos de golpe, con el corazón dando un salto en el pecho. Se esforzó por sentarse, salpicando aún más agua, y esbozó una mueca de dolor al forzar los músculos. La agarró de las muñecas para sostenerse y buscó frenéticamente su acalorado rostro y sus resplandecientes ojos de color avellana.

–¿Yo? ¿Padre?

Ella se mordió el labio y asintió.

–Lo sé desde hace muy poco.

Una carcajada de maravillado asombro escapó de su garganta.

–Dios mío. No sé qué decir. Yo… –le tomó el rostro entre las manos no una, ni dos, sino cinco veces. Luego la soltó y le alzó el camisón para posar una mano sobre su vientre, todavía plano, que apenas revelaba a la criatura que se estaba desarrollando en su interior. Sin retirar la mano, alzó la mirada hasta sus ojos–. Deberías estar descansando. Se acabaron los paseos. Y el sexo. Te quedarás en la cama hasta que nazca el niño.

Ella puso los ojos en blanco y se incorporó, dejando caer el camisón chorreante de agua.

–No exageremos –salió cuidadosamente de la bañera, se despojó con toda naturalidad del camisón y se envolvió en una toalla–. Tenemos que dormir y visitar a tu madre por la mañana. Es obvio que necesita verte.

Nathaniel se quedó viendo cómo caminaba descalza hasta la puerta, la abría y desaparecía en la cámara contigua.

Un suspiro tembloroso escapó de sus labios. Iba a ser padre. Iba a tener un hijo al que criar, educar y guiar con toda su alma. Pese lo que pudiera depararle el día de mañana, nada podría arrebatarle aquel momento. Se aseguraría de llegar a serlo todo para aquel bebé. Y todo para Imogene, su dulce Imogene, que portaba a su hijo en su seno.

Capítulo 25

El conde, dada su gran inclinación a la diversión, provocó una innumerable cantidad de peleas (entre las cuales, la escena del ataúd será durante largo tiempo recordada).

P. Egan, *Boxiana* (1823)

Casa Sumner
Última hora de la mañana

–¿Estás segura de que quería que la visitásemos? –insistió Nathaniel.

Imogene se volvió para mirarlo, ajustándose la retícula que llevaba colgando de una mano con la otra.

–Sí.

–Qué extraño –después de tirar del cordón de la campanilla por quinta vez y seguir esperando junto a Imogene en el umbral, la puerta se abrió de golpe al tiempo que se oía un frenético grito, que los sobresaltó a ambos.

Wilkinson apareció tambaleándose ante ellos, con su librea y su rostro avejentado manchado de abundante sangre.

Nathaniel desorbitó los ojos y saltó para colocarse delante de Imogene, intentando protegerla con su cuerpo.

–¡Dios mío! –rugió–. Cielo santo, ¿qué…?

–¡Lady Sumner! –murmuró Wilkinson, desviando rápidamente la mirada hacia la escalera, donde un grupo de atemorizados sirvientes se había reunido–. Ha degollado a milord aprovechando que todavía dormía esta mañana. Las autoridades están en camino y ninguno de nosotros ha sido capaz de sacarla de la habitación o apartarla del cuerpo.

Dios santo. Nathaniel hizo a un lado al mayordomo y entró en la casa.

–¡Arriba a la derecha! –gritó Wilkinson–. ¡La última puerta!

Nathaniel subió las escaleras a la carrera. Una vez en el rellano, siguió corriendo hasta que se detuvo ante la última puerta.

–¡Nathaniel! –gritó Imogene a su espalda. Sorprendentemente había alcanzado ya el rellano, apresurándose a seguirlo.

La puerta que llevaba al dormitorio de su padre estaba entornada. Del otro lado se oía el llanto de una mujer, y ningún otro sonido.

Su madre estaba allí dentro.

Con su padre muerto.

–¡Nathaniel! –gritó Imogene, corriendo detrás de él.

Estiró una mano hacia ella.

–¡Quédate ahí! ¡No te acerques más!

Deteniéndose en seco, se quedó paralizada, con los ojos muy abiertos.

Nathaniel empujó la puerta y casi se tambaleó al sentir el denso y acre olor de la sangre.

Le flaquearon las piernas cuando desvió la mirada hacia la cama de dosel. Su padre yacía desmadejado entre las sábanas retorcidas y empapadas de sangre, con la mirada sin vida clavada en el techo y una gran herida en el cuello.

La navaja de afeitar ensangrentada seguía en la mano de su madre, que yacía encogida sobre sí misma a los pies de la cama, con el rostro pegado al suelo de tablas. Sollozaba, meciéndose rítmicamente.

«Oh, Dios. Oh, Dios mío», exclamó Nathaniel para sus adentros. Corrió hacia ella, pero resbaló. Pudo conservar el equilibrio y miró hacia abajo: el corazón le atronó en los oídos cuando descubrió los oscuros charcos de sangre que anegaban el suelo.

Le atenazó una náusea y, momentáneamente, la habitación pareció difuminarse y bascular. Corrió junto a su madre y le arrebató la navaja, soltándole los temblorosos dedos. Después de lanzarla al otro lado de la habitación, la agarró de los hombros y la fue levantando lentamente.

—Eres tú —sollozó ella, contraídos de dolor los arruinados rasgos de su rostro, sobre el que Imogene le había advertido—. Sabía que eras tú —alzó las manos ensangrentadas hasta su cara, acercándolo hacia sí—. Él me lo confesó anoche. Al saber que ibas a venir, y que yo pretendía recibirte, él… él me lo dijo. Me dijo que nunca me había querido de verdad y que solo había querido a aquel… a aquel… ¡hombre! ¿Cómo pudo…? —sollozando, sacudió a Nathaniel con fuerza—. Di que se merecía morir por todo lo que hizo. ¡Dilo! —chilló.

Nathaniel se quedó sin aliento, oprimido el pecho de emoción. Estrechó frenéticamente a su madre entre sus brazos, enterrando el rostro en su cabello gris. Un cabello que había sido completamente rubio la última vez que lo vio. Su pobre, pobrecita madre.

—Shhhh. Shhhh —fue todo lo que pudo decirle.

¿Cómo podía culparla? Él había querido hacer eso mismo infinidad de veces. Y lo habría hecho si no hubiera sido por su sobrino, que le había hecho ver que con ello no habría cambiado nada. Solo rezó para que no la ahorcaran por eso. Porque ya había perdido a Auggie y no estaba preparado para perder también a su madre.

Lady Sumner sucumbió a un ataque de apoplejía y falleció calladamente mucho antes de que el Tribunal del Rey anunciara su veredicto respecto a la muerte de lord Sumner.

Nadie, ni siquiera Nathaniel, había esperado que lady Sumner sobreviviera mucho tiempo más debido a la fragilidad de su estado y a la debilidad de su mente. Y aunque ese no era el final que él había esperado, se alegraba enormemente de haber podido estar a su lado hasta el momento en que exhaló su último suspiro.

Nathaniel e Imogene suspendieron los entrenamientos para el campeonato, el cual estaba cada vez más cerca, y viajaron en carruaje hasta la iglesia para visitar la cripta familiar, donde sus padres y su hermana habían recibido sepultura al lado de las anteriores generaciones de los Sumner.

Haber tenido que enterrar a toda su familia en tan poco tiempo había sido algo para lo que Nathaniel no había estado preparado. Porque aquella era también la primera vez que visitaba la tumba de su hermana. Debajo de su nombre completo estaban las palabras que había mandado grabar el duque, primorosamente inscritas en la piedra:

Este ser encantador, tan bello y tan puro, reclamado por un injusto destino, llegó para mostrarnos la dulzura con que una flor del paraíso podía florecer en la tierra.

Apoyando ambas manos sobre el nombre de su hermana, Nathaniel cayó de rodillas y lloró, derramando las lágrimas que no podía ya esconder o contener por más tiempo.

–Auggie –murmuró–. Asegúrate de que madre reciba el amor que nunca recibió de nuestro padre. Asegúrate de ello.

Una mano enguantada le acarició dulcemente la cabeza. Imogene lo atrajo con ternura hacia sí, acunándolo contra su regazo.

Nathaniel la abrazó por la cintura, todavía arrodillado a los pies de la lápida de la cripta. Consciente de la libertad de que disponía para ser él mismo, ya que allí solo estaban él, Imogene y el niño que llevaba en sus entrañas, lloró. Lloró por los años que había perdido de estar con su hermana. Lloró por los años que había perdido de estar con su madre. Lloró por no haber tenido la oportunidad de compartir sus vidas como habría deseado. Pero, por encima de todo, lloró de saber que nunca más podría volver a estar con ellas. Se habían marchado. Para siempre.

Mientras Imogene lo acunaba contra su regazo en el silencio de la iglesia, donde las llamas de las velas parpadeaban reflejándose en los muros de mármol, una renovada sensación de esperanza se apoderó de su alma. No podía recuperar a Auggie ni a su madre, pero sí podía hacer que se sintieran orgullosas de él. Podía fundar la familia que nunca había tenido.

Soltando a Imogene, se pasó las manos temblorosas por el rostro y se levantó con esfuerzo. Una vez de pie, se quedó mirando fijamente el nombre de su hermana.

–Leeré todo lo que escribiste –pronunció, emocionado–. Serás recordada. Por siempre.

Un pájaro interrumpió sus palabras, sobresaltándolo cuando fue a posarse en lo alto mismo de la cripta, dentro de la iglesia. Lo miró desde allí, agitando su cabecita gris de lado a lado.

Nathaniel clavó la mirada en el pájaro, sorprendido de que hubiera logrado escabullirse en la iglesia pese a que todas las puertas estaban bien cerradas. Y tuvo la sensación de que lo había enviado la propia Auggie.

—Es ella —susurró Imogene como si también lo hubiera percibido, y entrelazó los dedos con los suyos.

Nathaniel tragó saliva, apretándole la mano.

El pájaro, mientras lo miraban, gorjeó dulcemente. Luego, extendiendo sus alas de plumaje gris, se elevó para volar hacia la gran bóveda de la iglesia, allí donde el sol de la tarde se filtraba por la vidriera de cristal emplomado.

Un tembloroso suspiro escapó de los labios de Nathaniel mientras lo veía alejarse, desapareciendo en la luz.

Imogene se llevó su mano a los labios y se la besó con ternura, humedeciéndosela con sus lágrimas.

Nunca se había sentido tan querido.

Cada semana a partir de aquel día, entre las sesiones de entrenamiento que lo acercaban cada vez más a la fecha del campeonato, Nathaniel acudía en compañía de Imogene a la cripta donde estaban enterradas su madre y su hermana. Allí sacaba el diario de su hermana y lo leía en voz alta, determinado a descubrir a la hermana a la que nunca había tenido la suerte de conocer de la manera que hubiera querido.

Se descubrió entonces sorprendentemente fortalecido después de todo lo que había soportado y capaz de leer las palabras de su hermana en voz alta sin derrumbarse. Con voz firme y calmada, leyó interminables pasajes dedicados a su memoria, a la vida y al amor, mientras Imogene, a su lado, le apretaba la mano con gesto reconfortante. Hubo veces en que llegó a sentir que Augustine estaba realmente junto a él, tomándole la otra mano.

Su hermana había sido una persona de ingenio, humor, compasión e inteligencia. Aunque con retazos de una gran amargura que habían venido a teñir aquella perfección.

Casi podía escucharla mientras leía aquellos pasajes. Con mucho, las palabras favoritas de su hermana eran estas: «No hay garantía alguna en la vida. Solo… posibilidades. Esperanzas. Y, dicho eso, he de admitir que eso es más que suficiente para mí». Imogene le había apretado la mano la primera vez que las escuchó.

Era un lema que se juró cumplir en adelante, en honor de su hermana y en honor de su Imogene, encinta de su hijo. Su Imogene, que con tanta ternura lo había apoyado y sostenido en la bonanza y en la adversidad, demostrándole así que el amor, el amor más dulce, no era un momento sino… todos los momentos.

Capítulo 26

No hay hombres más sujetos al capricho o los cambios de fortuna que los púgiles: la victoria les proporciona fama, riquezas y patrones; las sonrisas del éxito borran los golpes recibidos; y, regocijados en su luminosa prosperidad, sus vidas transcurren de manera agradable.

P. Egan, *Boxiana* (1823)

El Campeonato
Viernes, ocho menos cuarto de la tarde

Una mujer tenía que hacer lo que tenía que hacer. Estuviera embarazada o no. Además, el traje de noche que llevaba lo escondía todo perfectamente. De hecho, le gustaba la ropa masculina. Era sorprendentemente cómoda.

Yardley, el duque y su hermano Henry la miraban con expresión dubitativa sentados frente a ella, en el carruaje, hombro contra hombro.

—Ese hombre nos va a matar —insistió Henry cuando el carruaje avanzaba a lo largo del pasillo iluminado con antorchas que desembocaba en una enorme multitud masculina.

—La escasa iluminación ocultará mi rostro. No me verá

entre el gentío –Imogene señaló su traje de noche, chaleco y pantalón que había hecho cortar de manera especial para el evento–. Y tengo que deciros que mi aspecto es increíblemente convincente. He pagado al sastre una factura mucho más alta que la habitual.

Yardley clavó un dedo en el sombrero de copa que llevaba Imogene.

–¿Y si alguien te tira el sombrero y pone al descubierto toda esa melena?

–Entonces contaré con vosotros para protegerme del caos que se montará –Imogene se recolocó la pesada chistera, escondiéndose bien el cabello recogido, y se alisó el cuello duro para asegurarse de no llevarlo torcido–. En el peor de los casos, nos echarán a patadas y la alta sociedad tendrá tema para años.

El duque se removió en su asiento, soltando un gruñido.

–Estoy rodeado de rebeldes. Primero Georgia y ahora tú.

Los caballos relincharon cuando el carruaje terminó de detenerse en los alrededores de una extensa pradera iluminada por incontables antorchas. A lo lejos se distinguía un entablado elevado, también iluminado y rodeado de postes con cuerdas.

Nathaniel se hallaba en una esquina de aquellos postes, con grupos de hombres congregados a cada lado del entablado.

El *ring*.

Al otro lado de las ventanillas del carruaje, interminables multitudes de hombres avanzaban empujándose hacia allí.

El pulso se le aceleró cuando se estiró hacia su ventanilla.

–Vaya. Hay muchos hombres.

Henry se envolvió en su capa.

–No te separes de nosotros. Por si acaso, toma mi bastón. Úsalo –inclinándose hacia ella, le advirtió–: Y si se te ocurre empezar a contonearte por el campo como una mujer, estarás bajo tu única responsabilidad.

Ella puso los ojos en blanco.

–No me contonearé. Te lo prometo.

El carruaje se sacudió, señal de que los criados estaban bajando. Imogene inspiró profundo y se dispuso a salir. Alzando bien la barbilla para evitar que las almidonadas puntas del cuello duro le pincharan la piel, empuñó con fuerza el pomo del bastón. Ya estaba lista.

La puerta del carruaje se abrió y el cochero les ofreció la mano para ayudarlos a descender. Bajaron uno a uno. El duque, Yardley y Henry agacharon sus cabezas para no dar en el techo con sus sombreros.

Imogene quedó la última y estuvo a punto de pedirle a su hermano que la ayudara a bajar, hasta que tomó conciencia de que aquella noche no se encontraba impedida por los rígidos códigos femeninos. O por el rígido corsé, para el caso. Una sensación extraña, pero a la vez liberadora. Aunque se sintiera asfixiada por el cuello duro y el pañuelo de cuello.

Inclinando ligeramente la cabeza, evitó dar con el sombrero en el techo y bajó de un ágil salto al sendero de grava, omitiendo el último paso que solía dar su hermano. Irguiéndose, separó bien las piernas en caso de que su masculino salto no hubiera resultado suficientemente convincente.

Henry, Yardley y su hermano la rodearon en silencio, protegiéndola con sus cuerpos, y echaron a caminar todos juntos entre el gentío.

El rumor de las infinitas conversaciones que flotaban en el aire de la tarde la llenó de un sentimiento de orgullo, consciente de lo cerca que estaban Nathaniel y ella de conquistar el título del campeonato.

El duque, Yardley y Henry se detuvieron de pronto para depositar sus entradas en un cubo.

Advirtiendo que el joven recolector de entradas se la quedaba mirando fijamente mientras sostenía el cubo, Imogene le saludó con un rígido movimiento de cabeza, como solían hacer los hombres entre sí.

El joven la miraba sorprendido a la amarillenta luz de las antorchas. Era como si estuviera intentando descifrar en ella algún rasgo extraño que no conseguía identificar. Vacilante, el muchacho respondió con otra inclinación de cabeza y procedió a acercar el cubo al siguiente grupo de hombres.

Henry señaló entonces el entablado elevado.

–Por allí. Hay una zona detrás del entablado reservada para nosotros. Y asegúrate de que Atwood no te vea hasta después de la pelea.

No pensaba discutir con Henry al respecto. Nathaniel sería capaz de parar el combate si se enteraba de que se las había arreglado para colarse allí.

Mientras se abrían paso entre la apretada multitud, un fuerte olor a incontables cigarros flotaba en el aire.

–¡Apuestas! –gritó alguien–. ¿Alguien quiere hacer apuestas? ¡Aquí, aquí! ¡Última llamada! ¡Última llamada!

Desvió la mirada hacia un hombre calvo vestido con una chaqueta negra de buen corte que mantenía alzada la mano para reclamar la atención de los demás.

Percibiendo que varios hombres la estaban observando bajo sus bien pobladas cejas, Imogene se encogió por dentro mientras se pegaba todo lo posible a sus protectores.

Cuando todos consiguieron acercarse al entablado, reprimió un suspiro de alivio al saberse oficialmente dentro. El duque, Yardley y Henry la protegieron de nuevo con sus cuerpos, evitando que alguien se le acercara demasiado.

Los gritos resonaban sin cesar en la pradera.

Finalmente la algarabía pareció remitir, con todo el mundo esperando a que empezara el combate.

Pudo ver a Nathaniel despojándose de su camisa de lino y lanzándola a su ayudante. Apretujada entre los hombros de Henry y Yardley, observó cómo su esposo giraba la cabeza de lado a lado para estirar los músculos del cuello.

El corazón le atronaba en los oídos, consciente como era en aquel momento de que aquel hombre era suyo. Suyo. Para siempre.

Al otro lado del entablado había un hombre enorme y musculoso de penetrantes ojos negros y pobladas patillas. Perfectamente inmóvil, miraba fijamente a Nathaniel con una calma que resultaba casi agresiva. Era Benjamin Enfield. Al igual que Nathaniel, no había perdido un solo combate hasta la fecha. Según su hermano, era famoso por romper mandíbulas. Aunque la mayoría de sus víctimas, aquellas a las que había fracturado la mandíbula, habían sobrevivido, una no lo había hecho.

Imogene podía sentir el sudor corriéndole por la piel debajo del cuello duro y almidonado. Apretó con fuerza el pomo del bastón.

El árbitro señaló por fin el cuadrado marcado con tiza en el suelo de tablas, bien iluminado por las cercanas antorchas de los postes.

—¡Ocupen su lugar en el círculo de tiza, caballeros! —gritó—. ¡La pelea por el título está a punto de empezar!

Se alzó un rugido de aplausos, vibrando en el aire de la noche.

Nathaniel caminó tranquilamente hacia su lado del círculo de tiza y alzó ambos puños, tensos los músculos de su pecho y espalda.

Enfield hizo lo mismo, mirando fijamente a su adversario.

Ya estaba. Imogene bajó el bastón y experimentó una

extraña y tranquilizadora sensación de resignación dentro de su nerviosismo, consciente como era de que, al margen de lo que sucediera, ella estaba allí para apoyar a Nathaniel. Él había llegado hasta allí y había pasado por tantas cosas que se merecía ganar el título y mucho más. Pero, por encima de todo, ella lo quería a salvo.

Los gritos del gentío se hicieron más fuertes. De cuando en cuando se alzaba algún aplauso o una carcajada.

Apretándose contra su hermano, observó como el brazo del árbitro bajaba de pronto entre ambos púgiles mientras lo oía bramar:

—¡Ya!

Enfield saltó entonces hacia delante con insólita agilidad para su envergadura y golpeó a Nathaniel en un lado de la cabeza.

Imogene esbozó una mueca cuando vio a Nathaniel adelantarse a su vez para lanzar un rápido gancho, que alcanzó el costado expuesto de su oponente.

A partir de aquel momento, contempló aterrada cómo los hombres se golpeaban sin cesar. Saltó la primera sangre y tardó un instante en darse cuenta de que era la de Nathaniel. Su nariz había sido oficialmente bautizada por los golpes. Rastros de sangre manchaban su piel brillante de sudor mientras seguía lanzando directos que hacían tambalearse a su oponente.

Los gritos que la rodeaban parecieron difuminarse, de manera que al final todo lo que quedó fue el pulso de su corazón y el de cada movimiento que hacía Nathaniel. Los asaltos se fueron sucediendo, uno tras otro. Una hora después, empezó a darse cuenta de que no solo Enfield estaba exhausto; Nathaniel también. Nathaniel se tambaleaba en el entablado, y sus rasgos, aunque tensos y determinados, estaban hinchados, cubiertos de sangre… y revelaban un aturdimiento cada vez mayor.

Se le llenaron los ojos de lágrimas cuando advirtió que le costaba mantenerse en pie. Para sus adentros, rezó para que aguantara y no cayera al suelo.

Nathaniel, cuyos rasgos habían quedado desfigurados por los implacables golpes encajados durante treinta asaltos, se movía ya con dificultad, con el pantalón salpicado de sangre colgando precariamente de sus estrechas caderas. Otro puñetazo impactó en su cabeza y más sangre brotó como un sifón de su nariz y de su boca. Se desplomó entonces sobre el suelo de tablas y quedó inmóvil.

El árbitro empezó a contar.

El ayudante de Nathaniel saltó al *ring* y lo sacudió. No se movía.

Imogene sintió que un silencioso grito le subía por la garganta mientras empujaba a su hermano.

—¡Dios mío! —exclamó, empezando a forcejear con Henry—. Déjame pasar. ¡Debo ir con él! Debo…

Henry, Yardley y el duque procedieron a agarrarla con firmeza para evitar que saltara al entablado.

—Tranquila —le ordenó Henry—. Se levantará. No necesitas preocuparte por eso. Él siempre agota hasta el último segundo de la cuenta para descansar.

Un sollozo escapó de su garganta mientras el árbitro contaba los quince últimos segundos. Lo miraba todo con la vista empañada por las lágrimas, rezando y esperando. Para su asombro, Nathaniel rodó de pronto sobre su espalda y se levantó con un impulso de los brazos. Tambaleándose, regresó al círculo de tiza en los dos últimos segundos de la cuenta.

Con los labios entreabiertos de asombro, Imogene alzó la mirada a su hermano.

Henry sonrió y se inclinó hacia ella para murmurarle al oído:

—Te lo dije. Ese hombre está luchando por mi derecho

a un divorcio y por un cuarto de millón de libras. Olvídate de ti. A mí no me fallará.

Imogene, exasperada, empujó a su hermano y volvió a clavar la mirada en el entablado, donde Enfield y Nathaniel ya habían vuelto a intercambiar puñetazos.

Fue algo absolutamente implacable.

Ambos lo eran.

Parecían igualados en fuerza. Empatados. ¿Y si...?

Nathaniel y Enfield se golpearon entonces en la cabeza al mismo tiempo. Ambos giraron simultáneamente sobre sí mismos y se derrumbaron en el suelo de tablas.

Imogene se quedó sin aliento.

Ninguno de los dos se movía.

Parecían haberse tumbado mutuamente, a la vez.

Un estupefacto silencio atravesó el aire de la noche mientras el árbitro vacilaba.

—¡Los dos contrincantes caídos! ¡Algo sin precedentes! ¡Disponen de treinta segundos para levantarse y permanecer dentro del círculo de tiza! —alzó una mano y empezó a contar—: ¡Uno! ¡Dos! ¡Tres! ¡Cuatro! ¡Cinco! ¡Seis! ¡Siete! ¡Ocho! ¡Nueve! ¡Diez! ¡Once!

Imogene sacudió a Henry frenéticamente del brazo, intentando comprender lo que estaba sucediendo.

—¿Qué pasará ahora? —exclamó—. ¿Qué pasará si ninguno se levanta?

Henry miraba fijamente el entablado con expresión absolutamente incrédula.

—Nunca había visto un doble K.O. así. Por Dios, esto podría ser un empate. El primero en la historia del título.

Volvió a sacudirle el brazo.

—¿Un empate? ¿Qué quiere decir eso?

—Que tendrían que volver a luchar.

La mirada de Imogene se disparó de nuevo al entablado, aterrada. No quería que Nathaniel volviera a enfrentarse a Enfield. Eso solo doblaría sus posibilidades de resultar gravemente herido. Y ella ya había sufrido suficiente.

Se inclinó hacia su hermano concentrada como estaba en el cuerpo de Nathaniel, que yacía en el suelo al otro lado de donde se encontraba tendido su rival.

–Levántate –susurró al tiempo que se llevaba una mano al vientre abultado, oculto bajo la chaqueta–. Este es tu hijo, Nathaniel. Levántate. Termina con esto. Hazlo por Auggie. Hazlo por tu madre. Hazlo por nuestro bebé. Hazlo por todo aquello por lo que has querido luchar siempre. Hazlo.

El gentío rugía, ahogando sus palabras.

De repente, como si la hubiera oído, Nathaniel logró sentarse en el suelo de tablas y llamó a su ayudante. Este acudió apresurado y lo ayudó a levantarse, para guiarlo hacia la línea de tiza según lo permitido por el reglamento. Nathaniel despachó luego al hombre y esperó, tambaleándose ligeramente.

El ayudante de Enfield se esforzó desesperadamente por hacer lo mismo, solo que el púgil ni siquiera pudo sentarse.

–¡Treinta! –tronó el árbitro mientras señalaba con el dedo a Nathaniel–. ¡Y aquí termina este increíble combate! ¡Proclamo a Atwood ganador del título de campeón de Inglaterra! ¡Que toda Inglaterra bendiga a este hombre por haber representado tan bien a nuestra nación!

Nathaniel dejó caer las manos a los lados y cerró los ojos.

Imogene chilló incrédula, con los vítores de centenares de hombres resonando en su cabeza y en su alma. ¡Lo había conseguido!

Henry se giró hacia ella con los ojos desorbitados y la agarró, para ponerse a dar saltos como si fuera un gato escaldado.

—¡Gene! —rugió, todavía saltando—. Dios mío, él... —se giró y alzó el puño en todas direcciones como si hubiera sido él quien hubiera ganado el título—. ¡Chúpate esa, Banbury! ¡Mary y tú estáis acabados! Me embolsaré ese dinero y... ¡sí!

Resultaba obvio que aquel divorcio iba a escandalizar a todo Londres. Una carcajada escapó de la garganta de Imogene mientras el duque y Yardley alzaban también sus puños en el aire, en lo que parecía el único modo de celebración que se les ocurría a los hombres.

Reprimiendo una sonrisa, Imogene se abrió paso entre su hermano y Yardley mientras anunciaba:

—Mientras vosotros alzáis los puños, yo voy a felicitar a mi marido.

Henry la agarró entonces, alarmado.

—Oh, no. Nada de eso. Tú te vas a casa. ¿Tienes alguna idea del escándalo que se formaría si alguien se enterara de que una mujer ha venido a ver el combate? ¡Y vestida como vas!

Ella lo apuntó con el pomo de su bastón.

—No soy yo quien va a solicitar y conseguir un divorcio. Eso sí que va a generar un escándalo, y no que yo haya asistido a un combate. Y ahora, si me disculpáis... —subió los escalones que llevaban al entablado y se pasó por debajo de las cuerdas en dirección a Nathaniel, alegrándose de que nadie pudiera advertir su abultado vientre.

El ayudante de Nathaniel le arrojó en aquel momento un gran cubo de agua, empapando su cabello negro y lavando la sangre que le corría por el rostro y el torso desnudo. Nathaniel soltó una carcajada y procedió a estrechar las manos de los hombres que lo rodeaban.

—¡Hey! —le gritó un hombre a Imogene, plantándose delante de ella con los brazos extendidos—. ¿A dónde cree que va? Este sitio está reservado para los periodistas, los oponentes y el séquito de Atwood, señor.

¿Señor? Se alegraba de presentar un aspecto tan convincente.

—Resulta que si estoy aquí es para ver a mi marido, lord Atwood. Soy su esposa y su patrona. Y por tanto formo parte del séquito.

El hombre se hizo a un lado, boquiabierto.

Quitándose la chistera, cosa que hizo que su larga melena se derramara en cascada sobre sus hombros, se adelantó hacia Nathaniel para reclamar su atención.

—¡Nathaniel!

Nathaniel dejó de estrechar las manos de los hombres que lo rodeaban y se la quedó mirando fijamente. Sus húmedos e hinchados rasgos no podían expresar un mayor estupor.

—¿Imogene? —gritó, abriéndose frenéticamente paso para llegar hasta ella. La miraba de pies a cabeza conforme se acercaba—. ¿Qué estás haciendo aquí? ¿Y qué diablos llevas puesto?

Ella sonrió mientras corría hacia él.

—No podía dejar de verte. ¡Estuviste increíble!

Nathaniel la agarró de los brazos y volvió a mirarla de arriba abajo, sacudiéndola.

—Dios mío. No deberías haber venido. No en tu estado.

Todavía sonriendo, Imogene le abrazó de la cintura, asegurándose de no tocarle ninguna zona dolorida, y lo sacudió a su vez.

—Vos, milord, acabáis de conquistar el título de campeón de Inglaterra ante la orgullosa mirada de vuestra esposa. ¿Y bien? ¿Qué va a pasar ahora? ¿Vais a llevarme a ver esos toros en España, tal y como me prometisteis que haríais?

Nathaniel soltó una carcajada.

—Diablos, ¡compraremos España entera! ¡Lo conseguimos! —acunando su rostro entre las manos, se inclinó y le dio un sonoro beso. Esbozó luego una mueca–. Ya nos besaremos más tarde... Una vez que haya recuperado mi capacidad para hacerlo.

–Recuperadla rápido, milord –se burló ella–. Supuestamente la paciencia es una virtud, pero no creo yo que tenga mucha.

Él escrutó su expresión, acunando todavía su rostro, y susurró:

–No puedo creer que estés aquí. No puedo creer que estés aquí, a mi lado viviendo este momento conmigo.

Ella sonrió y musitó a su vez:

–Que sepas que estaré a tu lado viviendo cada momento contigo, Nathaniel.

Él la miró fijamente.

–¿Por siempre y para siempre?

Imogene se estiró para besarle tiernamente la barbilla.

–Por siempre y para siempre.

Epílogo

Pocos, si es que existe alguno, pueden alardear de patrón tanto como nuestro héroe... quien, si las noticias dicen verdad, puede ahora sonreír.
P. Egan, *Boxiana* (1823)

Diez años después
Noche de Navidad en la Casa Wentworth

–¡Otra vez! ¡Muéstranoslo otra vez! –gritaron todos los niños y niñas a una, dando saltos con sus pantaloncitos cortos y sus falditas por encima de los tobillos, sus botitas relucientes y sus zapatitos, en el gran salón recibidor.

Aquellos algo menos capaces de expresar verbalmente tanto entusiasmo gateaban balbuceantes por entre tanto pantaloncito y tanta faldita, en dirección al árbol de Navidad iluminado con velas, para empezar a saquear las cajas, muñecas, caballos de madera, pelotas y otros incontables juguetes que se hallaban diseminados por el suelo.

Nathaniel enarcó una ceja mirando al numeroso grupo de jóvenes espectadores.

–¿Seguro?

—¡Sí, sí! ¡Otra vez, otra vez! ¡Otra vez! —contestó el alterado grupo de diecinueve niños, cuatro de los cuales eran de Imogene y Nathaniel; tres de Henry y de su esposa francesa Orphée; cinco de Robinsón y de Georgia; y siete de Matthew y Bernadette. Todos se acercaron evitando a los más pequeños que gateaban por el suelo y corrieron hacia la chimenea decorada con guirnaldas verdes.

Nathaniel seguía plantado delante del hogar con gesto solemne y una rodilla en tierra, explicando de manera gráfica a la vez que teatral cómo se las había arreglado para conquistar diez años antes, sin ayuda ninguna, el título de campeón de Inglaterra.

Con las dos manos detrás de la espalda.

Y un ojo cerrado.

Imogene chasqueó los labios y alzó la voz desde el otro lado del salón, donde se hallaba en compañía de Georgia, Bernadette y Orphée.

—Los años están afectando a esa memoria tuya, Nathaniel querido. ¿Quieres que les cuente yo cómo sucedió realmente?

—¡Tú no estabas allí, ricura! —gritó él con una media sonrisa.

—¿Ah, no? —replicó Imogene.

Nathaniel volvió a sonreír y se inclinó de nuevo hacia su público cautivo:

—¿Es que no puede un hombre regodearse en la gloria de sus escasos recuerdos como púgil?

Ella volvió a chasquear los labios.

—Un boxeador siempre es un boxeador. Puede que se haya retirado de levantar los puños, pero no de seguir pensando en ello.

Georgia se acercó a Imogene.

—Al menos tú recuerdas cómo os conocisteis —frunció los labios y señaló con el pulgar a Yardley, que estaba sentado en el suelo con el más pequeño de sus retoños en el regazo–. Él se acuerda de todo menos de eso.

Imogene estalló en risas.

–Supongo que no debería quejarme entonces, ¿verdad?

Yardley alzó la vista mientras acomodaba a su hijo sobre su otra rodilla, y gritó bien alto:

–¡Hey! Te he oído.

–Dejadnos a los caballeros solos con nuestras cosas, aunque sea por un rato. ¡Es Navidad! –con un brillo en sus ojos verdes, Henry recogió una pelota y la lanzó en su dirección.

Orphée, Bernadette, Georgia e Imogene se apresuraron a esquivarla, riendo.

Augustine, la primogénita de Imogene con sus casi diez años, corrió hacia el árbol, con sus rubias trenzas al viento, y se apoderó de otra pelota para lanzársela a Henry.

–¡Pelota por pelota! –chilló, consiguiendo golpear la pierna de Henry.

Ballad Jane, la primogénita de Georgia, corrió también a recoger otra pelota.

–¡Y aquí va otra pelota por pelota!

Bernadette se volvió hacia Matthew y el duque, mientras acusaba con el dedo a Henry.

–Caballeros, echen de aquí a este rufián, antes de que contagie a los niños sus malas ideas. Este juego de «pelota por pelota» puede acabar provocando un incendio. ¿Tenéis idea del número de velas que hay en ese árbol? La reina Victoria se merece una regañina por haber introducido esa clase de juegos en los hogares domésticos.

–No necesitas preocuparte por eso –le dijo Matthew a su esposa–. ¡Voy a arrojar al verdadero rufián a la nieve! –soltando un rugido, cargó contra Augustine y la alzó en brazos, arrancándole chillidos y carcajadas de alegría.

Velas, pelotas y niños chillones aparte, aquella era otra

Navidad de lo más feliz. Imogene se sonrió, consciente de que había pasado otro glorioso año en compañía no ya del hombre al que amaba, sino de los niños, la familia y los amigos que amaba. No podía pedir más.

Bueno, no... Sí que podía pedir una cosa más: acabar la noche con su marido en la cama. Una mujer también tenía derecho a desenvolver su propio regalo de Navidad.

El boxeo histórico a puño limpio es una criatura que tardé algún tiempo en comprender. No se parecía en nada al boxeo de hoy. Las reglas eran muy distintas y los hombres también. El caos y el puño gobernaban sin contención alguna. La obra *Boxiana o Bocetos del antiguo y moderno pugilismo*, del señor P. Egan, significó un importante punto de partida cuando apareció en la época en que fue escrito. Pero al mismo tiempo me suscitó más preguntas que necesitaba responder. No entendía la terminología de la jerga especializada y tuve que aprenderlo todo a partir de cero.

Antes de 1743, no existía ninguna regla y los hombres incluso morían practicando el boxeo. Era un deporte brutal que se remontaba a los tiempos de romanos y griegos, e incluso más atrás. Las reglas se fijaban aquí y allá en nombre del deporte mismo, pero ninguna fue sancionada ni seguida de manera oficial hasta que cierto caballero británico llamado Broughton apareció para cambiar la historia del boxeo.

El 10 de agosto de 1743, Broughton introdujo una serie de reglas destinadas a regular el salvaje mundo del pugilismo y sus hombres. Aunque Broughton no estableció más que siete reglas escritas, vino a ser como un principio de «juego limpio» que muchos habían echado de menos en el boxeo.

Una de las reglas más importantes de las siete fue precisamente la séptima, que decía: «Que nadie golpee a su adversario cuando esté caído, o lo agarre por los muslos, los calzones o cualquier parte de su cuerpo por debajo de la cintura; un hombre de rodillas ha de ser respetado». Resulta obvio, por el propio mensaje de la regla, que antes de Broughton, los hombres se golpeaban en todo tipo de lugares del cuerpo, sin excepción. Incluso después del establecimiento de las reglas, agarrar del pelo a un oponente se consideraba legal dado que se trataba de una zona por encima de la cintura.

A las siete reglas de Broughton se sumó otro gran cambio en la historia del boxeo cuando el marqués de Queensbury instauró un código pugilístico diseñado y escrito por el señor Chambers de Londres, allá por 1860. Se establecieron asaltos para evitar el agotamiento, no se permitió ninguna llave y los guantes se convirtieron en la norma.

Durante la era anterior a las reglas de Queensbury, en la propia Nueva York y en los Estados Unidos, el boxeo a puño limpio era ilegal debido a su salvajismo. Se organizaban combates en lugares secretos, habitualmente cerca de los muelles, que solían ser anunciados en el último minuto. Los asaltos no se determinaban por el tiempo, sino por el momento en que uno de los luchadores tocaba el suelo. El combate solo terminaba cuando alguien no podía levantarse después de una cuenta de treinta segundos o uno de los púgiles gritaba «basta». Decir «basta» ante una multitud de espectadores, sin embargo, era como decir: «no soy lo suficientemente bueno para luchar, muchachos», así que la palabra era rara vez usada por los boxeadores a puño limpio. No he encontrado una sola referencia a un luchador que gritara «basta» con anterioridad a 1860, lo que dice bastante sobre la clase de hombres que combatían. No se arrodillaban ante nadie a no ser que estuvieran muertos. Y al contrario de los pocos asaltos de hoy, los hombres de 1830 solían aguantar hasta dos o tres horas, dependiendo del instinto de lucha de cada uno.

Lo que más me fascinó, sin embargo, fue cómo los hombres de 1830 tenían que entrenar sus manos para no rompérselas. Desarrollaban especialmente callos en los nudillos entrenándose con árboles. Sí. Árboles. Árboles había muchos y eran gratis. Imaginaos un árbol siendo usado como saco de boxeo. Arrancaban la corteza de los árboles con los nudillos con tal de «almohadillar» sus manos con cicatrices y callosidades. Otros usaban hachas para practicar sus golpes y fortalecer los músculos. De cualquier forma que lo miréis, aquellos hombres eran gente tremenda. Ellos definieron al protagonista que yo tenía en la cabeza.

Leyendo sobre el boxeo en 1830, supe que tenía que convertir a mi protagonista en un boxeador y amoldarlo a ese perfil. Espero que hayáis disfrutado asomándoos al mundo del boxeo histórico. Yo he disfrutado verdaderamente investigando sobre ello. De hecho, espero regresar al tema algún día, porque continúa habiendo muchos aspectos sobre el mismo que todavía tengo que abordar y explorar.

www.ingramcontent.com/pod-product-compliance
Lightning Source LLC
Chambersburg PA
CBHW011924300726
48970CB00008B/2568